乡土·系列

土地的血脉

乡土·系列

张清明 著

哈尔滨出版社
HARBIN PUBLISHING HOUSE

图书在版编目（CIP）数据

土地的血脉/张清明著. — 哈尔滨：哈尔滨出版社, 2021.7
　ISBN 978-7-5484-5980-4

Ⅰ.①土… Ⅱ.①张… Ⅲ.①散文集-中国-当代 Ⅳ.①I267

中国版本图书馆 CIP 数据核字（2021）第 065038 号

书　　名：**土地的血脉**
　　　　　TUDI DE XUEMAI

作　　者：张清明　著
责任编辑：赵宏佳　赵　芳
责任审校：李　战
特约编辑：翟玉梅
装帧设计：秦　强

出版发行：哈尔滨出版社（Harbin Publishing House）
社　　址：哈尔滨市香坊区泰山路 82-9 号　邮编：150090
经　　销：全国新华书店
印　　刷：三河市元兴印务有限公司
网　　址：www.hrbcbs.com　　www.mifengniao.com
E-mail：hrbcbs@yeah.net
编辑版权热线：（0451）87900271　87900272
销售热线：（0451）87900202　87900203

开　　本：880mm×1230mm　1/32　印张：8　字数：200 千字
版　　次：2021 年 7 月第 1 版
印　　次：2021 年 7 月第 1 次印刷
书　　号：ISBN 978-7-5484-5980-4
定　　价：59.80 元

凡购本社图书发现印装错误，请与本社印制部联系调换。
服务热线：（0451）87900278

目录
Contents

第一辑 乡土

最喜马兰花一样的鱼鳅蒜，如张爱玲笔下的上海滩小姐，撑着一把素色的花洋布伞，亭亭玉立在道路两旁，田头、地角遍地都是。风一吹，最是那一低头的温柔，妩媚而又让人怜惜……

田坎溜溜	003
红土地	010
罩子坡	013
稻香遍野	021
人间烟火	025
土地的血脉	029
青冈之木	038
烈日下的野地瓜	040
星空下的传说	042
故乡的云	049
绿野	054
再别吐祥	061

目录
Contents

无肉的抄手 　　　　　　　　　　065

鸭棚子 　　　　　　　　　　　　068

长在田边的香椿树 　　　　　　　071

母亲的自留地 　　　　　　　　　074

第二辑 人物

饭桌上,父亲就是康熙抑或乾隆,他只要端起酒杯,我们几姊妹马上脚底板抹油——开溜。因为,父亲只要几口酒下肚,就可以对我们全家颐指气使。所有的不满,所有的愤怒都有可能撒向我们,不管当时有没有外人,都会让你颜面扫地。

母亲的针黹 　　　　　　　　　　083

唢呐声声忆故人 　　　　　　　　087

翠妹 　　　　　　　　　　　　　090

记忆中的红糖味 　　　　　　　　093

月亮里的哥哥 　　　　　　　　　096

目 录
Contents

篾匠二哥	099
母亲的美味	102
菜板上的年味	107
乔表叔	110
三叔三妈	113
李老师	117
那年父亲那年酒	122
婆媳之间	127
最后的花开	131
有多少怨怼还会重来	135

目 录
Contents

第三辑 情怀

"疏影横斜水清浅,暗香浮动月黄昏"里,有才子佳人相约,那佳人本是梅花,才子愿与之相约,隐居于孤山,那一缕芳魂算得到了慰藉。

悠然见黄菊	149
暗香浮动幽幽梅	151
一滴水的畅想	153
爱上旗袍	155
人来人往	157
心有莲花开	159
逝水流年	162
山中观雨	164
一池夏荷	167
活在一个人的浪漫里	170
老城记忆	172
小河口	175

目 录
Contents

一缕清风上江来　　179

第四辑　社会

动物的欲望很直接，所以动物不知羞，却很知足；人类知羞，却永远不知足。

会思考的植物　　185

都市慢生活　　187

融入这座城　　191

暮年　　195

春天听鸟鸣　　202

遗落在记忆中的豌豆　　205

马桑树儿搭灯台　　212

亲情相聚　　214

婆婆的年饭　　217

目 录
Contents

你是我的猫	219
赶场	229
让生命同等	241
从头再来	244

乡土

第一辑

田坎溜溜

天上的云彩悠悠，地上的田坎溜溜。田坎像天空的云彩，弯弯的，重重叠叠，绕上半山腰。而我就在田坎上度过悠悠的岁月。

田坎弯弯，我的思念也弯弯，我弯弯的思念离不开一条条弯弯的田坎，长长短短。长的像铺在地上的彩带，直接把我带到山的那一边。短的田坎，蹦蹦跳跳地跑过去。回首望去，那条短短的田坎就像一条大蛇，被我甩在了身后。可就是这些长长短短的田坎，组成了一层层的梯田，远远望去像母亲手中的千层底，一层又一层盘绕在每座大山上，农人就在千层底似的梯田里，密密麻麻地种庄稼，传承着一代又一代的春秋农事。

春

开春以后，温暖的阳光驱走了严寒，万物复苏，人却在暖阳里春困。住在水田里的青蛙在日渐升高的气温里，产下一团团卵，过几天，一群群黑黝黝的小蝌蚪成群结队地在水田里游来游去。大人们说，蝌蚪出来就是整秧田的季节了。

清明前后，种瓜点豆。这时节，田坎上的木瓜树开着小小的粉红色的花儿，风一吹，散成一地落红，不禁想起黛玉葬花，一缕春愁袭上心头；但田坎上各色小草争先恐后冒出叶尖，生命的力量在细微处越发令人激昂，盖过那小小的一缕春愁，抬眼望去，山上的各种树木已经换上新装。

春播秋收的农人在这个时节,开始了新一年的劳作。牵一头水牛把田犁透,再横竖耙几遍,一块秧田就整好了。耙秧田的时候,把往年的田坎挖去一半,再给田坎搭上新泥,在新泥坎锄上豆窝,把早黄豆就着草木灰拌上磷肥种在窝里。等到插秧的时节,黄豆苗已经长出黄绿的小叶片,顺着田坎望过去,一根翠色的彩带旁逸斜出,像天上的一抹彩虹。

二十四节气中的雨水一到,田坎上更是生机勃勃。田坎上的高粱已经有半人高,风一吹,叶子哗哗啦啦响,欢呼这个季节的美好。

稻子立在田里,一行行排列得整整齐齐,薅秧的时候,农人把稗子连根拔起,顺手扔在了田坎。稗子就顺着一溜田坎长过去,割牛草的时候,我们最喜欢顺着田坎一溜割回来。

但多数的田坎不是稗子的阵地,人们种上黄豆或豇豆,有的人家还种上玉米,稗子就见缝插针般立足于黄豆的窝距之间。

这个季节的田里,最好玩的却不是长在田坎上的植物,而是隐藏在稻田里的青蛙、黄鳝和泥鳅。刚从蝌蚪长成的小青蛙很胆小,人刚走上田坎,小青蛙们就四下逃窜,瞬间不见了踪影;春夏之交是黄鳝和泥鳅的繁殖季节,不安分的黄鳝为了寻找配偶,四处打洞,钻漏了田坎,这是农人最痛恨的。只要发现哪块稻田的水无故干涸,或水位折太多,就一定怀疑到黄鳝头上。农人会寻找漏水的根源,只要看见田坎哪儿有气泡,就知道黄鳝在哪儿作怪,抓住那放水的罪魁祸首,惩治它的办法就是捉来下油锅。

抓黄鳝的同时也抓到不少泥鳅,所以说逮到黄鳝连累鳅。在曾经缺衣少食的年代里,黄鳝和泥鳅可是难得的美味。泥鳅也打洞,但不似黄鳝那么厉害,最多不过在稻子与田坎的稀泥里隐藏起来,捉田坎上的土狗儿吃。土狗儿是一种生活在泥土里的昆虫,特别喜欢在田坎的湿土里面钻来钻去，寻找蚯蚓吃；而蚯蚓也在泥土里寻找更小的食物吃。窥一斑而知全豹，由此可见，自然界的生存法则就是大虫吃小虫，小虫吃污泥。

春天的土狗儿长得圆滚滚、肉嘟嘟的，孩子们喜欢捉它玩。田坎上有许多不太引人注意的小土泡，撬开土泡，里面就躲着一个土狗儿，一见有人撬土，它就飞快地逃。土狗儿长着两只黑溜溜的像狗一样的小眼珠，机灵又顽皮，被人捉住，就用两条强有力的后腿使劲左蹬右踢，直到逃出掌心为止。

土狗儿还会飞，只要它挣脱你的手，蹦到地上就突然起飞。夜晚的灯光很刺眼，土狗儿喜欢追逐光明，像那些飞蛾一样，九死一生。但更像我们人类，一辈子为了追逐不着边际的梦想，四处碰壁，摔打得鼻青脸肿。

夏

夏天，是四季中雨水最多的季节，雨下得小，田坎上的土是硬的，表皮被雨淋得很滑，打赤脚踩不稳田坎上的泥土，一不小心，溜出去老远，惊出一身冷汗。

雨下得大的时候，田坎上的脚印灌满了雨水，隔夜后泥巴被泡软，一脚踩下去泥浆四溅。乡村里还没有普及公路的年代，大人们赶集、孩子们上学，都要从田坎上来来去去。三五人儿戴着斗笠，迎着风雨行走在田坎上，一脚踩滑了，人摇摇晃晃，"啪"的一声，一屁股坐在稀泥里，本能地两手撑地，却撑得两手稀泥。最糟糕的是溅一脸的泥水，胆小的"哇哇"哭了，胆大的也看着满身的泥水哭笑不得。

上小学的时候，我是背着年幼的弟弟上学的。母亲要挣工分，无人看管的小弟每天都趴在我的背上,懂事地听着我们琅琅的读书声,不哭不闹。有一回刚放学,下起了大雨,大家都急着往家赶,我同样背着弟弟一步一滑往回赶,摔倒了爬起来继续跑。等母亲在半路上接到我们时,我们早已淋成了落汤鸡,只听得母亲带着哭腔骂我傻,怪我不在学校等着她来接……

从小学一年级到五年级,无论天晴下雨,不知在田坎上走过多少个来回。进城读书时,我才十岁,背着个小背篓独自下一座大坡,拐九道弯,再经过许多田坎,跋涉三十几里路才到河边赶船进城。夏天的田坎,不只是虫蛙们的赛歌场地,小花蛇也喜欢在田坎上捉青蛙果腹。一个人走着走着,突然一条蛇从眼皮下一闪而过,吓得惊慌失措叫不出声。

最可恶的是田坎边农户的恶狗,一见有人路过,就狂吠乱叫。狗一路追着我咬,一追就是几条田坎。这样危险的遭遇令我刻骨铭心,以致后来每回做噩梦都被恶狗追逐,抑或遭遇毒蛇袭击……

但是,田坎也是我童年的欢乐王国。暑假,我在自己的国度里跟伙伴们过家家,在田坎上挖个小窝凼做锅,用沙子做米。长在田坎边的鱼鳅蒜,开着马兰花一样的花朵,女孩揪来几朵插在头上,男孩去地边揪几根红薯藤,把叶子去掉折成一节一节的,提起来像一串串耳环。男孩给女孩的耳朵挂上耳环,大家都会打趣这个女孩是他的新娘……

田坎上不只有孩子们过家家,蚂蚁的家也在田坎上。天刚放晴,蚂蚁在田坎表皮打了一个个的小洞,再将洞口用一颗颗小泥丸垒起来,像小碉堡。这些碉堡有通风避水的作用,也是蚂蚁们进出的通道口,蚂蚁在外面找到了食物都从小碉堡运进去。聪明的蚂蚁还用小碉堡做瞭望台,并派有哨兵把守,一有危险,洞内的蚂蚁很快就能知道。要下雨了,蚂蚁们全部出动,一支很长的蚂蚁队伍举着蚁卵,拖着虫子,带着干粮，顺着长长的田坎搬家啰！

　　田坎边的细麻地里，是口袋鸟的家。口袋鸟俗称地麻雀，它把窝结成一个口袋，口子在下面，地麻雀回家是从口子钻进去的。小伙伴经常把口袋鸟的窝给端了，摸出一颗颗小小的长着花斑的鸟蛋，把那些五颜六色的鸟蛋砸烂一地。口袋鸟站在远处的枝头上叽叽喳喳，它们好不容易才建起来的家，瞬间被人无故摧毁，我很替它们难过。

　　我不知道，人类在小鸟的生存空间充当了什么不光彩的角色，但我内心隐约明白，弱者很容易成为被欺凌的对象。

秋

　　秋天是田坎最热闹的季节。夜晚，耳听蟋蟀在田坎上跑来跑去地鸣唱；大肚皮的青蛙爬上田坎乘凉，不时也鼓着腮帮"呱呱"高唱；稻子笑得弯了腰身，像成熟的妇人散发着诱人的体香，微风吹过，满山坡的稻香熏得人都醉了。

　　这样的夜晚，我最喜欢躺在露天的晒盖里乘凉。空气里溢满稻香，每一次呼吸都能感受稻香的浓郁。天空的星星亮晶晶的，一闪一闪，每一颗都那么清晰，它们似乎总是离我那么近，近得我伸手就能够着，又似乎总是那么遥远，遥远得只看见星星行走过的痕迹。这样的夜晚，我一直是沉醉的，沉醉在那一片蛙声里，沉醉在那一阵阵和煦而又凉爽的微风中。风中传来树梢上的蝉鸣，虫蛙们的合唱在弯弯的田坎上此起彼伏，你方唱罢我登场。看不见谁在指挥，却听得见它们轮番地歌唱。

　　这是一个喜悦的季节，更是一年四季中的丰收季节。鲫鱼在稻丛中养得肥了，鹭鸶专心致志地守候在田坎上，青蛙长得憨头憨脑，人到了跟前却不知赶紧逃跑。我曾在夜晚跟人举着火把照青蛙，亮光照着的青蛙一动也不动。

田坎上的黄豆已经收割，玉米早掰回了家，高粱红了脸，等着人收割，稻子割了铺满整个稻田，男人一声"嗨……哟"，两大捆稻子轻而易举地就扛在了肩上。一担担稻子就在男人的肩上穿过田坎，经过竹林，挑回农家院坝和生产队里的打谷场上。

秋天的田坎把喜悦和希望一直留在我的记忆里。

冬

在荒草萋萋的冬季，农人在田坎或田坎背上种上豌豆、胡豆。记得包产到户前后，村里几乎每一寸能种的土地都要种上庄稼。

冬天的稻田分干田和水田。干田用来种冬小麦、胡豆、红花草等，水田用来蓄水或养鱼，顺带预备来年的秧田。

冬天，西南地区的田野里，并不像北方那么荒无人烟，一片白茫茫的冰雪世界。在这里，到处都生长着绿莹莹的麦苗和青翠的豌豆、胡豆苗，每当霜雪骤停，晴光初露的时候，田野上一片白雾弥漫，云蒸霞蔚的那一片片稻田，在寒冬里继续着蓬勃的生机。

可是不知从什么时候起，人们也会在干田里种上萝卜青菜，有的人甚至在田坎上种上白菜、胡萝卜。在二十世纪七八十年代初，白菜对于我的家乡来讲可是稀罕之物。如果哪家的田坎上种的白菜又大又圆，自然能引来艳羡的目光。

下雪了，田坎上的白菜被冰霜冻熟了叶子，豌豆、胡豆都被霜打蔫了，大地在一片雾蒙蒙、水蒙蒙里隐忍着，酝酿又一个未知的春天；水田的水面结着一层薄冰，孩子们很好奇冬天的鱼儿藏到哪儿去了，就拿土块把冰砸烂,用竹篙捅水里的鱼。

待人们把地里的农活忙完,这一年就到了年底。于是,水田里的鱼被打捞上来,端上年夜饭的桌子,寓意年年有余;田坎上的白菜被砍回家,做一道白菜炒回锅肉;胡萝卜、白萝卜炖一锅猪蹄,一年最后的一顿饭,就在红红火火的春晚开播之前开始了,人人吃得酒醉饭饱,在睡梦里又看见一个崭新的春天……

这所有的幸福都来自那一层层弯弯的田坎!

可是,当我回到现在的故乡,却再也见不到原来田野的模样,大部分田坎被挖掉,那些稻田全部种上了以前只该种在坡地上的红薯和土豆。我故乡的田野,再也见不到那些弯弯的田坎以及生活在稻田里的小精灵们。鲫鱼、泥鳅、黄鳝都离不开水呀,见不到一处水田的田野,泥鳅、黄鳝它们都去了哪里?那些弱小的生命是否因为缺水而早已消亡?我突然悲痛得呼吸急促,站在被毁的田坎上为它们默哀,那些可爱的小生灵,人们抛弃了曾经赖以生存的土地也毁灭了它们的家园!

如今的农村,有些地方一栋栋房子久无人居,有儿有女的老人无人照管,有的老人甚至在家中去世也无人知晓。人们就像那些曾经生活在田坎上的小生灵一样,渐渐从那片土地上销声匿迹,偌大的院子空无一人。多年以后,那片土地,那些弯弯的田坎是否只存留在文字里?曾经生机勃勃的故乡一片死寂,蛙声、虫鸣、乡音何处寻觅?我精神的家园只能长眠在梦里!

梦里,我正一个人赤脚走在窄窄的田坎上,一步一摇晃,田坎上的土狗儿一见我,"噗" 的一声就飞了;梦里,我正在下田摸泥鳅,泥鳅在我手里溜滑,一个激灵钻进稀泥不见了;梦里,水田的鲫鱼正甩着尾巴,"啪啪啪……"在稻丛里飞快地游动……

田坎溜溜,溜溜我的心坎!

红土地

家乡的土地全是红石骨子风化的,远远看去都是红褐色的。在那片红土地里,有花生、土豆、红薯、玉米,冬天还能种小麦……红土地里的花生颗粒饱满,红土地里的土豆个儿大,没虫蛀,红土地的红薯很好吃,还能打出许多淀粉。

从前,庄稼人的使命就是种地。如果一个人生长在农村,却又不喜欢种地,那不叫庄稼人,那种人就像《米格尔大街》中描写的浪荡子一样,整天只知道游手好闲,东游西逛地过日子,这样的人最容易犯小偷小摸的毛病。我隔壁院子就有一个,他自己不种地,每逢赶场天去赶集时,就在拥挤的街上扒人家的钱包;路过别人家的地时,又眼馋别人地里的瓜果,看见啥都想拿走。大家都叫他"二流子"。于是,红土地上种的庄稼和蔬果,就有被"二流子"偷摘的时候。

好在随着生活条件越来越好,如今的人不再随便去偷人家地里的东西了。

在家乡随母亲生活的年月里,我很喜欢种南瓜。家里的承包地大多是一块块的坡地,带有坎子,而且坎子很高,母亲说这种地势适合种南瓜。我就在每块地角边挖几个坑,多倒些农家肥在里面,再撒下几粒南瓜种,最后薄薄地盖上一层土。没过几天去那儿一看,那些南瓜秧长得好茁壮!说来也奇怪,不论啥年月,只要是经我手种的南瓜,都肯结,而且又大又圆……只是,每年我的南瓜不知道被那二流子偷摘了多少。我心里也没数,顶多骂几句:该死的,又来偷我的南瓜了。

生活在红土地上的人,最自豪的是自己地里的庄稼比人家的长得好。眼看庄稼从种子变成禾苗，从禾苗长成挺拔的植株，再看着它们扬花结子，种地人就像看着自己生养的娃娃那样疼惜，怜爱。如有那不知事的牲畜拱到地里祸害了谁的庄稼，那是比挖了人家祖坟还气愤的。所以，只要有这样的事发生，吵架是免不了的，要赔偿的人硬要，不愿意赔偿赖账的人又偏不赔，从此便结下了梁子，三天两头地吵闹不休，迎面遇上，眼皮都不愿抬一下，刚错过身子还故意指桑骂槐给人听。

于是，双方可以从日出吵到日落，从日落吵到晚饭后睡觉。他们吵架无非就是骂人，甚至把你全家人骂个遍，这是人们通常说的横人。横人可以把埋在地下的祖宗八代骂得倒立起来。鉴于此种因素，有人给自己地头撒上一些农药拌好的诱饵，只要谁家的牲口进了他地里就会被毒死。被毒死牲口的主人也只能哑巴吃黄连——有苦难言，从此，把自家的牲畜紧紧关在圈里了。

像上述吵架和给地头放毒药的人还是极少数的，谁家不养几只鸡鸭猪狗啥的？往往谁家的牲口祸害了周边的农作物，作为庄稼的主人，也只是轻描淡写地嘱咐养牲口的人几句，牲口的主人难为情地赔礼道歉，要不就说，等他地里的庄稼熟了照祸害的面积赔偿便是。往往这么一来二往，话说得很软，气也消了一大半，谁还真要那么一抱谷子和那几个玉米呢？

红土地多在山区，所以，许多红土地是缺水的。俗话说：靠山吃山，靠水吃水。山是可以靠，水就难办了，山高坡陡的地头，风调雨顺的年月还好，风不调雨不顺的年月可就遭殃了。红土地最大的缺点就是不存水，它想存水也存不住，红土地的土颗粒大，不像黄土那么有黏性，只要夏天的太阳照耀几天，高坡地里的禾苗全部蔫头耷脑，向主人告急。

山上的庄稼人都是苦命人，每挑一担粪，一担水，必须一步一步沿着羊肠小道爬上坡去,汗水湿透了衣襟,紧贴在身上极不舒服。男人们干脆光着膀子担粪,扁担把肩头上的皮肉磨得红红的,膀子上的肌肉像铁蛋一样一块块鼓起,一颗颗的汗珠子就从那铁蛋上冒出来;你还会看见,那一颗颗的汗珠子顺着他的额头、脸颊、鼻尖滚落到胸前,再"吧嗒"一下掉进干涸的红土地,瞬间就不见了。

若是无劳力担粪担水的人家,就只有干瞪眼的份,眼看着那些嫩油油的禾苗一天天蔫下去,干下去,最后只有一把火烧了,等待种上下一季的作物。这也是红土地的忧伤……

干旱了,红土地上出不了收成,家家的条件都差不多,谁也不见得比谁好,架也没得吵了。若谁家遇上特别难的事,整个生产队的人都要聚到一起开个会,想方设法来解决困难。谁说不是呢?远亲不如近邻嘛!

生活在红土地上的人,跟红土地有许多相似之处,那就是不存话,有啥说啥,心底透明、善良,更知道感恩,你只要给他一碗水,他就回你一汪泉。

每回想起红土地,就想起路遥在《平凡的世界》里描绘的那一幅幅艰难的生活场景。生活在家乡的人,谁不是活在平凡的世界里呢?

我的红土地,还有那些生活在红土地上的乡亲们啊!

罩子坡

一

罩子坡梁上走来一行娶亲队伍，唢呐昂扬，铜锣喧天。一行人在弯弯曲曲的山路上，深一脚浅一脚摇摇摆摆地过来了，队伍逢桥敬桥，逢庙敬庙，新郎连忙给众人敬烟递火，歇息妥当方才继续前行。

当地习俗是：结婚那天，新娘为大。但凡见迎亲队伍来了，即使是天王老子也绝不为难，小鬼碰见都绕道走。

新娘子头上别朵红花，也有故意不戴花的，一身衣服上红下青。新郎是一身蓝色卡其布的衣服，新人脚上都穿一双白边黑帮平底布鞋，寓意一生平平安安。结婚那天不兴穿胶底鞋，不然婚后会焦心愁苦。

山里很少有热闹，一有娶亲嫁女的路过，家家都像过年一样围在路边看热闹。新郎官碰见熟人，满脸笑容，双手奉上两根烟，名曰"喜烟"，意在好事成双。接烟的人连连说"恭喜恭喜"，不言而喻，羡慕新郎官从此结束光棍生涯，临到最后还撩一句："晚上有煨脚的啰……"

未出嫁的姑娘眼馋新娘子嫁了好人家，大家心里各有小九九，五味杂陈。

眼见娶亲队伍来了，孩子们更是兴奋，运气好时可以捡到几颗火炮，也许大人还递过来两颗水果糖。最有趣的是孩子们争着辨认新娘子，每当认不出的时候，就专找穿新布鞋的女人，谁穿了新布鞋谁就是新娘，谁先认出新娘子就像获得头彩一样兴奋。新人全身簇新，实在穷的人家就另当别论了。迎亲的一行人有说有笑，唯独新娘子脸上略显忧伤或矜持。

新娘子脸上的忧伤其实不是真的,因当地有哭嫁的习俗。出门当天,有跟新娘要好的巧手媳妇,专门来给新人收拾妆容,把姑娘头发盘成髻,新娘子不能再梳妹妹头,脸上的汗毛用青线绞干净,名曰"开脸";讲究的还化淡淡的妆,寓意为打今儿起,毛头姑娘变成女人;新娘在爸妈面前哭成个泪人,恋恋不舍,父母把女儿养大,恩情未及报答,却要从此离开成为别家人;新娘由别人背出大门,门外放一双新布鞋,要新郎给新娘穿上,新的人生从此开始。

父母把女儿的手交给新郎,递给新郎一把新伞,要他在大门外撑开三下,寓意女儿从此由丈夫保护。然后新娘头也不回地被新郎牵走,如果新娘回了头,娘家人会从此一蹶不振,霉运横生。所以,嫁女儿的头天都要嘱咐几遍,出门那天的女儿千万别回头,让娘家人的歹运也一去不回头。如果哪个女人在结婚那天兴高采烈、欢天喜地,会被人耻笑轻浮,婆家人从此会对其严加看管。乡里人对男女关系的避讳是根深蒂固的。

娶亲队伍至少有十几二十人,也有更多的。迎亲的人除了新郎不带任何东西,其余的人都是主家请来帮忙抬陪奁的。乡里人嫁女儿的陪嫁品可谓应有尽有,大到木质家具,床铺、衣柜、组合柜、粮柜、梳妆台,小到锅碗瓢盆,甚至是尿罐和核桃锤等等,以后更是发展到"三转一响",再演变为陪嫁电器、陪嫁人民币,此乃是后话。

新娘的陪奁全靠迎亲的人或挑或背或抬。每个迎亲的人,主人都给脚步钱,如今叫红包。有迎亲的,当然就有送亲的,往往送亲的人,都是新娘子的本家姐妹和最要好的朋友、侄子侄女等。他们上路都有脚步钱,最终拿钱出来的是男方。所谓送亲客是客,与新娘子一样都是空手,不能劳驾帮忙搬嫁妆。乡里人有句玩笑话:"你是来干啥的,送亲的吗？"就是指人两手空空，喜欢偷懒。

所谓人生有三喜：结婚、生子、到老死。结婚是人生头等大事，所以马虎不得。

山里人婚后生子，还要办一场喜事，请来四方亲朋好友、左邻右舍。孩子出生三天后，女婿去丈母娘家报喜，就是为孩子"打三朝"。

打三朝，其实就是男方有意跟丈母娘家要接济。新人刚刚成家，有了后人，娘家人为了女儿生活幸福，周济一些物资，所以借为孩子打三朝。爱体面的娘家人，要送女儿大米、鸡蛋、猪肉等等。打三朝那天，娘家人为女儿女婿挑来很多担大米、肉类，几百颗鸡蛋，甚至小孩的衣物，也是为女儿争面子，说明娘家人有实力，不让婆家人小看。这样一来，等于是娘家人供了女儿坐月子的全部开销。这样的风俗，在中国大部分山区几乎都很相似。

二

我的故乡在长江边的半山腰，坐北朝南，位于齐岳山山脉末端，又是大巴山山脉末端的对岸，巫山山脉恰好以此为起点。处于三大山脉交汇处，所以有人说此地为龙脉分水岭。龙头在长江河中央，也就是如今的云阳新城河中央，以九龙乡为起点一连数过九条龙。而长江双江段中央的一条龙就卧于龙脊岭。

数过九条龙，我的家乡罩子山已经是龙尾了。罩子山四季多雾，像被罩子罩住山头，所以名曰罩子山，它是当地最高的山峰。山顶上有座道观，名曰龙泉观，道观里有一口刚好够道士们吃用的水井。人人都知道水往低处流，山顶上却有口水井，这是很令人好奇的。原来，这口井是大有来头的，传说是太极始祖张三丰从长江背来的水。尽管这样，罩子山的人们却是一如既往的贫穷，唯一被人称道的，就是罩子山顶上的龙泉观。

罩子山对面，也是长江以北，是今天的三峡移民新县城——磨盘寨。

罩子山的土地多是红褐色的石骨子地，不存水，每逢干旱年月总是收成欠佳。山上人多数以种地为生，地里种啥吃啥，小麦、玉米、红薯、花生、大豆……

没实行计划生育的年月里，罩子坡上每家的子女多则六七个，少则两三个。田少人多，土地在山上，干旱年月没收成，辛辛苦苦一年不够全家填肚子，每到荒月，一家人都愁上眉梢，饿得大的哭小的哼。人穷志短性子烈，给孩子们起名也很随便，男孩叫毛儿、狗娃……女孩多叫妹儿；大了该上学了，才不得已起个名，有以季节命名的，有以哪棵树或花草命名的。

吃饭的时候，爱玩的孩子跑远了还没回来，做娘的端着饭碗，站在院子外边的田坎上，喝几口玉米糊糊再拖声扬气地唤一声："狗娃……你个死猴儿……回家乞（吃）饭……"每喊一句都有停顿，停顿时那个音拖得老长。心情不好的时候叫孩子猴儿、死猴儿；心情好的时候叫幺儿、乖幺儿。

往往那些幺儿不听使唤惹毛了大人，回去要遭收拾，扫帚疙瘩、竹板子、黄荆棍子……抓到什么拿什么打。猴儿们渐渐长大，该说媳妇的说媳妇，该嫁人的嫁人。女孩嫁人倒好嫁，男儿多的人家说媳妇却不容易，说不起媳妇打光棍的大有人在，我本队就有三个光棍。

每当媒人来做媒，首先提出女方的要求，如男方答应，媒人才叫女方上门"采访"（相亲）。双方相中了，婚事才有谱，看不上就当没提那话。有时候，因为男方太穷，女方来"采访"时男方做假，给粮食柜子里放些稻草和柴块，再把粮食倒在上面铺平，"采访"的人轻轻敲敲柜子，感觉是满的，心里暗自欢喜；也有媒人干脆把柜子盖掀开让女方看，女方以为这户人家很殷实，满柜子的谷子和麦子，事后真相大白也晚了，生米已变成熟饭了。也有露馅后告吹的，跟赵本山的小品《相亲》情形相似。

罩子坡地处大巴山山脉与齐岳山山脉的交汇处，山路难行，最著名的要数山崖上的九道拐。关于九道拐的山歌不知有多少，它是川东人在艰苦环境下的生活写照：“九道拐，弯又弯，爬了一拐又一弯，累得哥子够得喘；幺妹儿家住九道拐，爬坡上坎为哪般……”

山妹子嫁人多数还嫁在山上，也有被人贩子拐跑的，卖到河南、湖南、安徽等更穷的地方。那些住着瓦屋、草房、泥巴墙的山里人，都习惯背背篓，嫁女儿的时候，娶亲的人来背走十几只背篓、抬了许多担的嫁妆，是很有面子的事情。这说明新媳妇娘家很殷实，做女婿的有靠山。本文开头的场景就是罩子坡的风俗表现之一。

我去过张家界的土家族聚居地，发现故乡的风俗跟土家族很相似，包括农业用具和家什用具都一样。我大概估计，罩子坡的民俗是被汉化了的土家族习俗。据后来调查发现，长江中上游一带，除了当地人，几乎都是"湖广填四川"时期过来的外地少数民族和汉族人民。

娶亲在农村算特大喜事，日子多数选在农闲月份。办喜事那两天本队人都来帮忙，主人家酒席办得丰盛，说明主家富裕，若是一席八人吃个碗盆干净还没饱，说明主人家很穷或是抠门。山区人家办酒席，多以乡土菜为主，每席九盘十二碗为标准。

婚事坐席分娶亲客和送亲客，还有来贺喜的客席，往往主人事先为送亲客留两桌，人多另论。席面开始都一样，但是酒席吃到最后，本地人要在送亲客席上再上三碗荤菜，就是把盐菜扣肉、红烧肉和东坡肘子再上三碗，显得主人家大气，特别优待亲家。

九盘十二碗，是很丰富的席面。但在穷困年月里，办酒席只能凑几样菜而已，哪有这么多的荤菜！

　　包产到户前，那时候的席面只有盐菜扣肉一碗荤菜，其余全是素菜，还不怎么能吃饱。并且那碗盐菜扣肉只有薄薄的八片肥肉，每席坐八人正好一人一片。一桌子人，眼睛鼓起像麻将里的二筒，盯着那薄薄的肉片。如有不自觉的人多夹了一片，筷子伸得慢的就吃不到肉了，嘴上不好说啥，眼睛却死死瞪着多吃那片肉的人。

　　如今，这样的情况早已不存在，农村也跟城市一样，但凡办酒席，场面办得很大，也浪费得很。

三

　　有喜事当然就有丧事，农村人办丧事的酒席比喜事的稍差些，分主人大方与否，大方人家一样的九盘十二碗。这里值得一提的是办酒席的厨子，每逢红白喜事，厨子必会在主人家烧三炷香，备三碟小菜祭拜灶王爷。农村人的灶王爷没有牌位，每家的灶头就是灶王爷。如办酒席那天，甑子里的米饭蒸得好，那是有灶王爷关顾，如是锅里水都烧干了，甑子里的饭还不熟，那就是在无意中怠慢了灶王爷。

　　乡里人给活过八九十岁的老人办丧事，也称白喜，不同的是丧家毕竟死了人，香烛烧得满屋浓烟缭绕，气氛比较沉郁。帮忙的也是那些本地人，谈论的话题往往离不开死者生前的事迹。自然规律、人活一百岁终有一死等等，多有伤春悲秋之感。

　　乡里人不开追悼会，却为死者"守灵"，但排场比追悼会隆重。丧家第一个请的是地理先生，第二个是吹鼓手。吹鼓手是请来守灵的，办丧事那几天，直到送亡人上山，每日每夜都敲打着锣鼓，吹着唢呐，煞是热闹。地理先生把坟地看好,帮忙的人上山打井,先生则忙活打纸幡、做照灵伞、写祭文、给死者穿寿衣入殓,还要在棺材前做个灵位放上,地上放个陶盆,以供前来祭拜的人烧纸……祭文的内容离不开死者生前经历,一概拣好的弘扬,让后辈记住逝去的人是一个高尚、诚信、善良的好人。

到了出殡的头晚,地理先生像唱歌一样,摇头晃脑一字一句把祭文唱给在场人听,分几个阶段。在场披麻戴孝的人,包括本家孝子、堂侄、其他至亲人等,几乎多是晚辈,一切听从地理先生的指挥,磕头、作揖、烧纸。一切妥当,往往唱到最后听见有人大放悲声,那是主家未亡人想起亡人的各种好处,而今先人离去,无法隐藏内心的悲痛,呼天抢地地恸哭起来,众人立即拉住好言劝慰一番。

第二日凌晨,只听见地理先生一声吆喝:"起灵咯……"声调拖得老长。"急急如律令,天灵灵,地灵灵,大小神灵听令,XX开关让路……XX一路放行……"那声音在浓雾里,随着山风的传递,凄凄惨惨地缠绕着每一个人。

帮忙的人等到找齐家伙,套的套,抬的抬,七手八脚把生漆的黑棺木套上杠子,这是抬灵轿。地理先生拿着一只公鸡在停放在亡者的堂屋门口,口中念念有词,然后在门槛上一刀剁下鸡头一脚踢向门外,把带血的刀在门槛上猛砍三下就喊:"起灵!"于是抬丧的八个人赶忙把灵柩抬出门外。地理先生捡起那鸡身沿屋走三圈,就迅速将门关上,退出堂屋,把鸡身卷入怀中。

主家对每一个抬灵轿的人都有犒劳,一双草鞋,一条汗巾,一顶草帽,一盒烟。抬灵轿一般由八人抬,这跟古时做官的一样,所谓八抬大轿、新官上任,寓意为人死后赶赴另一处上任,热热闹闹地送他上路,这是一喜;路上遇沟遇桥鞭炮齐鸣,驱使拦路小鬼开关放行,这是二喜；若是久病无医者，死后脱离病痛折磨是为三喜。

出殡时，所有亲戚和帮忙的人举着花圈在前。顺序是：花圈、招魂幡、照灵伞、灵牌、棺木。孝子一直在棺材前端着灵牌，灵轿歇，灵牌歇，灵轿走，灵牌走；次孝子举招魂幡，紧随其后；照灵伞，要么是未亡人举，要么是至亲，一干人等与端灵牌的一样歇歇走走。如是有人去世，未亡人（死者妻子或丈夫）想另嫁（娶），也可以不送亡人上山，但会被人指指戳戳瞧不起，说亡人尸骨未寒，就生异心，属于忘恩负义之徒。

到了坟地后，先放鞭炮威震山神，众人听得地理先生一通入土为安的祷告后，将棺木下葬，地理先生拿吊线头瞄准方位，所谓定穴。然后又是一通鞭炮，接下来给亡者亲人撒禄米，亲人们卷着衣兜接，谁接的禄米多，以后谁衣禄丰盛。以前人穷见识短的年月里，一个大家庭里弟兄姊妹多，在接禄米的时候相当有讲究的。

完事后，地理先生才叫众人刨土掩埋，这时，也是地理先生拿钱走人的时候。地理先生走时也有讲究，不许回头，否则不吉利，传说地理先生如果回了头，丧家定会有另一场丧事。就这样，一场丧事算大功告成。

丧家埋人后，有七七之守，守过七天后，丧事才算全部结束。

罩子坡的人死后，坟地都选在罩子坡梁上，那里有最好的风水，面临长江，坟头对准河对面的磨盘寨。听前辈人说，谁家的先人在这里埋得好，后人就沾光。

本地人的婚娶多选在每年的头春或岁尾，许多孩子也在岁末或初春降临，那些老人也多在头春或岁末去世，正是应验了那句古话：什么时候来则什么时候去。是冥冥中上天自有安排？我不得而知，我知道的是，生在罩子坡的人，外出多年，最大的心愿是落叶归根。

稻香遍野

我的家乡在长江南岸,处于中上游的长江边的高山上,每年夏秋季节都飘荡着令人难以忘怀的一种气息,那就是稻香。

立夏一过,那依山傍水的一层层弯弯的稻田里,正浮现出歌唱家歌声中的美景:"一条大河波浪宽,风吹稻花香两岸……"

我的记忆里,家乡的稻田就是由无数个弯弯的"月亮"组成的。那一层层弯弯的"月亮"里全是绿油油的稻子,阵阵清风拂过,满山坡的稻田就是一幅幅飘荡的绿绸,红的、黄的、绿的,各色各样的蜻蜓就在那绿绸上起舞。

脑海里,稻香应是从一粒谷种的鼓包、发芽开始的。惊蛰刚过,农人把水田耙好,把在锅里温水中发了芽的谷粒,撒进一箱箱沟垄整齐的苗床。于是又一年的稻香,就从泥土中、春风里慢慢孕育出来。然后是割稻、耙田、插秧、喝栽秧酒,稻香就在农人的酒盅里蔓延进每一株秧苗里,难怪每一年的稻香总是那么醉人!

稻香混合着农人与水牛的汗味。犁田的时候,农人嘴里那一声响亮的"嗖"传进牛耳,牛奋力往前拉着犁铧,汗珠一颗颗落进稻田,融进每一株秧苗,然后在秋的季节里散发一种叫收获的滋味。

稻香也是村庄上空袅袅的炊烟。妇人们每天三顿烧火煮饭,倚门盼望耙田的丈夫归家,稻香就在她们每一天的守望中茁壮成长着。那缕缕缥缈的炊烟抚摸着一株株稻子,就像丈夫温暖的手拂过脸颊,于是,稻子就在炊烟的爱抚下慢慢沉醉,馨香四溢……

稻香更是农人秧歌中余留的韵味。集体生产的时候,队里组织过社员们薅秧,就是清除秧苗以外的杂草,比如稗子、水草、三叶菜、空空菜……一行人一字排开下到水田里,边扯水草边聊天,这还不尽兴,便鼓动金泉哥哥唱薅秧歌,金泉哥哥是我们队里的秧歌高手,高亢的歌声张嘴就来:

情妹当门一口塘,半边阴来半边阳;
半边阴的栽高笋,半边阳的栽高粱;
好吃不过高粱酒,好耍不过少年郎。

而他唱得更多的是男欢女爱的歌,比如《与郎做双跋脚鞋》:

凉风悠悠好做鞋,
可惜没带鞋样来,
郎把脚儿高翘起,
照样剪来照样做,
与郎做双跋脚鞋。

而后面的一首《情妹妹来小冤家》更有一些陕北民歌的调情味道:

情妹妹来小冤家,先有我是后有他?
什么壶装两样酒,什么树开两样花,说不明白不来哒。
情哥哥来小冤家,先有你来后有他,
鸳鸯壶装两样酒,金树银树两样花,难舍你来难舍他。

从这些秧歌里,我总能感受到一种包办婚姻和拆散有情人的悲凉,于是，稻香又寄托了两情相悦的味道。

而我无意中在诗经《周颂·良耜》里看见这样几句话："以薅荼蓼，荼蓼朽止，黍稷茂止。"可见薅秧不是后来的发明，而是继承了祖先的传统。恍惚中，朦胧的夜色里，《诗经》中的窈窕淑女就在稻香里摇曳。

稻香还是春天留给秋天的香水，经过火热的夏天的传递，稻香越发浓烈而纯粹。

立秋一过，满山坡的稻田由青渐黄。我眼里的秋天往往没有"悲秋"的景象，我的秋天是喜悦的、收获的季节，所以少了许多文人的幽怨，少了"天凉好个秋"的况味，少了"凉生枕簟泪痕滋"的清愁，更少了"床头秋色小屏山，碧帐垂烟缕"的凄凉。我眼里的秋天是稻谷飘香、虫蛙高歌的季节，也难怪诗人说"稻花香里说丰年，听取蛙声一片"。

每一年的这个季节，正是乡村最美的时候。蚱蜢在稻田中飞来飞去，豆娘在稻穗上起舞，青蛙在稻丛中歌唱，蝉在梧桐树上鼓噪，布谷鸟在远方不住地呼唤"布谷……布谷……"一片片又青又黄的稻田，在一丛丛绿树的陪衬下与村庄相依相偎，白墙青瓦的农舍在稻田中穿插，你中有我，我中有你，稻香就在这一幅幅美不胜收的图画里浸润。

八月，是老家稻香沉醉的季节，农人从弯腰的稻穗上取一粒谷放进嘴里，"嘎嘣"一声脆响，就知道是收割的季节到了。于是，全体动员，男人、小伙子、小媳妇、姑娘们全体下田割稻子，人们在一片"唰唰，唰唰……"的割谷声里忙碌着。到傍晚女人们捆稻子，男人们负责挑回家，一系列的活动依序展开，搭谷、碾场、扬谷、晒谷，然后装满一口口老旧的柜子，等待相亲的姑娘进门。媒人敲着满满一柜子的稻谷，笑呵呵地说这户人家很殷实，等姑娘娶过门，人也像稻子一样开始分蘖、扬花、结子了。

土地的血脉

离开故乡多年,每次看见远方青绿的秧苗或金黄的稻子,就会思念起故乡弯弯的稻田。那融进血脉的稻香在午夜里魂牵梦萦,每每勾起我浓浓的故乡情结,难以自拔。

所有的这一切,都与漫山飘扬的稻香不可分离。

人间烟火

青山，稻田，小溪潺潺，杨柳依依，竹林依偎着屋檐，小狗躺在阶沿下，炊烟爬上了树梢。

画面总有一些陶渊明笔下的"结庐在人境，而无车马喧"的感觉。

等我在诗意里搜寻到记忆中那幅画面的时候，才发现，我离开曾经生活过的那片土地很久很久了。

当年看黄梅戏《天仙配》的时候，我还是一个懵懂无知的小姑娘，虽然黄梅戏不是我喜欢的剧种，但剧中的布局给我留下了很深刻的印象：青山、绿水、小桥、茅舍……正是它们提醒了我，这就是人间烟火。

画面是我最熟悉的那片青山绿水，男人在田间地头忙碌着，女人同样忙碌于家里家外。茅屋上的炊烟三百六十五天都在摇曳着，像一面旗帜，在山林、泥土上飘啊飘啊，飘出家家户户的饭菜香。

土地没下户的年代里，隔壁徐表婶喜欢把豌豆炒熟磨成面，然后混合红薯和土豆煮成一锅香喷喷的豌豆糊。她的儿子金河喜欢端着碗在地坝边，背靠竹子呼啦啦地吃着，嘴巴发出"吧唧吧唧"的响声，炒豌豆的香味就通过他的"吧唧"声传送到我的鼻孔里，也传送到整个院子其他孩子的鼻孔里。

孩子们的嗅觉灵敏，他们耸动着鼻翼，一路闻过来，走到徐表婶的灶屋前，咽着快要流出嘴角的口水，巴巴的眼神里，分明有种乞求的渴盼。

表婶问一声："乞（吃）饭了吗？"

回一句："没有。"两只手不停地搓着，低头盯着脚尖，不敢再看表婶一眼,黑红的脸像红薯皮。表婶转身,从挂在墙上的竹篮里拿下一个土瓷碗,拿起锅里的长木把饭瓢,手一抬舀一瓢糊糊盛在碗里,递给那个"饿痨鬼",孩子就呼啦啦跟金河哥哥一样香喷喷地吃起来……

而我家瓦房上被风摇乱的炊烟,此时正传出一股玉米面糊的清香,清清的玉米糊里,还掺杂着大米、红薯的香甜。我却喜欢表婶家里香喷喷的豌豆糊,嫌弃自家的玉米糊寡淡。母亲总是在这时埋怨我不识好,大米怎么也比豌豆高几个档次嘛。

日子好一些后,徐表婶家里的烟火味里,经常有股"牛滚水"的咸菜香。那是用盐菜和着土豆一起熬出来的香味,用麦子面包肉馅,做成像大个饺子形状的面疙瘩,加一些葱姜盐,烧开锅后就把"牛滚水"放进去,至今想起那种味道我都流口水。

日子好过了,三叔家的炊烟也经常摇曳出肉香味。三妈喜欢摊粉皮炒腊肉,撒上姜末、葱花,一锅炒下来,满院子飘香,让过路人垂涎欲滴。

而母亲最拿手的是用火葱头炒肉,只需将一些火葱头切碎,炒肉时撒上盐和姜末,放进火葱头炒熟,就是一碗香喷喷的美味。我记忆中最美的味道一直停留在那碗火葱头炒肉里,也许母亲的味道才是女儿一辈子的人间烟火。

记忆里的夏天,太阳像个火球,晒得孩子们浑身流油,出门时大人"不准下水玩"的命令,早就被抛进了上学路上的水塘里。男孩子不知羞,当众一个个脱得精光,活脱脱像剥了皮的青蛙,女孩子看见羞得抬不起头,像自己犯了错一样,脸红红的,急忙扭身跑了。男孩们却迫不及待地跳进水里,在水塘翻跟斗、打水仗,玩得不亦乐乎,等到想起来上课,却晚矣,急忙穿了衣裤跑到教室门外,上课已好一阵了。一声"报告",老师二话不说,罚站是必须的,当然更要告知家长,说孩子在上学路上洗澡,若出事不要怪罪老师,因为老师在学校管不着。

这样罚站的次数多了,孩子也无所谓了,反正玩水忘记了时间赶不及上课,索性不去学校了,以免罚站丢人,还被同学们指指点点。干脆一下午泡在水塘里,等放学后,一起大摇大摆跟着其他人回家去。

但这样的把戏是骗不过细心的母亲的,一看孩子头发就明白是下水了。若是有老师告上门来,说孩子没去上课,一通质问后,答非所问,免不得一顿棍棒上身。"黄荆条子出好人",是老祖宗流传下来的规矩,不打不成材嘛。而每家每户的男丁,一直承载着传递"香火"的责任,所以不得不对男孩严加管教,在安全上更是防范严密。

孩子们是贪玩成性的,不光在上学路上玩水、滚铁环、跳绳、跳房子,还发展到下河沟捉螃蟹、烧螃蟹、办锅锅窑。他们从家里偷出一些米、油,甚至猪肉,拿一口小锅,下面垒几块石头,做一个简易灶,捡些干柴烧起来,把带出的食物全部放在一起煮熟,忙碌半天的几个"饿死鬼",三下五除二就把一锅杂烩消灭得干干净净。孩子们在荒芜的年月里,自己给自己上演着一幕幕人间烟火。

我的家乡很偏远,稻田也是有限的,所以每一年秋季,有一个传统的习俗——铲火灰,就是把田边地角的杂草铲除、晒干,和着谷桩、泥土焚烧成灰,然后在冬季的小麦播种以及豌豆、胡豆下地的时候,派上用场。草木灰富含钾元素,农作物大多需要钾肥,农民自有一套土地上的知识,而那些被人瞧不起的土地知识,偏偏又能跟科学联系到一起。

烧火灰是秋季里的大型活动,满山遍野除开树林,田地边角的草木都被铲了拢到一起焚烧,烟雾顺着山沟弥漫,你会突然明白过来,这才是真正的人间烟火。

记忆里那幅人间烟火里,虽然没有黄梅戏唱词里"你耕田来我织布,你挑水来我浇园"的优美,却有洒脱自在的悠闲,它来自人间,生于世俗,却又有超脱世俗的味道。

我眼里的人间烟火,是慈母碗中那一碗热腾腾的豆花,是慈母手中那一枚小小的绣花针"临行密密缝,意恐迟迟归"的血脉亲情,更是连接母与子的脐带。

随着时代变迁,青山中那些茅屋渐渐变成青瓦土墙,炊烟旁逸斜出,到瓦房高处袅袅地缭绕。再到后来,那些土墙青瓦房演变成如今的青砖楼房,却让我把栏杆拍遍,也难寻旧人相聚。

这个时代的人间烟火已经有些变味,不再是原始的男耕女织的画面,而是《牛郎织女》后半部的结尾,一个天上一个地下的遥望。以前那戏水的顽童,远去他乡打工,家中留下孤独的老人,偶尔几家还有留守儿童,屋梁上的炊烟也难觅踪影,人们大多改用了煤气罐、蜂窝煤。

我们所在的人间,青山绿水中,往往是一些美丽的白墙红瓦、小楼林立的景象。烟火不再像以前那样妖娆热烈,被冷落的村庄就像被遗弃的妇人,清冷而又寂寥,在原地引颈盼望远方的离人回归。

人间烟火哪儿去了?

原来,人间烟火早已聚拢到城镇、都市,而大都市紧密的楼房又是拒绝烟火味的,所以都市人也少了许多人情味,人间烟火就逐渐被人们淡忘。那幅不灭的人间烟火图,也就成了中国历史上一幅定格的名画:青山、绿水、小桥、人家……

土地的血脉

一

当田野开遍金黄的油菜花，房前屋后桃红李白的时候，我知道，那片贫瘠的土地迎来了她风华正茂的时代。

春天来了，我又开始满山遍野地寻找野猪草。

最喜马兰花一样的鱼鳅蒜，如张爱玲笔下的上海滩小姐，撑着一把素色的花洋布伞，亭亭玉立在道路两旁，田头、地角遍地都是。风一吹，最是那一低头的温柔，妩媚而又让人怜惜。

矜持的鱼腥草，穿着紫袍，越长高越妖娆，不知什么时候戴顶黄白的遮阳帽，风姿绰约，仪态万千。她可是野草中的贵族，不光猪儿喜欢吃，连城里的人儿也对它垂涎三尺。

蒲公英、空空菜、夏枯草……全都不甘示弱，它们喜欢匍匐在泥土上，也会开出小小的花朵，摆出优雅的身姿。

我自然是最欢喜的，有了它们，每天回家都有满满的一背篓野猪草，自然也能受到母亲的表扬。她越是表扬我，我就越兴奋、越勤快，满山坡地寻找那些我喜爱的野花野草。我就是那只山野的蜜蜂，不停地穿梭在田坎、地头、山林之间。那片土地里每天都在生长着猪儿需要的食粮，取之不尽，用之不竭。

而母亲，却更像一只大脚蜜蜂。天晴的日子里，母亲就用那双大脚挑水、担粪，跑进跑出，用那双不算灵巧的手一瓢一瓢地浇着地。干渴的土地欢喜得直冒泡，地里的藦菜被割了一茬又一茬，在原来的茬口上长出嫩绿的新芽,待到长高又被割去喂猪儿。

春末,麦子已是一片金黄,熟透了,割了麦子又栽上红薯。母亲每天就那样放下锄头又挑起粪桶,挑进挑出,忙碌得像个陀螺,喂养着几头猪和几个儿女。我甚至怀疑,那漫山遍野的野花野草是不是也是她养的?难怪我比其他孩子扯的猪草多呢!

如果那些美丽的生灵都有她辛勤的浇灌,那母亲付出了多少心血呀!

二

夏天,从半山腰往下望,满眼是五线谱一样的梯田,弯弯曲曲中展现的是一幅绿色的田园风景画。而母亲,是那个每一步都踩在五线谱上的乐手,锄头和扁担是她弹拨琴弦的乐棒。田间是绿油油的秧苗,地头是一行行绿油油一人多高的玉米,玉米林中有墨绿的土豆藤开着紫白色的花。

母亲在自留地边应景似的种了几棵向日葵,向日葵金黄的圆脸盘随日照的转动而转动,非常美丽,引得小蜜蜂围着它嗡嗡地唱。路边的杂草和高山上所有的树木,全都绿得发了疯一样,风从半山腰跑过,树叶们一起翻着白眼。

这样的日子,我和母亲都被淹没在漫山的绿色里,风儿抚摸着滚烫的脸庞。我们在玉米地里挖土豆,玉米叶在我们身上缠缠绵绵,恋恋不舍,把我们的脸颊刮得绯红。汗水把我们的衣衫湿透,汗珠儿顺着鼻尖滚落到泥土里,花翅膀的蚊虫追着我们叮咬。我拿镰刀割了土豆藤,锄头照准一棵秧子旁挖下去,手一提翻开红色的新土,几个白花花肥滚滚的土豆就躺在泥土里,像熟睡中的婴儿,母亲和我不胜欢喜,喜悦让我们忘却酷暑，甚至忘记了蚊虫的叮咬。那是我们开春时播下的希望，在这个绿得发亮的夏天收获了。

该吃午饭了，我们开始往家里背土豆，背了一趟又一趟，那么多的土豆啊。猪儿有了吃食，人干活就特别带劲。忙不过来的时候也请人帮忙，抢季节挖土豆，天下雨又栽上红薯。家乡的土地是红石骨子地，最喜出红薯、土豆的，这两样东西不但养猪，更多的时候也养人。母亲赶集去了，孩子们在家都争着去猪食锅里掏红薯、土豆充饥。山里人呼唤孩子时，也总是猪儿、狗儿、猫儿的叫得欢实。

原来，人与动物之间只隔了一层布的区别，食物却大多数是相通的。

三

在没有电灯的日子里，每个月面临着灯油、肥皂、盐钱的开销，父亲已经两个多月没回家了，家里又是出不来钱的日子。以前还靠卖鸡蛋做油盐钱，天热了，那几只母鸡早就不下蛋了。母亲每天把鸡屁股摸了又摸，还是没有摸出一个蛋来，只好跟隔壁大婶去借盐，借了一次又一次，每次都去借一调羹，到后来再也不好意思借了。

灯油也不好借，没有灯油的夜晚两眼抹黑，每天晚上都不能做白天剩下的活。猪食煮好了依靠平时的感觉摸着倒进猪槽，就这样，摸进摸出好些天。实在没办法，母亲找队长借了两块钱的路费，把猪和牲口要吃的饲料全部备齐，喂养牲口的事儿托付给屋后面的幺姥，要我带她进城找父亲。

母亲背着最小的妹妹，天太热，地上像着了火似的烙人，脚掌被一双烂凉鞋硌得生疼。我领着母亲踩着河边烫人的沙子，踩着又硬又烫的卵石，爬过一栋栋吊脚楼旁的石梯，上了城里唯一的土公路。衣服已被汗水全部浸透，汗水顺着搭在前额的一缕缕头发，一颗颗往地上滴，瞬间就不见了踪影，嗓子干得要冒烟，渴坏了，小妹妹在母亲背上热得直哼哼。路边卖冰棍的吆喝声把我吸引了过去，我跟母亲要了几分钱，给她们和自己各买了一根冰棍。

从来没吃过冰棍的母亲被冰爽得乐了起来，红着脸鼓着讨好的近视眼凑在耳边悄悄问："娃儿，这是么子？怎个好乞（吃）？"我突然长大了似的，一副见多识广的样子，告诉母亲是冰糕，热天只有城里才有得卖。

年前，母亲曾经派我随大人进了一趟城，我什么都已经见过，也不新鲜了。这是母亲第一次进城，见什么都稀罕，像刘姥姥进大观园，东看看西望望，我在前面边走边等着，很奇怪，她竟那样出尽洋相。我猜，她也许老想着要把庄稼带进城里种！这样想着，她就把那个夏天的酷热全都抛在了脑后。

四

没电的日子不知过了多少年，我在摸爬滚打中长大了。时光已转到二十世纪八十年代中期，为解决没电的烦恼，生产队里第一次组织群众牵电线，可是电线需要水泥铸的电线杆子，水泥杆子要到三十几里外的乡政府去抬，队长要每家出一个劳动力，不出劳力的就得出钱。我们家里没钱，男孩还小，又进城读书去了。家里"阿爷无大儿，木兰无长兄"的境遇使我义不容辞，不由分说，披挂上阵而去，等我与队里的男人们一起抬着电线杆子，一路吼着号子走在回村的半路，老远见母亲汗湿了衣衫急慌慌迎面而来，身后还跟着请来的表叔。

原来你在我走后，又去请人帮忙，你生怕我被压垮，我为你多此一举的行为无语，最终你还是心疼女儿。母亲，你又多欠一次人家的情啊。

儿女们一个个像出林的笋子长大了，也一个一个依次离开，大的走了，小的留下。在老家的那片土地上，你就像抗战时期的大后方，源源不断地给城里读书的儿女输送着粮食，输送你一瓢汤一瓢水养出来的猪肉，还有一针一线做出来的布鞋。

你用勤劳的双手伺候着那片土地，就像一头累不垮的母牛，仿佛儿女们吸干了你蔫瘪的乳房，还要榨干你的血汗。你每年都要请人挑大米进城，挑麦子、猪肉送去父亲那儿。那么多人吃饭，却只有你一人干活，别人说你太傻，可你完全不在乎，常常说，只要娃儿们健康成长，好好读书有出息，就是累死也心甘！

但是，当有人跟你吵架，骂你一辈子只知道做牛做马，以后无人会照管你的时候，你却伤心地哭了。你哭得肝肠寸断，哭得地动山摇，哭得惊天地泣鬼神，你对着漆黑夜空哭了整整一晚上。我不在你身边的那个夜晚，你是否觉得你是这个世界上最无助的人，最悲惨的人？

但是，天一亮你又挑着水桶开始了新一天的忙碌，你最终还是坚信，儿女们不是忘恩负义之辈，你的巨大付出最终会得到回报，你更加坚信的是：你的善良和勤劳养育出的儿女没有一个是孬种！

因为，你一直就是用心血在滋养着我们，滋养着那片土地呀！

五

我出嫁了，没时间帮你干活了，我有我的生活，那片土地上只剩下一个走路蹒跚的你。

我不能想象，那段时间你是怎么度过一个个漫长的黑夜。儿女们都不在身边，要你进城跟他们一起生活，你有太多的不舍：舍不得那片土地、那片树林，舍不得猪，舍不得鸡鸭……你舍不得这，舍不得那，更舍不得儿女。最终迫于无奈，你卖了猪，捉了鸡鸭，离开了那片土地。

那片土地有你几十年来道不尽的心酸，也有你的欢乐和收获，更多的是你付出的全部心血，你把整个青春全部献给了那片土地。

曾经为那片土地，三叔挖空心思地跟你抢夺，他在你一点不知情的情况下，去每家每户要社员签名，骗过了队长，最后在父亲回家的时候，拿出所有的签名要父亲答应。他要在你的自留地里建房子，父亲终于迫于兄弟情分没跟三叔翻脸，无奈答应。

三叔把你的果树几乎全部都毁了，移栽过后，没有几棵存活的，果树被伤到了树根，而你的心也被伤透了。

可是后来，当父亲离开人世，无依无靠的三叔向你求助的时候，你还是伸出了援助的手。人们无不感叹，你是一个不记仇的人，你把你所受的折磨与苦痛忘得一干二净。我都曾经讥笑你是好了伤疤忘了痛。

曾经跟你争田边地角的隔壁表婶偷了你种地的锄头，为此你把我狠狠地打了一顿。因为，那次是我用了那把锄头，随手扔在地坝院墙靠着，谁知你回家拿锄头的时候却不见了，那顿打你是打给表婶看的，可她还是没有还你的锄头。

其实我们早就怀疑过她，因为我们家的一些东西经常会莫名其妙地不翼而飞。事隔多年，我去表婶家里闲聊，看见了那些熟悉的物件，比如我曾经使用多年的砍柴刀、扫帚、簸箕……尽管表婶一再解释和伪装，我都能一眼认出来。而你后来也看见了那个熟悉的锄把，知道是她偷了锄头，你却不肯去要回，你说就让她种地吧，种到老死了就啥也不争了。隔壁院子的两弟兄经常做些偷鸡摸狗的事，把你的鸡偷了两只,你也只是一笑而过:"别人乞(吃)也是乞嘛!"

你岁数大了,不想再跟人起争执,你把一切都忍了,然后扔了,当作从没发生过。

但你的心,从没有扔下对那片土地的牵挂。你总是隔段时间就蹒跚着脚步回去看看,看看山上的那些人,那些庄稼。你的心始终都没有离开过,你像想念儿女一样想念着那片土地,以及那片土地上的一切,仿佛那片土地没有你的照看,庄稼和树木都会被渴死似的。

我知道,你内心有对那片土地的渴望和挂念,你希望滋养那一草一木,看它们茁壮成长。

虽然不在山上种庄稼了,你却把庄稼种上了城市的阳台。那些阳台上的庄稼是幸运的,在你一瓢水一勺肥的滋养下,绿油油嫩汪汪地生长着。你又找到了种瓜得瓜、种豆得豆的满足感。

庄稼有得种,城里却不能养猪养鸭,每次看你忙碌着全家的一日三餐,我总在想象,你是不是也像在老家喂养猪儿一样,喂养着你的儿女和孙子们?

而那片土地自从人们走后,满山坡的荒草,田坎地头垮塌无数,山上的精壮劳力也全部外出打工去了。在人心向钱的时代,人们都希望多挣些钱,那片贫瘠的土地种不出来钱,只能长出有限的粮食,更多的是红薯和土豆。农耕的自给自足,满足不了人们贪婪的欲望。于是,许多土地被人们抛弃、荒废了。

那片土地上,剩下的全是老弱病残幼,再也没有原来的花枝招展,果树成林,只因为像你一样勤劳的母亲,早已不在原来的土地上,没有了你们,土地就缺少了滋养万物的补给。你也像千千万万的中国妇女一样,是滋养祖国大地的血脉啊!

六

　　偷你锄头的表婶走了,她的儿子把她埋在了自留地里,孤独地守望。喜欢算计你,少给你分粮,少给你丈量土地的那两个人也入了土,同样被埋在了自留地里。你回到那个山坡上,越来越难以看见原来的那些对头和冤家,只看见逐年增多的坟堆。过去那些飞扬跋扈、争争吵吵的声音犹在耳畔,一阵风吹过,却了无痕迹,都被岁月的风沙吹走了。

　　以前的许多人和事就像秋天的落叶,一天天少了,不见了,落在尘埃里,化为泥土。而我们每一个人在最后也将成为大地的一部分,变成土地的养料。

　　父亲走了,临终说要回到那片土地去,因为他也曾是那片土地的儿子。而你,自父亲走后落寞得像一棵树,一站就是半天,遥望的总是老家的方向。而你这棵树最终结下了我们五个儿女,我们都已经落地生根,你却变成光秃秃的一棵站不直的老树。我知道你孤单了,父亲的坟墓修在老家的山坡上,你要把你的墓也一起修好,我倒希望你活得更长久些,陪伴着儿女、孙子们一起生活。

　　哪知道,你在父亲走后才八年就得下重病,也许,你要离开我们了,也许,你太想念那片土地了。

　　你病重的日子,我找了按摩师,要你每天去按摩,以缓解病痛。当医生要你把腿伸直的时候,我整个人都呆住了,你的腿像松树枝一样。更令我胆寒的是,你两只脚向着不同的方向,医生想让你把腿放正,却扳不过来,你说早都成这样了。我的心一下子跌进了深渊,喉咙紧得咽不下口水,心像被狠狠地撕扯着,疼痛得说不出话来。

　　我脑海里,你那双腿总在下田、下地,走在挑水、担粪的路上。风里来雨里去,走进走出,都只为了那片土地和生长在那片土地的儿女。

终于,你油尽灯枯了,你的两条腿像被风干的树枝,摆在那里不能动弹。你也像那些曾经跟你起争执的人一样,倒下了,最终不动了。我竭尽所能都没留住你。我们把你的骨灰送到那片土地上,让你继续滋养那方土地。那让你魂牵梦萦的土地啊!终于,你永远地躺在了它的怀抱,与父亲一道,守护着一方平安,与儿女们隔河相望。

我更加欣慰的是,你终于成了那方土地的血脉,永不分离!

青冈之木

"南山之木,可用之材"。我故乡罩子坡的山上,大多都是青冈树。
想起青冈树,就想起故乡的人。

青冈树,春夏秋冬都是故乡一道最特别的风景。春来,青冈树满身嫩红的芽,昭示着生命的力量有多美好;夏天,青冈树是山坡绿油油的衣裳,向空气中传送出一种蓬勃的生机;秋天,青冈树是山坡最美丽的装扮,叶随秋风满山飞扬,树下落了一层厚厚的金黄叶子,踏上去簌簌有声;冬天,青冈树无叶的枝干直指苍穹,蓝天白云下,恰似中国画里一笔笔苍劲有力的挥墨……

青冈树,很普通的树,大多时候人们没有把它当树,而当作杂木柴草砍伐,可见一棵青冈木要成材有多不易。中国画里露脸的大多是苍松翠柏,却极少出现青冈树。可在我看来,青冈木并不比松柏木逊色,甚至比松柏木扎实很多,落叶可以引火,树干可做锄把、柴块,还可制作木炭。被人低看的青冈木,却在人们的生活中充当了不可或缺的角色。我一直想象,中学课本里面的《卖炭翁》,所卖之炭就是青冈木烧制的。

青冈树每年春天都比别的树发芽早,最初的青冈芽是红的,就像婴儿的肌肤。渐渐地,青冈芽在春风的吹拂下,在阳光照耀下,在春雨的浇灌下,变得黄绿,再变得深绿,叶片逐渐变大,然后风一吹拂,满山上的青冈叶就全部跳起了绿色的舞蹈,煞是好看。

青冈树生长在高坡。"农业学大寨"的时代,几乎所有有土壤的地方都被刨成了庄稼地或农田,只有青冈树生长于悬崖峭壁,或是没有泥土的红石骨子坡,才幸免于难,一代一代存活下来。

青冈树是顽强的，它的生命之源也来自水土，可是青冈树生长在瘦薄得只有一层青苔的红石骨子坡上，一年四季水分几乎毫无存留。青冈树的营养，完全靠下雨天吸收水分和从夜晚空气中的湿气中摄取营养。青冈树的根筋四处暴露，但它却有极强的生命力，紧紧地攀附在石头岩壁上，无惧寒霜酷暑。所以青冈树树皮没有一寸是完美的，处处都皱裂着干燥的口子，就像故乡人的手脚，一年四季皱皮老茧一层紧附一层。

青冈木属于栗科，跟板栗树同宗，所以开花结果也与板栗树相似。青冈木的果却不能食用，很硬、很涩。剥开像一顶帽儿附毛的壳，青圆的果儿——"栗肖"就握在手中，肚脐上有一根小锥子。小时候，同学们把"栗肖"拿来当玩具，找块光板石头让它原地打转，谁转的圈数多，谁就赢。

雨季多的夏天，青冈树是最幸福的，该开花就开花，该结果就结果。可是干旱的夏天青冈树就遭殃了，被毒辣的太阳晒得蔫头耷脑，半死不活，树叶都能燃烧起来。但是，无论干旱了多久，只要有一天下雨，那些蔫头耷脑的青冈树就会在一夜之间像做了一个很长的噩梦，全部苏醒过来，精神抖擞，重新焕发生机。当年最干旱的年月，见过故乡许多竹子被旱死，却从来没有见过一棵青冈树死于干旱，不得不承认青冈树的生命力很强。

故乡的人跟青冈树一样，一辈子都忙活在那片贫瘠的土地上，吃的是红土地里出产的大米、红薯、土豆，咽的是存留在堰塘的雨水，一年四季很少像如今城里人那样享用大鱼大肉，珍馐美酒，但故乡人却比城里人精气神足，尽管布满皱皮老茧的手脚看着很粗糙，但故乡人的每一步都很踏实，就像青冈树一样与大地呼吸与共。所以，故乡人的躯体充满了力量，像青冈树一样昂然挺立在天地之间。

烈日下的野地瓜

正午的阳光炙烤着大地，气温突然飙升，树顶的鸟儿早已不见踪影，只有知了还在树上叫着。

这是"夏日炎炎正好眠"的季节，很多人都进入了梦乡，我很讨厌被知了吵醒，可是，醒来又仿佛在空气中嗅到一股特别香甜的味道，那就是野地瓜的味道。

以往的这个季节，我是睡不着的，原因是我心心念念记挂着那几处地瓜藤，不知道长熟了没有，我更担心的是不要被人发现才好！

那是我割牛草时发现的三处不起眼的野地瓜，它们就长在地坎上。鼻子像狗一样灵敏的我，早就闻到了一股香甜的味道，让我垂涎欲滴，肚子正咕咕咕的闹得慌呢，那香味越发让我感觉饥饿难耐。

小时候的我放学后，经常被母亲撵去割牛草，或者在夏天太阳正烈的时候砍些柴草回家，以备不时之需。

地瓜藤也是柴草类不可少的一部分，但我在无意间发现一个秘密，就是野地瓜藤居然也分"公母"！母地瓜藤结的果有大拇指大小，像个扁扁的小肚皮，下面正中间还有个肚脐眼，但它没有汁液，掰开看，它的肚子内干干的，除了像花蕊状的东西外，有的只是从肚脐眼爬进去的蚂蚁。其实公母也是别人给它分的类，母地瓜藤结的果不可食，公地瓜藤结的果才香甜可口。我后来又知道，原来野地瓜藤跟无花果一样，从来不开花的，难道野地瓜就是另一种野生的无花果？这可是一个新发现！

母地瓜藤叶子要比公地瓜藤叶子宽大些，你闻不到它的任何香味，结的果实不大，也不红，青褐色的。

公地瓜藤很不一样，在农历五六月份，哪怕你在百米开外，都能闻到它独一无二的香味。公地瓜藤的叶子偏小，茎是紫红色的，结的果也是紫红色的，附着在藤上，小小的，越长大离成熟越近。成熟后像一个个小灯笼，红红的，羞羞地躲在地瓜藤里，或被薄薄的土皮和茸毛覆盖着。

我发现了它们自然很是欣喜，一边小心翼翼地把它们从藤蔓缝隙里一颗一颗抠出来，一边忍不住拿两颗在衣服上擦擦泥土，丢进嘴里。牙齿咬出甜甜的汁液满嘴流香，那种香甜的感觉，是所有水果都没有的，我至今都无法描述，如果你能闻见那种味道，一定会垂涎欲滴。后来，只要闻到有香味的地瓜藤，我都舍不得再把它们当柴草一样扯掉了。

上学路上，闻到一股很熟悉的香味，我早就知道附近有野地瓜，一处在路外边，一处在路里边的地坎上。五至六月正是地瓜成熟的季节，同学们都飞快地往学校赶，而我却要看看地瓜熟了没有，待我仔细扒拉一遍后，却没有发现一个成熟的地瓜，连没有长大的小地瓜也看不见几个。突然，岩坎下院子里，有一个男孩正在对我喊"好乞佬"，我羞得拔腿就跑，原来那两处野地瓜早被他发现了，还被他据为己有了……

而今，只要我散步在郊外，还是一眼就能认出那些能结果的地瓜藤，只是很少再见到公地瓜藤了。或许，是我很少在烈日炎炎下出门的缘故，那香甜的美味也与我渐行渐远。

星空下的传说

一

夏天的夜晚，天空一片繁星闪烁。

萤火虫提着灯笼到处游走，像游荡的纨绔子弟；蛐蛐吹响嘹亮的口哨，引得满山草虫唧唧，蛙鸣呱呱。风儿扯着我无端的思绪，在山顶看小山重叠。

重重叠叠的山尖，似我一般仰望璀璨的星空，细数银河的星星。数过来，数过去，数了那儿，忘了这儿，从来没有数清楚过。

我像一只在巨型鱼缸外的游鱼，眼巴巴望着那些影影绰绰的星星，在灰蓝色的天幕里不停地眨巴着眼睛。更有拖着长尾巴的扫把星，在头顶挥洒着金色的火粒，从这个山头冲向另一个山头。每当这时，同院里的表叔就摇着手中的蒲扇："唉！又要失火了……"

表叔是本队副队长，逢人两眼眯成一条缝，未开口就先咧着挂二胡的大嘴笑起来，露出被叶子烟熏得黑黄的大板牙，满脸的褶子使劲往上堆着。他有三女一儿，我们住在一个院子里，我家住西头，他家住东头，但他家有一个比我和三叔两家共有的大得多的地坝。每年收稻子的时候，他家的地坝就成了我们的打谷场。夜里我们请人牵头牛，拖着石碾子在稻草上滚来滚去，也就是打场。

打场的时候，我和表叔家的孩子们，在地坝边摆几个竹篾晒盖乘凉，表叔躺在另一个晒盖里，摇着蒲扇给我们讲那神秘得无从查证的传说。我们听着听着入了梦，梦见自己在静谧的夜空满世界飞奔，仿佛就是天上下来的火星,不停把玩着手中绚丽的烟火……

原来,扫把星是火神的化身,天干物燥的季节,火星落到哪儿,第二天,那里就要失火了。

天刚亮就听说别处失火了,远远望去,对面山头浓烟滚滚,人们七手八脚地忙着救火,救不过来时就急得大声呼叫:"快来人呀!失火了,失火了……"

最迟不超过傍晚就会突然起火,烧了柴房、草堆或是堂屋,抑或焚毁了猪圈。在干旱年月,山顶上的人家的水塘早就干涸得起了裂口,吃水要去很远的山沟挑,水很金贵。没水救火,眼看火势不断蔓延,把一切都烧个精光,一家老小欲哭无泪……

每次都那样,灵验得很。如果你要什么依据,那倒没有,除非亲眼见到,你不得不对传说的灵异感到惊奇。

更多时候,我把星空当成传说中的大海。曾听人说,世上最大的东西除了大象就是大海。那时,我还没见过大象,更没见过大海。大山倒是见得多。

但是,山再大,我也能把它踩在脚下!

深不可测的星空,让我足下如踏云端,飞升起来,思绪在无边无际的星空飘来荡去。

想,那些闪亮的东西,是不是大海里会发光的珊瑚,或是游来游去的鱼。突然发现,自己就是游在银河里的一条小鱼,穿行在每一颗星星之间。传说鱼只有七秒的记忆,而我,却把母亲的话全都记到了现在。

母亲说,银河岸边的三颗星站一排,那是扁担星(牛郎),你看,他是不是像挑着扁担,两头各有一颗星星?那两颗小星星是牛郎的一双儿女,再看他的斜对面,有一颗大星星,面前由四颗星组成的梭子形,便是织女星,织女曾经下凡与牛郎结成夫妻……

善良的人们似乎都愿意相信,遥远天际闪耀的星星们相亲相爱,和睦相处。但是,他们被王母无情地分开了,只能在每年七月初七鹊桥相聚一晚。

二

乡村最美的夜晚,要数月圆之夜。

中秋的夜晚,一层银白色薄雾笼罩着整个乡村,神秘又梦幻。大有"月下飞天镜,云生结海楼"的曼妙,又有"举杯邀明月,对影成三人"的寂寥,更让这宁静的夜空充满想象。

如在这样的夜晚出行,无需火把、手电。只要一脚踏出家门,"哇……"你会不由自主地赞叹一声,"好大的月亮!"这时,你可以去稻田边捉青蛙,去河沟的石头缝捉螃蟹。

往往在明亮的夜晚,远方的笛声会悠荡而来,如泣如诉,如思似怨;时而激昂,时而幽怨的旋律,在夜空中蔓延,在每一个空气离子中无限放大、膨胀,冲撞你的耳膜,直击心扉,令人愁肠百结。真是"箫声咽,秦娥梦断秦楼月"。

我知道那个吹笛人,他是我本家的一个小辈,三十多岁还没娶上媳妇,读了些书,却不算多,他是大队的共青团干部,早些年曾组织过部队的春节文艺节目。

他一只眼被一道巨大的疤痕裂扯着,以致一边脸大,一边脸小。那只被伤疤扯着的眼睛已经失明,像京戏里跑龙套的小丑,乍一看像戴着面具。谁家姑娘愿意嫁给他呢!

可他却在隔壁表婶的全力撮合下,娶了一个媳妇。媳妇娘家住在河对面磨盘寨背后,在"三峡移民"号角刚刚吹响的那些年,姑娘不顾家人的强烈反对与他私奔了,而且私奔到了我们那个穷山坡上。

婚后,像所有农村家庭一样,夫妻双双以土地为生,春耕秋收,一年忙到头。可是他却是一介文弱书生,把一切体力劳作抛给了那个勤扒苦作的女人,自己在一旁享清闲,使人看着难免心酸。所谓爱情,一旦与现实结合,并不像当初想象的那样美妙啊!

月圆的夜晚,孩子们喜欢坐在地坝边,或在地坝中间用几条板凳搁着竹篾晒盖,人往晒盖里一躺,舒服得像神仙。假如乘凉的人多,就能听伯伯叔叔们指着月亮讲嫦娥奔月,讲玉兔,讲吴刚被罚每天砍桂树的故事;也讲一些鬼怪,只要有人一讲到鬼怪,我们脊背难免一阵阵发麻,一股寒气从脚底板直窜头顶,凉飕飕的恐怖至极。

大人们讲得活灵活现,听者如亲临现场,有的孩子吓得直哭,大人抱回家才敢睡觉。

无论如何,生在红旗下,长在红旗下的孩子,是不相信鬼神之说的。破解了几个鬼怪故事,我的胆子就越来越大,从此不再相信世界上有鬼。

但人心难测,一个人心里有鬼,是不易被人察觉的。

三

最难熬的是既没有月亮也没有星星的夜晚。

就像人的内心,满怀希望,却看不到一点希望的火花,四周黑黢黢的,像巫婆的诅咒。凌厉的山风呼啸着掠过山腰,钻过峡谷,穿透竹林,大把大把扯下竹叶一齐向人、向着半开的房门直扑过来。门板被风"吱呀,吱呀……"地掀过来,再掀过去,也让你举着的火把时明时灭。这时候做任何事都感觉毛躁。

土地的血脉

但母亲讲述的传说故事能迅速让我焦躁的心情安静下来。很久以前有个皇帝,路过河对面的磨盘寨,发现此地形似磨盘,稳居中央,面临长江,背依大巴山脉末端的四十八槽,是个难得的风水宝地。后来,他要来此建皇宫,可他的地理先生却拿着罗盘测量来测量去,发现磨盘寨下面是由一根金扁担挑着,一头挑着长江,另一头挑着四十八槽,如此脆弱的地理环境,怎承受得起天子的皇宫?他急忙建议皇帝另选宫址。就这样,磨盘寨与皇城失之交臂。

皇宫没建成,可是皇帝经过的那些地方却留下了永久的传说。有一块地,皇帝曾在那儿拴过马,马儿把那块地的庄稼吃光了,农人不识皇帝,要皇帝赔偿,便衣出门的天子,身无分文,如何能赔?皇帝说:"这样吧,我赔你这块地每年的庄稼比别人的早熟。"就这样,至今那块地,与别人一样的时间下种,不论种什么,每年早早就成熟了。这是个传说,后来我曾经到过那块地,却看不出什么特殊之处。

皇帝拴马的那根柱子以及上马石,至今还完整地保留在当地博物馆里。

母亲讲这个传说的夜晚,我做了一个梦,梦见长江水变得通体透明,山坡上黑夜如同白昼,河对面俨然一座金碧辉煌的皇宫伫立在眼前。醒过来对母亲说起这个事,她却笑我白日做梦。

几十年后的今天,磨盘寨真的建成了一座金碧辉煌的城市,昔日的梦境早已变成现实。神话传说中未能建成的皇宫,今天成了百姓安居乐业的福地。

原来,只要心中有梦,就有梦想成真的那一天。

四

月如钩,星光几点;晓风残,晨光熹微,露水点点;自在飞花轻似梦,恍若人生苦短。这,便是山村最浪漫的夜晚。

若有情人相聚此刻,必能终身相随。

但往往那些传说总让有情人天各一方,"两情若是久长时,又岂在朝朝暮暮"只是一种自我安慰。

母亲的那些传说里,《孟姜女哭长城》《李贵郎》……都是有情人被无情拆散的悲伤故事。

很久以前,李贵郎娶了一个童养媳,婆婆横竖看不惯小媳妇,每天不是横挑鼻子竖挑眼,就是派一些很重的活让小媳妇干,干不完就别想吃饭。为此,李贵郎在母亲面前据理力争,却落得个娶了媳妇忘了娘的骂名。

一次,婆婆把一块肉用一个碗盖着,不料被家里的猫偷去吃了。晚上做饭的时候,婆婆发现肉不见了,认为是小媳妇偷吃,就把媳妇叫来,要她认错,并以此为由要休了她。

小媳妇没偷吃肉,打死都不承认,后来,她经不住毒打一命呜呼了。无处伸冤的小媳妇变成满山飞舞的小鸟,在春光明媚的山林里不停地呼喊:"猫啊……李贵郎……猫啊……李贵郎……"凄厉的呼喊声令人肝肠寸断。李贵郎知道媳妇被冤死,自己也跳堰塘殉情了。

每当见一对对白蝴蝶翩翩起舞,母亲就说,那是梁山伯与祝英台。《梁山伯与祝英台》是中国古代流传下来的最凄美的爱情故事之一。而蝴蝶就是那美妙故事的化身。每次看见那些飞舞的蝴蝶,我就肃然起敬。

现实里的爱情却是这样的,隔壁家的翠妹不顾强悍的表姊反对,私奔了。而她走的时候还不忘进城与上班的我告别，我惊诧不已。后来脑海里总是浮现翠妹与我告别时，病怏怏的杏仁眼，还有她以前给我当跟屁虫的童年岁月。

当年，翠妹是我们村里最漂亮的姑娘，凹凸有致的身姿，一双圆圆的杏仁眼，莲藕般白嫩的手臂，鹅蛋脸不时飞起一团红晕，笑起来嘴角还露出两个酒窝。有时，我看着她就莫名其妙地呆住了。而我却是她崇拜的对象，她最喜欢听我唱歌。每次唱歌，她都目不转睛盯住我的嘴，似乎要看清楚那些声音是怎么发出来的。如今，也不知她流落何方。每思及此，我有如万箭穿心。

后来，打听到她的住处，我还专门请假去探望。幸运的是，翠妹的勇敢给自己赢得了真正的幸福。

面对无情的现实，我们是否应该抗争一次呢？

记忆中浩瀚的星河，那一道道山梁，一弯弯秋水，夜空中飞驰的流星，永远印在岁月的回光壁上，偶尔映照出灵魂深处的那些欢乐与忧伤。每遇难以排遣的烦心事时，我都会仰望星空，看哪一颗星是我熟识的，向它们倾诉已成习惯。传说，人世间的每一个灵魂都是天空的一颗星星，但愿那颗颗如水晶般的星星，能得到完美的归属，永远常驻。

故乡的云

"曾经沧海难为水，除却巫山不是云……"用元稹的诗形容我对你的深情，只因为你是我心中那朵云。

你有号称五千年巴人遗址的盘石城，你有"天下第一缸"的美景，你有举世闻名的张飞庙，你有两千年历史文化的云安盐，陕西榉楼让我穿越老时光，我仿佛看见祖辈挑着你生产的井盐，跋涉在崇山峻岭之间……

老城

你是一座古老的城。云阳，是巴东地区的沿江小城之一，依山而建，靠水而居，一栋栋木质结构的吊脚楼，经历无数江流的洗礼。一步步青石阶梯，回荡着巴人震撼人心的号子："哥子们一条心啦，嘿咗……杠子放上肩啦，嘿咗……力气使出来呀，嘿咗……齐上前啦，嘿咗……嘿咗……"一条条弯弯的青石巷像脉络般连接着千家万户，千家万户的烟火味就在袅袅的江上清风里传送着岁月的久远。

老城很老了，老得屋檐上长了青苔，老得街角的黄角树枯了枝丫，老得五峰楼脱下旧衣裳换上新时装，老城很老了，老得龙脊石弓了脊背，老得青石巷磨去了棱角，老得吊脚楼虫蛀了楼梯，老得汤溪河停止了吟唱……

可你再老也是我心中那朵云，只因为，有云的地方就是我故乡。我故乡的太阳从云层洒下缕缕金光，缕缕都牵动我深沉的记忆。

1975年的夏天，我第一次进城读书，老城有全省最好的学校，四川省重点中学——云中。第一次进城的我，对老城的每一条街道都充满好奇，我傻傻地看着那些老木格窗，想一探究竟那里面都住着谁。老巷子的每个拐角几乎都有一棵黄葛树，黄葛树上住着许多在乡间都没见过的鸟。

我沿着悠长的青石巷，像那个丁香一样的，结着愁怨的姑娘，一路蹦蹦跳跳跑过去。发现另一条青石巷在转角的那头，我又拐向别处。穿出青石巷，来到大街上，街道两旁商铺林立，街道上人来人往，更有那扛着板凳的磨刀老头一路喊着："磨剪子咧，戗菜刀……"

站在老城气象局的高坡上，俯瞰整座老城的屋顶，一群群信鸽在老城的天空自由翱翔，歇落在各家的青瓦屋顶；而那些青瓦屋顶和黄葛树又错落有致地穿插其间，那是云阳古城别样的风采。

第二年的冬天，古老的云阳城下了一场罕见的大雪，把凤凰山、五峰楼、张飞庙以及整座老城盖上一层厚厚的棉絮。地处南国，陡现一派北国风光，不得不令人感叹大自然的神奇。那一场厚厚的大雪就像我对老城深厚的情感，永远印在了记忆中。

我对老城的记忆是深沉的，深沉得甚至有些疼痛。古老的一座小城，依山而建，在还没有实现机械化搬运的年代，大部分货物全靠人工搬运，人们总是用最原始的动力和体能维持着艰难的生活。所以，老城里有一个庞大的搬运队伍。无论春夏秋冬，都能见到老城搬运工们忙碌的身影，他们穿行在公路上、巷子里、沙滩旁，一年四季搬运着南来北往的物资。也正是这些搬运工，完成了这座古老城市浩大的拆迁工程。在张飞庙的整体搬迁中，那些流着汗，啃着馒头的搬运工算是立下了汗马功劳。

老城搬运工是最辛苦的，有位远房叔叔常年在煤炭码头忙碌着，一天劳累下来，分不清是煤炭搬运了人还是人搬运了煤炭，浑身都是黝黑的；回家洗几天手，都不能完全清除指甲里的煤炭灰；老城搬运工的身影，总是我心中挥不去的那道伤，就像当年老城那些城墙，依旧屹立在岁月的风尘中。

新城

老城搬迁了，搬到我曾经梦想过的地方——磨盘寨。

磨盘寨远古时期叫盘石城，素有长江第一古寨之称，它是重庆境内十大抗蒙遗址之一，"岷沱天险绝天下，千年已有盘石城。"至今，磨盘寨仍固若金汤，虽饱经沧桑，依然风采依旧。

老城的人们搬来了，同时被搬来了的还有河对岸的张飞庙，与新城相融合，让忠孝节义的传统融入现代人的生活，代代相传，薪火不熄。老城搬来了，也搬来了中流砥柱的龙脊石，曾经见证长江无数次枯水低位的龙脊石，今天已成为人们瞻仰的古迹；老城搬来了，同时也搬来了扶嘉的盐井文化——陕西佮楼，它历经世代沧桑，让古老的文明辉映着时代的进步。

漫步龙脊公园，足踏天下第一梯城，我们的生活会一步一步迈向幸福的康庄。

伫立南薰门前，凭吊远古文明，我这巴人子孙也倍感骄傲和自豪。

老城的搬运工也搬来了，可今天的新城不再处处依靠人力搬运，条条大道四通八达，车辆通行无阻，曾经辛劳大半辈子的搬运工们早已住进了高楼大厦。

老城的人有些走了，世代生活在乡村的老乡们进了城，住进一栋栋新居。今天，住在云阳城的人是幸运的，"坐五千年巴人遗址，拥天下第一龙缸"，这是我为这座新城写下的标语。

距离新城只有七十多公里的龙缸，是云阳境内最美的风景。

龙缸属于云阳境内龙角地界，龙角之名本身具有很多传奇色彩，总给人们想一探究竟的神秘感。二十世纪八十年代初，人们才发现此地风光绮丽，奇雄险峻，在开发龙缸的同时，也发现神秘莫测的龙洞、石笋河、千野牧场等等风景名胜。今天的龙缸、龙洞吸引了八方来客，在收获世人惊叹的同时，也给地方经济带来不菲的效益。

站在龙缸之壁，吼一首壮美的川江号子，引得石笋河激流汹涌，在群山之巅吟一首唐诗宋词，也难描绘它险峻的千分之一。"天下龙缸"不是吹嘘的噱头，它是大自然赋予云阳人的财富。如果说，张飞庙是借桃园三结义的典故而流传美名，那么龙缸龙洞则闻名于大自然的鬼斧神工。

这里的人们生活平淡，这里的人们生活富足。大多数人也许因从乡村进城，总是那么淳朴和善良，少了小市民的计较。也或许是物质改变了心境，物质的丰裕让人心境平和。乡下人进城，自有一套原始的为人处世的哲学。

我是一个离开故土的女儿，云阳是我曾经的故乡，每当天边飘着故乡的云，我的思绪也翩然神往。

让我神游在这座城市的天空吧，就像故乡的一朵云，看远古的祖先为子孙后代自豪。举起天下第一大缸，饮杜公美酒，话两千年盐卤文化的传奇。

新城太新了！新得我寻不见五千年前祖先生活过的痕迹；新城太新了，新得每一处都金光耀眼。全长两千多米的滨江花园，耗资7500万，公园集休闲、娱乐于一体，是今天三峡移民乃至整个库区新城最大的公园。云阳因美丽的滨江公园而美名远扬，因此，云阳更是三峡库区宜居城市的首选。

  散散步吧！行走在滨江花园里，清凉的风送来淡淡清香。嗅一朵紫荆的芬芳，人与花儿同醉；拍一树玉兰留影，人与花儿媲美；看看平湖的水吧！清清的湖水镜子般映照着云阳的过去和未来。

绿野

一

在这寂静的山林，春天已正式来临。春雨后的山林绿茵茵、嫩汪汪的。那些树叶在明亮的阳光下泛着青黄，树干上的皴裂，泛着紫红，分泌出一些油脂。啄木鸟不停地在每一棵树上忙碌着，它啄树木的"笃笃"声不绝于耳，啄出的每一条虫子，都是树木给它的报酬吧！让我不由得想起"一分耕耘，一分收获"的谚语。

空气中充满清新的味道，微风暖暖的、薄薄的，拂上脸颊，令人不时泛起红晕。春天的空气中传播着一种暧昧的情愫，也许，春天更是个令人羞涩的季节。树上都开了花，无论是艳丽还是不起眼的，都在这春天里开放了。春天是最公平的法官，无论高低贵贱，都会给每一个有生命的物质平分春色。鸟儿在树梢上不停地鸣叫，婉转清脆，时而飞过这儿，时而飞过那儿，树林是它们最大的舞场，也是它们恋爱的好去处。

你也许听见了什么，哦，那是山溪流淌的声音，循声找去，你会看见溪水从悬崖高处往下流淌，像有人倒挂了几匹柔软的绸缎。淙淙的流水，流进了盘根错节的低凹处，再从那些树根下蜷着身子翻腾出来，不大的流量却不时有小鱼的踪影。然后又流到下一处崖口，就这样，挂在崖口的小瀑布亮晶晶的，跟透明玻璃似的，阳光照在上面有一层紫蓝色的光晕，那也是彩虹的色彩。如果你觉得口渴了，伸手掬一捧，喝一口在嘴里，舌头一卷有就甜丝丝的味道。

顺着山溪的脚步往前赶,你能闻到风带过来的淡淡的不带杂质的香味。这种香味会让你想起某个优雅女士的香水,让你不由自主地跟着嗅觉的牵引,抬眼远望,看见远处山坡上、旷野中,大片大片的绿草,她们多么柔顺、多么美啊!那么多野花掺杂其中,有你认识的扁竹兰,开着许多紫白的花,更有那虎耳草,它们开着紫色、粉色、红色的小花。虎耳草开花的时候,会散发出柔美的香味,原来这就是它的味道!

山下走来一对青年男女,男的高大潇洒,女的娇小妩媚。女孩是来给男孩送行的。

那对男女一边走着一边小声说着话,他们羡慕这山林的春色,女孩不时用手拉拉嫩绿的树枝,树枝柔软得像姑娘头上的发丝。男孩走在她身后,挨得近了偶尔会闻到女孩的发香,一阵沉醉,一阵急剧的心跳使男孩的脸微微泛红,忍不住伸手把女孩拦腰抱起来。女孩被这突然的举动惊呆了,继而把头埋在男孩的胸前……山林中不时传来布谷鸟的呼唤,春天来了,它们也该成家了吧!

二

我时常进入一个人的思绪中,那里有我的世外桃源。

恍如置身一个幽静的山谷,那儿树影婆娑,清风徐来,绿草遍地。山谷里什么都有,我叫不出名儿的太多太多,也有极少熟悉的身影,比如全身都是香味的野葱。真是令人兴奋的相遇,我喜欢采一些野葱回去做饭食,以填饱我辘辘饥肠。

但我首先得饱了我的眼福。抬眼望向高处,高大的山峰挡住了许多天幕。近处,山顶上,峭壁处,依次站着些许古老的松柏,那是它们在炫耀地位的不平凡。我也看见了其他比这更高的山峰,正所谓一山更比一山高。

　　只有那些消瘦的峭壁，一直安详地坚挺着。我看得出岁月的沧桑强加给它们风刀霜剑的刻痕，是不是自然也有偏颇之意，让树木花草恣意展示着美丽，而格外苛责悬崖峭壁，让它们在那儿忍饥受寒！营养不良造成的苍白加黑灰，使它们苍老了许多。

　　山谷里气候是多变的，空气有些闷热，刚才还阴沉着一张脸，这会儿突然又飘来一团乌云，不打雷也不闪电，一会儿就悄悄下起雨来。小鸟早已不见了踪影，一切似乎静止下来，只有雨声不绝于耳。雨滴密集地打在大树上，大树就像男人洗澡时那样爽快，不停地抖动着浑身的叶子，洗刷干净才好长高呢！

　　雨下得越来越大，越来越急，不一会儿山谷里涨满了水。高山上的水兜不住往下流，远远望去，有一层层的黄白色瀑布气势汹汹地从山崖冲下来。然后山路上，树蔸下，到处都是流水，把落在地上的枯枝烂叶冲去了别的低洼处，有草地的地方，还被草拦截下来，越积越多。你会听见很大的"轰隆轰隆"的水声，不绝于耳。哦，这时，你只要走几步，到树丛中去，看看有没有被水冲坏了的蘑菇，它们很多还站在树蔸底下。

　　渐渐地雨小了，停了，很小的微风吹来，地上的水不流了。你可以躲着看看，有几个小家伙出来了，山老鼠贼着一双小眼珠，一边回头看一边跑，一会儿它们各自抱着一朵蘑菇回去了。山雀不知道何时钻出来的，抖动翅膀，用喙理理毛，然后扑腾扑腾也飞走了……你大可以抽这段时间，深深地呼吸被雨水清洗过的凉爽空气，感觉都市里不曾有过的甜润。渐渐地，你会发现山上的云雾不知何时已消散，太阳又露出了它的笑脸。

　　一群山雀飞过树梢，它们在嘲笑山崖。不懂什么是内涵的小鸟，只拣外表光鲜茂盛的树木停歇,这是另一类势利鬼。我真替山崖鸣不平,没有悬崖峭壁的挺立,何来树木的花枝招展?

山崖下,溪流淙淙,繁花在阳光下竞相开放,粗枝细藤,缠绵悱恻,情意绵绵。世上情谊不过如此,但愿人长久,它们却是眼前共婵娟了。只有小溪,"哗啦啦"一路欢快地跑着,跳着,它还是那样乐观,一路寻找着自己的梦想,无论损失有多大,哪怕是让它消失不见,它都义无反顾地勇往直前。我想问一问可爱的小溪,你到底去向何处?它没回答,笑声渐微,也许它自己都不知道。

野兔从洞里出来觅食,它把家安在一丛草蔸下,出门前左看看右看看,小心翼翼地,一蹦一跳着,听见鸟鸣就要躲到暗处好一会儿,生怕遇见生人。山鸡白天是不露面的,只躲在开满碎花的刺藤深处不停地"咕咕,咕咕……"呼唤着伴侣快快回来。那些杂色的野花儿很大胆地敞开怀抱,在太阳光下肆意地大笑着,躺在野草的怀抱里,温暖着,惬意着,娇媚着,引诱着闻香而来的蜜蜂们。

一只黄鹂唱着歌来了,歌声婉转、悠扬,却无人回应。哦,你也有孤单的时候!有几只麻雀"叽叽……喳喳……"回了几声,黄鹂很无趣地离开了。松树上下来几只猴儿,很大声地吵着,它们的红屁股让人感觉很不雅观。更令人反感的是,它们那无赖又很渴望的眼神,它们只是这里的消费者、剥削者,无论什么树的果实都是它们的囊中之物。

这跟有些人一样,谁叫猿猴是人类的祖宗呢!

三

初夏了,天还不怎么热。山上的树叶却像漫山遍野的绿色火焰,熊熊燃烧起来……

  这个季节，正值春末夏初，温度适宜，树上的叶子越发绿得耀眼。那些家里种的桃、李、梨早已挂满青涩的果实；牡丹，芍药，还有杜鹃的花开过了；所有山上野生的桑树、青冈树、马桑树和其他植物，应该在这个季节前开花的都已开过。都怪那些花心的小蜜蜂，挑逗着春心荡漾的花儿们，现在，留给它们一个个不知道是谁种的果。

  在初夏的季节里，绿火熊熊的植物，常常喜欢抱成一团，在田边和农舍前后，燃烧着青春焕发的绿意。孕育了整整四季的笋子，在一天天地向上生长着，有些"小子"竟然比"老子"还高。禾苗和植被，都疯狂地长着，毫无顾忌地伸展着或苗条或肥硕的身子，用尽量让自己感觉舒展的姿势，朝着光明的方向张望着……

  看吧，那株在去年秋天开过粉红花儿的野棉，在枯萎的残骸上站起来，头顶着紫红卷曲的嫩冠，爬到刚刚长得嫩汪汪的鸡窝草上去了。

  鸡窝草一般都喜欢长在没有树荫的空地上，或是坡坎上，嫩绿的叶子，软软绵绵的，是牲口们最喜爱的食物。长成熟一些后，也是人们最喜当地毯的材料，人坐上去，就像坐在客厅的沙发上，软软的也不扎人。瞧，远远躺在草地上的那一对男女，不正在懒洋洋地晒太阳么？

  一些大树把叶子张开来，在阳光下、微风中，炫耀似的"哗，哗……"地大笑着，不失时机地低头往脚下的溪水里张望，看看自己长得有多挺拔，有多茂盛。利用风的余力甩一甩头，瞧，我有多帅啊！

  心眼透明的溪水讥讽似的给大树几声回答："哗啦啦……哗啦啦……"还把正在洗衣裳的美丽女人照给大树看，"你瞧，人家那才叫美！谁像你这样，连一身平滑的衣服都没有！"大树默不作声。这时飞过来几只小鸟，"叽叽喳喳"不停地叫着，落在了树上，尴尬的大树才挽回一些颜面。

山野里，有一些开放得娇艳的刺玫瑰，红艳艳的，它们一簇簇、一丛丛努力向上攀爬着。爬过那些树，爬过田埂，爬去农家人的院墙上，把那些无粉可采的流浪蜜蜂全招惹来，它们"嗡嗡嗡"地小声议论着："这些野花还真不赖！"

"真不赖！这儿还真不赖！阿哥。"一个清脆的女子声音，从院墙的另一边飘了过来，后面跟着一个大男孩，脸圆圆白白的，还有一些腼腆。男孩也看见了蜜蜂和那些开得粉嘟嘟的花儿，伸手去摘了几朵，回转身来，拉过女孩，细心地把花儿插上女孩的发髻上，顺势在她脸颊上轻吻一下。女子撒娇地说："阿哥，我还要，我还要……"男孩又去摘院墙上的花，手刚握住花突然"哎哟"一声退了回来，手上捏着的花却不放。

女孩慌忙来看："怎么啦！被蜜蜂蜇了吗？"男孩点点头，一脸憨厚的样子，把那朵花递给女孩。女孩接过花朵插在腰间的裙带上，心疼地拿起男孩的手，用粉红的唇吸吮起来，男孩先忍着疼，让女孩吸着被蜜蜂蜇的伤处。渐渐地，他忘记了疼，却两眼满含深情地呆呆看着女孩。女孩被他看得难为情起来，脸上泛着红晕，男孩心跳加速，就在男孩想入非非的时候，女孩突然甩开男孩的手，调皮地跑开了……

在这绿色的野外，他们尽情地在草地上追逐着，嬉戏着……

四

曾经到过草原，只可惜那次去的时候还不是它最美的季节，风一吹满脸满嘴的黄沙，眯着眼遥望，还看不出多少绿意。原来，"草色遥看近却无"就是这么来的！草原，不是我心中的绿野。

面对如此荒芜的原野，我心慌意乱，一种无措的感觉让我不由自主地想寻一处靠山。

可是，山在哪儿？放眼望去，山在很遥远的草原边际，我试图向山靠拢，跑了很远还不够到山脚一半的路程。近一些看那山，却见裸露着黑褐色的臂膀和胸膛，偶尔还有像刚流过血一样的伤口向外翻着，那里根本没有我的存身之所！不由得让我又想起故乡的那些青山和绿水。哦，我恍然大悟，故乡的原野才是真正的绿野！

我从小就喜欢故乡那些山上的树木，还有草地上那些五颜六色的野花。它们一直很安静地长在旷野上或者树丛里。我想晒太阳的时候就走出树荫，感觉热了又躲进树丛；甚至懒惰的时候，索性就在草地打几个滚，懒洋洋地在太阳底下睡大觉……那真是太惬意了！

曾经有很长一段时间，我对故乡的悬崖峭壁以及山上那些树木心生怨恨，怨恨那穷山恶水，挡住了阳光；怨恨那些树木为何结不出丰硕的果实；怨恨那些山路弯弯又曲曲，不能让人好好走路；怨恨没有平坦宽敞的公路直抵家门；怨恨抬头只看见簸箕大的一块天，那些山峰挡住了我的视野；怨恨没有几块宽广的田地，不能像平原一样用机械农耕；怨恨，还是怨恨……

当我逃出了山沟，走出了大山，去看他乡的美景，去看传说中的圣地，去享受别处的自然风光，去欣赏比身边更美、更好、更广阔的绿野，却发现没有几处是我心目中的胜景。那些人为的美景，那些传说中的圣地，在我的印象中，跟外婆被缠过的小脚没什么两样，奇怪又别扭，我在心中呼喊，何处才是我心中的绿野？

后来，有人走进了我故乡的山野，翻山越岭四处游玩，对我说，你们这儿真美，很自然！我突然哑然，原来我身在景中不自知！原来我身在福中不知福！是啊，一个只顾着温饱而奔波劳碌的人，一个只顾埋头走路的人，有何心思去观赏身边的美景呢！

再别吐祥

我已经记不清这是第几次来吐祥了。在我的生命里，有一部分时段是不能与吐祥分割的。这里，有我血脉相连的亲人，伯伯、小叔、大姑和小姑。小姑住在青龙街上，离吐祥不远，吐祥人要进城必须从小姑的屋前经过。这里，有我的欢乐和悲伤。

第一次来吐祥的时候，我才9岁。那一年的冬天，随伯父和爷爷、奶奶一起搬迁到吐祥的大姑和小姑回了一趟老家，特地来告知母亲和三叔喜讯，小姑要出嫁了。之后，我就随两个姑姑一同进了大山的更深处，而且一住就是一个多月……

模糊的记忆里，吐祥的冬天给我的印象却特别清晰。高山上的人家，几乎每家每户都设置有专门的火塘，在冬天供一家人和来客取暖。往往在大厅里围坐一圈人，七嘴八舌摆着龙门阵，计划来年开春后自己的田地里该种啥。火塘把每个人烤得暖融融的，脸红得像苹果，家里特别热闹。火塘是用烧制的土砖围成的，里面放一些难以入灶的柴火，有些人甚至把树砍了连蔸挖回家，就为了家里的火塘。这样的做法破坏了植被，后来造成了泥石流等问题。

那时候的吐祥特别冷，却又非常美。冬天的路上垫了厚厚的积雪，一脚踏上去，陷得看不见脚背，满山遍野的白雪，一派银装素裹的景象。因为吐祥周边的山势很陡，长着一些一人多高的蕨菜，也有终年无人爬上去的陡山，所以下雪后的山，看起来气势宏伟。在第二天的阳光照耀下，银光闪闪，耀眼夺目，特别是那些倒挂在崖口以及松柏树枝上的冰凌，更是凌厉无比。这让我想起武侠电影里面的那些刀光剑影般的武打场面，我觉得侠客们手中的刀剑还没有那些冰刀霜剑来得厉害，如果导演看见了这些冰剑，他的电影就不会拍成那样了！

吐祥，顾名思义是吐露祥瑞的意思。它是长江南岸高山顶上的一颗明珠，距离李太白的"朝辞白帝彩云间，千里江陵一日还"的白帝城83公里，四面环山，却又被大山分割成三个巨大的坝子，所以又称"吐祥三坝"。吐祥矿产丰富，煤、铁、锡……矿藏无数。吐祥是重庆与湖北利川以及恩施交界处最大的一个乡村集镇。更让人不能忘记的是，它辖区内的梅魁乡老街，曾经是云阳到利川的盐大路。

吐祥辖区内风光绮丽，千岩万壑。奉节白帝城边上的夔门，吐祥辖区内也有一个，远远望去，酷似夔门。只不过这个夔门山沟里没有水，所以人们叫它旱夔门。吐祥有万寿山、回归桥、石笋河、曾家悬棺、巴人遗址、夫妻石、睡美人等多处旅游景点。

我记忆中的吐祥是由一条老街和新街组成的，旁边有一个食品站，伯父家就住在食品站的木楼上，因为伯娘是食品站的工作人员。食品站旁边有一条公路，一条长年不断流的小河，清亮亮、笑呵呵地顺着公路的石坎淌过，新街和老街由一座石拱桥连接，河水就从桥底下穿过。夏天的时候有很多小孩下去捉螃蟹。

新旧老街以外是一望无际的稻田。一条唯一的公路像一条大肠，贯穿着整个吐祥。我所喜爱的是，公路旁边的农家人几乎每家每户都很爱花，房前屋后都种着牡丹和玫瑰，每到春夏季节，牡丹和玫瑰都开得香艳无比。每次从那些农家面前经过，心神特别爽快！吐祥的夏天正是稻子扬花的季节，绿油油的一大片，清香四溢，蛙声不断。这是我长大以后，酷暑季节去吐祥避暑所见到的景致。吐祥的稻米很香甜、白净，颗粒饱满且长，煮熟的米饭很软糯。有经验的人应该都知道，高山大米很好吃。

吐祥的夏天是不需要空调和风扇的,那儿是最好的避暑圣地,在夜晚穿裙子还感觉凉丝丝的。我眼前不时浮现一幅画面,三个妙龄女子,在夕阳的照耀下,一个穿着白底碎花,另一个穿着嫩黄色的连衣裙,还有一个穿着玫瑰红的上衣,下配黑色一步裙。她们为了等一个男孩的到来,站在绿油油的稻田边,翘首以盼……

如今呢?那些稻田不知去向,左看右看全是城里看厌倦的楼房,这令我内心无比失落,原来的吐祥不见了,我想寻找的一些东西只能从依稀的记忆里去翻找。

吐祥的春天是我不喜欢的。因为高山地区的春都来得缓慢,跟冬天没啥区别,唯一能区别的是松树枝上的嫩芽,长得跟玉米棒子似的。冰雪覆盖的大山上,只要你看见那些树枝上有嫩芽了,那就是春天到了。

吐祥的秋天,在我的记忆里是很模糊的。那些年我为了生存而跑客运,突然有一天,当老公的表兄告知我,在吐祥的伯伯不幸病逝,以及相隔几天幺叔也不幸病逝的噩耗时,我忍不住在大街上痛哭了一场……可是伯父和幺叔的丧事已过,我只能在内心里怀念。几年后的另一个秋天,幺妈也过世了,那时候的我已经腾出了时间,不再忙于跑客车,带上丈夫和母亲又去了一趟吐祥。安葬幺妈那天,我站在幺叔和伯父的坟前泪流不止,为永远再不能相见的亲人默哀,连坟地边的秋草也跟着默默落泪……

几十年一晃而过,这次为给小弟娶亲再去吐祥,我心中的吐祥已经模样全无。那些路旁农家小院不见了,那些喜爱的花,那些稻田也不知去向,有的只是满目的钢筋水泥,以及横七竖八的街道。火塘也不是原先的火塘,而是铁炉子带着个长鼻子的烟筒,烧着蜂窝煤,围坐在一起的人们谈论的不是这个春天该种什么庄稼,而是打麻将的大小……

一股悲凉从心底涌出,我在心里为记忆中的吐祥默哀。

第二天早上离开的时候,看着远去的吐祥,那一大片崭新的楼房,在我的视线里倾斜着,歪歪扭扭。一曲《惜别离》悠然升起。这次离别,不知何时再聚?别了吐祥,再见!

无肉的抄手

成都人叫它抄手，北方人称馄饨，重庆人叫它包面。其实就是麦面皮包着的肉，一个个形似把手抄起来的样子。

我第一次吃抄手时很小，这事已过了几十年。那次，我随大人们去赶集，在二十世纪七十年代能赶集的乡镇很少，人们每赶一个集都得跑几十里山路，背包带伞的。特别是那些做生意的人，挑着沉重的担子，背着很大的包袱，半夜就开始赶路，不知道有多辛苦！

也是受母亲所托，那天跟本队的大人一起去买年货。天刚蒙蒙亮就出发了，走到场上一看，人潮汹涌，满街全是人。街道两旁一个接着一个的货摊，我们像插针一样地插进人潮里，人们推搡着挤过来挤过去，同路的大人急忙招呼："注意包儿，扒手多！"我的手就不由自主地伸向揣钱的那个地方，把口袋捂得紧紧的。

等大家都买齐了需要的年货，已是下午一点多，走了几十里山路，这时候已饿得眼前发黑的一行人，不知不觉就走到一个国营饭店门口。里面三个穿白大褂的妇女，看见来了几个乡下来的人，连忙招呼："吃包面，吃包面啰！老乡进来嘛！"

正饿得喉咙管能伸得出爪子来的几人，哪经得住这一通吆喝？脑壳想的是怕花钱，脚却怎么都不听使唤地进去了。领头的问包面多少钱一碗，回说三毛钱一碗，每碗二两，每一两包面要一两粮票。这样，大家方才坐下来，一人要了一碗包面和一碗米饭，我人小，没有要米饭。可等到那黄褐色的粗瓷碗盛了大半碗包面端上桌的时候，才知道二两包面的分量是极其有限的，大人们三下五除二，把那碗加了酱油的包面和着汤水吞下肚,那碗饭也没刨几下就不再见一粒米。

而我,从来吃饭是慢吞吞的,加上才出锅的包面很烫,等我咬第一个包面的时候,发现旁边有些异样,一抬眼,发现他们个个都很专注地看着我。我不知道怎么了,就问:"你们怎么不吃了?"他们说吃饱了。

一望面前的几个空碗,连汤都没剩一滴,我分明看见有的人喉结在上下动,不停地吞着口水。我顾不了那么多,嚼了几下吞下去,才发现根本没有嚼到肉味儿,再用筷子夹起第二个,一口咬去,也只咬到很浓的咸味,没有肉的感觉。肚子饿得实在没办法,管他三七二十一,狼吞虎咽地吞了下去,一计数,才知道二两包面的数量是八个。

没吃到渴望已久的肉,心里老惦记肉的滋味,馋虫不好惹,惹了就无法收拾。我就跟同路的人说,还要吃一碗,他们也同意,反正用的是我家的钱,服务员很快又给我端来了一碗,等把第二碗吃完,还是没有咬到一口肉!嘿!我就不信了,今天还非吃到肉不可!又要了一碗,吃完后,还是没有一点肉的滋味!肚子好像还没饱,又要了一碗,结果还是令我很失望,包面里咋没肉呢?奇怪得很!

这时候,我的小肚皮已被那些汤水撑得饱饱的。几个大人很奇怪又像都明白似的,一个小娃儿怎么吃了那么多碗包面!

我拿眼睛看着包抄手的服务员,只见她飞快地包着每一个面皮,包面皮在她手上一过就迅速地飞了出去,一个完整的抄手落在托盘里,托盘里本来不多的抄手,以迅猛的增长速度堆了起来。这时候我才清楚地看见,她拿筷子的那只手,在那碗红红的肉沫上点了一下,根本就没有沾到一点肉,再在另一个水碗里沾了一点水,包面皮就被她以娴熟的技术包了起来,扔在托盘里。原来如此,国营饭店也坑人!从来不骂脏话的我，在心里狠狠地骂了半天。

多年以后，每次在家里包抄手的时候，我都把每个抄手包得鼓鼓的一肚子肉。有一次大姑子说，别包那么多肉，多了腻人。但她哪知道我以前吃抄手的经历呢！

鸭棚子

在如今都市里,开饭店的人可谓是挖空心思,甚至有些人文的味道了。

这不,我来的这家饭店就很好,墙壁上挂着几幅画,细一看,原来,那一幅幅写意里,居然是我最熟悉的乡土气息,村庄、溪流、杨柳、农舍、水田……最后赫然看见一个用竹子搭成的鸭棚子!

是谁把鸭棚子搬进了都市?后来知道也只有这些有创意的生意人才会想得到。原来是我迟钝,请我喝酒的人都已经说了吃鸭子的!进这家店的时候,我居然没注意牌子上打着鸭棚子的名号。鸭棚子,多少年都不见你的踪迹了,眼眶里突然升起一层水雾……

当年集体生产的时候,每当谷子割完的季节,远方的放鸭客就吆喝着很大一群鸭子,漫山遍野地赶过来。当然,鸭子是喜水动物,得找水田多的生产队放鸭。

每到一个生产队,都得先跟队长打招呼的,不然,人家社员不让放,捉走鸭子发生了纠纷队长可不管。

那些习惯放养的鸭子,在经过崇山峻岭的跋涉后,依然撒着欢,鱼贯前行着,嘴上"嘎……嘎……嘎……"地叫着,声音拖得老长老长,满山坡全是鸭叫声,仿佛在向人们宣告:我们来啦!它们之中有白色的,有白色间花纹,也有褐色间花纹的,更有不少的黑鸭子。它们走路的姿势太可笑了,屁股一歪一扭的,左右摇摆着,煞是可爱。每一片水田都不放过,远远望去白花花的一片全是鸭子,它们时而钻进水里,把鸭嘴壳插进污泥里面找寻着,那里有藏着的泥鳅;时而伸长了脖子使劲吞鱼儿，水田里有很多鱼！

我喜欢下水摸鱼，知道水深的地方和谷桩高的地方都有鱼，偶尔还有大的鲫鱼！它们这一阵"扫荡"我就捉不到鱼了！我蹲在田坎高处，屁股不停地变换着姿势，蚊子欺负人似的狠狠叮我，还有不知趣的草尖，从烂了的线缝钻进来扎得屁股生疼。尽管我着急得心痒痒，也只有干瞪眼的份儿。鱼儿被这些天敌碰见，哪还有逃脱的？

每次看见那些鸭子嘴里叼了一条大鱼，我就嫉妒得不行。外婆曾经说过，生孩子的人吃了鲫鱼肯下奶，最近母亲的奶水不够弟弟吃了，弟弟每天叼着母亲蔫瘪的乳房饿得直哭，母亲烦躁得打弟弟屁股，打完自己却哭了！唉……谁叫队长答应了人家鸭子客呢？待天黑后，鸭子客就在自己挑来的小竹棚子里歇息，人家还带了煮饭的锅灶哩！

其实，我是最羡慕鸭子客的，一个人的棚子里，要多浪漫有多浪漫，在繁星闪耀的夜幕下，鸭棚子停放在旱田里，就像今天人们喜欢的露营帐篷一样。并且，他有那么多的鸭子陪着，放鸭人就像指挥千军万马一样指挥着它们！也许鸭子经过了长期训练吧，它们之间就没有不听话的，让它们前进时，犹如万马奔腾。天擦黑，放鸭人把塑料棚子支好，哨子一吹，那么多鸭子又依次聚到棚子下面一起过夜。

鸭子是卵生动物，成年母鸭只要吃饱喝足，最肯下蛋，何况它们吃了那么多的鱼儿！

第二天一大早，就是放鸭人的收获时候了，不知道要捡多少鸭蛋呢！这可喜坏了鸭子客。

有些鸭子在放养的过程中，也有憋不住把蛋下在水田的。我就曾经捡到过鸭蛋，那是鸭棚子走后，鸭子们凫过水的水田，有几个白花花的鸭蛋。在那穷困的年月里，这可是一笔意外之财！

时光流转至今，许多人从庄稼地里拔出了泥腿，住进了高楼大厦。

农民的生活水平也有很大程度的提高，山区很少有人种庄稼，不种庄稼的农民多数都外出挣钱去了，有了钱的农民给自己买了农村社保和合作医疗保险，人们也像赶鸭棚子似的赶往城市和集镇。在乡下，再也没有了鸭棚的踪迹。每次去乡下，只看见很少的鸭子在荒芜的田野里散放着。后来才知道，养鸭多的成了养鸭专业户，养猪的成了养猪专业户，养牛的成了养牛专业户……

人有养殖专业户吗？当然有的！

只是，养人的专业户叫学校而已。你看那些孩子成群结队，被家长按时赶去学校，那时候的他们不正像一群群的鸭子吗？

长在田边的香椿树

春天一到,香椿树又发芽了。

椿芽是开春以来饭桌上的一道新鲜菜,可凉拌、可炒鸡蛋、可做汤……甚至在清明节包福子的时候,也用椿芽炒肉来供奉祖先。

每次看见香椿树发芽,褐色的枝干顶着红嫩嫩的芽尖,我都有掰几支椿芽儿的冲动。

但是椿树也分两种,一种是臭椿树,一种是香椿树。其中香椿树在远古传说中,曾被先祖封为树王。

相传汉光武帝刘秀被追兵追得急了,躲到一棵榆树下逃过一劫,刘秀为了报恩,要太子找到榆树封赏,可太子却错把椿树当成榆树给赏封成了树王,从此椿树变成了香椿。

巧的是,我们院子里住着张刘两家大姓。金河哥哥就是隔壁刘嗣表叔的儿子。由于金河妈妈平时喜欢占点小便宜,两家关系说不上好,但也说不上很坏。

母亲是个大度的人,又老实。对于金河妈妈的那些小滑头心里是明白的,有时被逼得急了,也有跟金河妈妈拌嘴的时候,但也无伤大雅,两家人的关系就在我们这些孩子的来往中持续着。

金河比我大几岁,一个院子的孩子都叫他哥哥,那些年他在外面跑得早,不知道从哪儿弄来了香椿树栽在他家地边上。早些年香椿树在我们那儿是很稀罕的,况且还能做菜吃。队里的人每年看见他家掰了椿芽卖钱,或是炒了香喷喷的椿芽吃,都很羡慕。

金河妈妈把自家地坎到处都栽了香椿树,最后连挨着他家的大路边也栽了几棵香椿树，那条大路又跟我家的稻田相连。地坎很矮，不足三尺高，又紧邻着我家的稻田，明眼人都知道，那是金河妈妈占人便宜。母亲对金河妈妈说了几遍也白说，她说树是栽在她家地边的，不关别人的事，一副蛮横不讲理的样子。

母亲背地里给她扯了扔掉，后来她接着又栽上，嘴里还叽叽呱呱不饶人："我看谁敢给我扯了，不晓得我栽的是啥树吧？我栽的是刘皇爷的避难树，谁再给我扯了，他家要遭报应，天打五雷轰！"

母亲不跟她面对面吵，心里却极不服气："谁信呀？原本它就不是刘皇爷的避难树，冒领人家功名，所以才年年要遭掐。"

我都不知道，她们两个农家妇人，怎么知道那么多的典故？

原来，我们生产队里有几个喜欢"摆古"（讲故事）的人，经常在农闲的时候，就摆那些古老的"龙门阵"。一个是会推算天书的姜伯伯，一个是会说书唱文的张大伯，还有一个是当过生产队长的刘石青表叔，他就是金河的伯伯。

放暑假了，夜晚乘凉的时候，我们院子里的孩子就像过节一样热闹，另一个院子的人也摇着蒲扇赶过来，坐在院坝的晒盖里，听石青表叔讲那些古老的故事。

石青表叔能把一年到头二十四节气倒背如流，什么时候该下种了，什么时候该施肥了，什么时候该换季种啥了，都讲得头头是道。重庆人喜欢把讲故事说成"摆龙门阵"，石青表叔就在夜晚凉悠悠的清风里，轻摇蒲扇给大家"摆古"：摆三国替古人担忧、摆诸葛亮火烧赤壁、摆水泊梁山108条好汉、摆薛仁贵征东……但凡中国名著里的故事，都给我们摆了个遍。刘秀被追兵追到榆树下，后来太子错封椿树为王的故事就是从石青表叔嘴里知道的。

这些故事让每个人的耳朵上都听起了老茧，所以队里的人吵架偶尔都能出现引古讽今的语言。

金河家里的香椿树到底还是在我家田边挨着他家地坎上栽活了一棵,由于树不多也构不成对稻子的威胁,善良的母亲也睁一只眼闭一只眼,不再计较,让它在那儿长着了。只是每年春天都羡慕地看着金河用竹竿套着铁钩,把椿芽从树上掰下来,拿到乡场去卖。那个时候金河家算是农村的有钱人,一是因为金河在外面做搬运挣钱回家,二是金河妈妈专门种些可以在街上换钱的农作物。当年,母亲周转不灵的时候还跟他家借过钱。

有几次,我甚至想趁他家没人的时候,偷偷掰些椿芽回去尝尝鲜,但最终没有下手。

又一年的春天,金河家里的椿芽已经掰了好几回了,那天我跟母亲正在菜地里锄地,金河妈妈和他妹妹也在地里弄猪草,只见金河妈妈连连跟我招手,叫我到她地里去,待我到了她跟前,她递给我一把嫩嫩的椿芽。我当时高兴得不知怎样才好,心里想的是终于可以尝尝椿芽的味道了!

待吃到嘴里,又感觉不是想象中那样好吃。不过,神秘的椿芽的味道总算让我感受到了,它就像我家与金河家的邻里关系一样,既不是那么好,也不是想象中那样坏。

金河家的香椿树至今还长在田边,但是那田、那地早已不再属于我们,不再属于当年生活在那片土地上的每一个人。金河妈妈和我母亲相继去世,我也离开生养我的那片土地几十年了,金河哥哥如今也搬到我居住的这座城市,唯有当年被母亲宽容的那棵香椿树,还好好地长在那片土地上。

母亲的自留地

一

冬天,早晨的菜地里,白菜正待卷心,萝卜才刚刚下种,莪蒿稀稀拉拉地长在白菜与萝卜的缝隙中。晨雾若有若无,远远望过去,像地里冒出的热气,轻纱一样飘过。绿莹莹的菜叶沾着几颗小小的露珠,在阳光下反射出柔和的光芒,白菜叶的每一根经脉像工笔画一样,清晰地投映在我的眼眸里。这一大片菜地,是母亲在立冬前栽下的,为的就是在冬天过年的时候能有菜吃。

我正为此兴奋不已,眼眸扫过,突然发现几棵白菜的叶子上,很刺眼地出现密密麻麻的一排小洞,新鲜的伤口正冒出透明的汁液。这让我很恼怒,是谁在搞破坏?这么鲜嫩的白菜,却被"坏蛋"糟蹋得面目全非!

我伸手扒开一棵菜的叶子,果然看见两个"坏蛋"正舒舒服服地躺在卷着的菜叶里睡大觉。

结果可想而知,它们两个的命运就掌握在了我手里。只可惜离家有点远,不然,我就让鸡娃们惩罚这两个"小坏蛋"。现在,我得亲手对它们执行死刑。

我用一根草棍将它们掏出菜叶,扔在地上,两个家伙惊惶失措地蜷曲着小而肥的身子。然后,我用割草刀把它们砸成肉酱,那些绿色的青菜汁和着它们透明的血液,在红土的掺杂下早已看不出原有的形状。

事后，我有点小小的惋惜，甚至也对自己残忍的手段感到羞耻。毕竟，人家只不过吃了几片菜叶，属于正当的生存本能，我却用最残忍的手段结束了它们的性命，实在不应该。

二

母亲那一亩多的菜地，是一整片连着的，一年四季轮换着种东西，瓜果蔬菜层出不穷，那块自留地就是母亲的聚宝盆。这也许是我家最宝贵的财产之一吧，所以，我一直以它为傲，甚至曾经以为自己会在母亲的那块自留地里慢慢变老。

当年，我们院子里好几户人家的菜地都连着，但他们的地都没有母亲这块地齐整，这当然也引起一些人的羡慕和嫉妒。

母亲的菜地初具规模是在集体生产时期。包产到户之前，队长偷偷按人头划给大家的，目的是让社员平时有菜吃，所以称其为自留地。

后来，为了搞活经济，鼓励社员们多养牲畜，文件下来后，陆陆续续按人头划分了一部分地，这就是后来养猪的饲料地。

不管是自留地还是养猪的饲料地，为了方便耕种，都在原有的自留地边就近划给了社员。如有隔开，社员们都会私下以同等面积调换过去。所以，母亲那一片自留地，整体看上去是很可观的。不但是一块很平整的地，并且土质很肥厚，还耐旱。

白露过后，正是蔬菜生长的季节，母亲在菜地里种了不少蔬菜，但她却不得章法，不像别人那样整齐地划好箱沟，而是东一块、西一块地种，高低错落。一眼望过去，深绿色的瓢儿菜、灰绿色的三月青菜、黄绿色的小白菜、山青绿的包白菜，都以不规则的形状排列分布！它们就像画家的调色板，在那片土地上展示着各自的风采。

三

正月末二月初的春分时节，年前的那些菜渐渐地老了，母亲把菜全部砍回家，吃不了的青菜除去水分，放在酸菜坛里做腌菜。腾出来的地全部翻一遍，分别种上红薯和春洋芋，再在洋芋地沟里种上包谷。春洋芋在初夏就从地里挖回家，再插上红薯藤。端午过后，包谷也渐渐成熟，包谷叶是喂猪的好饲料，农历六月包谷已经完全收割，地里只剩下红薯。等到十月，将红薯挖回家，再栽上冬季的蔬菜，这就是新的一个年轮了。

母亲每年都会在那块地的两头各留一部分，在那些边角地上栽葎菜或者种一小片花生。

葎菜是一种人畜共用的蔬菜。春天是少有新鲜蔬菜的季节，也只有拿葎菜来充当蔬菜。至今，如果不是大棚反季蔬菜的盛行，葎菜同样在城里人的菜篮子中占有重要地位。

春夏之交，气温渐渐升高，不适合蔬菜生长。只有葎菜不怕高温，就像土生土长的农家妇女，不畏酷暑。

记得那一年，边角地里的花生正开着一朵朵金黄色的花，母亲挺着大肚子在花生地里扯草，扯着扯着突然腹痛得特别厉害，头上汗珠一颗颗顺着脸颊往下淌。也就是那天，我家最小的妹妹生在了花生地里。

春来也是葱蒜收获的季节。火葱头、大蒜头都收回家，等待下一个秋天再种。分葱却可以直接分出来种上，如有客人来，就去地里扯上一把当佐料。

每年的春天，母亲还要种一块四季豆，主要预备在春夏之交，菜蔬稀缺时自己吃。首先，她去竹林里砍一些小竹子或者被风吹断的竹子，再剃成一根一根的条子，说是给四季豆搭架用。母亲把地挖成一块一块的，再打好窝子，让我把豆种一窝放四至五颗，再在窝里撒上农家肥掩盖。

母亲还在地边隔三五米便挖一个土坑，要我撒上几粒南瓜子。就这样，过几天去看，四季豆顶着两瓣豆芽，扭着小蛮腰羞涩地钻出了泥土，南瓜秧也举着两片嫩绿的叶子在春风里微微点头。

待四季豆藤长到一尺多长时，就该搭架了。搭架后的四季豆藤绕着圈，顺着竹竿爬上去。那一块长得蓬蓬勃勃的四季豆就在春风得意的日子里，开出紫红色的花，结出长长扁扁的四季豆。扒开绿绿的叶子，就能看到一溜溜的四季豆躲在里面，特别喜人。新长的四季豆可以炒着吃，也可以等豆荚老了剥皮，用豆子炖肉吃，至今，四季豆在餐桌上都还是一道很不错的菜。

四

春夏之交，南瓜藤顺着地坎一节一节地往前爬，哪里有草，它就把草网在自己的藤蔓里，哪里有树，它就可以爬上去，自由自在地攀藤搭架。一朵朵喇叭状的花开得金灿灿的，鲜嫩的花朵在蜜蜂的牵引下，终于结下一个个圆溜溜的瓜。

夏天，母亲的自留地，其实还是玉米的天下。一行行绿油油的长得高大又茁壮的玉米，腰杆上挂着红的、黄的穗子，头顶撑着一把镂空花伞。蜜蜂在玉米林里穿梭往来，嗡嗡地唱，它们在采花粉呢。玉米是雌雄同株的植物，头顶花伞上的花粉被风一吹，自行给挂在腰上的穗子撒了许多粉，所以玉米是不需要蜜蜂授粉的植物。山风吹来，长长的叶子迎风招展，显得格外潇洒、漂亮。小蚂蚁缠着玉米秆爬上爬下，布谷鸟在头顶飞来飞去，嘴里不停地叫着"布谷，布谷……"

在农村,一年四季都有干不完的活。包产到户之前,母亲不光是忙种自留地,还要去队里挣工分,自留地都是母亲起早摸黑抽时间种的。我家五姊妹,加上母亲有六个人的口粮,父亲一人在外吃商品粮,不挣工分是不分口粮的,后来队长说,没有工分的人,要给钱才分口粮。那时候我父亲的工资很低,也拿不出钱来,所以母亲白天挣工分,早晚都扎根在自留地里,种上大量的蔬菜来喂猪,年底再杀了卖钱。我们所有的口粮钱,几乎都是出自那一块自留地。

一块地种得久了,就很有感情,母亲的那块自留地也有我的一份。我在城里上班时,没事就回到自留地里四处观望一阵,拔拔草,溜达溜达。我很奇怪的是,自留地边不知从何时起,长了一棵千丈树。

千丈树的树叶比较大,结出很多青黄色的果,每一年开花结果后自行散落一地,落地必生根。所以千丈树发展得很迅速,一棵树成活,便可以在几年之内把树苗种到老远,大概千丈树也是由此得名吧。

自留地边的千丈树也从一棵树长成了好几棵,三叔与我家临界,怕长到他家地里,所以只要看见地边有千丈树树苗,必扯无疑。

母亲却很爱惜那些树苗,只要不长在地中央,她都一律让它们自然生长,更让人不可思议的是,她的仁慈,居然让后来的地中央也长出来三棵苦楝树,并且一年比一年高大,最终绿树成荫。母亲说半大的树苗怎么都舍不得扯掉,就那么让它们长着,直到后来要栽广柑树才把那些树全部清除。

后来,为了响应上级的号召,发展经济作物种植,生产队按人头分发了广柑树树苗。母亲就在自留地边一字排开,栽上一溜广柑树。随着种植经济作物意识的加强,母亲在整块地里以相对的行距栽种了几十棵广柑树。春天,广柑树开出一簇簇雪白的花,百米外都能闻到浓郁的花香,我与母亲算计着,过几年我们家里就有广柑来卖钱了。

五

可是，母亲地里的广柑树并没有等到收获的年头就被三叔一棵棵连根拔起，移栽到了别处，并且绝大部分都没成活。

事情的经过很复杂。三叔早就觊觎我家那块自留地了，他想在那块地里砌房子。三叔平时对母亲并不尊重，他明着要母亲相让肯定会碰壁，所以三叔为了母亲的那块地花了不少心思。他事先去生产队里挨家挨户要求大家签字，要社员们同意他去母亲的自留地里建房，而母亲却是最后一个知道的人。三叔的强势和霸道是队里所有人都见识过的，所以大家都让着他。就那样，三叔自作主张把周边的土地与母亲调换，那块自留地几乎都成了他的天下。三叔以为他占去了那块地，就拥有了一切……

自此以后，母亲的自留地就化整为零，东一块、西一块的，怎么都没有原来那么大的面积，加上后来父亲把母亲的户籍转进城里，就干脆把那些自留地都给了三叔。可是自从三叔在那块地中央建房后，那块地就再也没有原来的风景了，彻底变成了废弃地，房屋两边一年四季堆满了杂物，原来留下的几棵果树也无人管理，三叔更在他房屋周边栽上了泡桐，那一亩多的自留地从此荒废。

现在，三叔在那块地的另一边又砌了新房，让我们几姊妹都回去一趟。其实新房也不是三叔砌的，是扶贫办给他砌的。我看着被折腾得满目疮痍的那块自留地，看着三叔因为穷困潦倒而不得已让扶贫办帮助建房，心中一时间五味杂陈。

人物

第二辑

母亲的针澹

躲在春的拐角,静待花开。冷清的日子里,总感觉缺少了什么,也许是在该团聚的日子里找不到要团聚的人。

回忆是根针,总会勾起我对母亲的思念。

俗话说:过新年,过新年,大人小孩穿新鞋。

新衣服,母亲早就让裁缝给我们缝好了,可新鞋呢?母亲却没那么多钱为一家七口人都买新的。

我们的新鞋全部出自母亲那双皴裂而又布满老茧的手。每到红薯成熟的季节,母亲每天都在挖地里的红薯养猪,红薯的汁沾在手上洗不掉,很容易开裂。母亲在那段时间还要上山砍柴,荆棘扎得母亲那双手到处都是血口子,加上沾着红薯汁,一双手总像没洗干净一样,黑黄黑黄的,皱巴巴的伤口还时常冒血。

可就是那样一双蜡黄、皱巴巴又布满老茧的手,却给我们做了一双又一双精巧的新布鞋。在每个新年的早上,母亲把新鞋放在床前要我们试穿,眼里的那份欣慰溢于言表。

母亲做布鞋,离不开布壳。

布壳,是在农历六月六的时候打的。为什么要在六月六那天打布壳呢?外婆曾经说过,六月六那天是晒虫的日子,比如把鞋子和脚在六月六那天晒晒,脚就不会长"沙虫","沙虫"就是我们现在说的烂脚丫。在六月六那天打布壳,布壳才不至于受潮长虫。非要找科学依据,我想,可能农历六月是一年四季中最干燥的月份吧。

做鞋必须用棉布,不然针扎不动。我们家每年六月都要洗很多不穿的旧棉布衣服，撕成一块块的布，叠好放妥。母亲用细麦面熬成糊糊，在门板上一层一层地糊上去，用毛刷刷平整，布壳只需要三四层布即可，放在太阳底下晒干。母亲用晒干的布壳剪成一双双鞋帮样，用新竹子的笋壳剪成鞋底，用布把笋壳底样包缝在一起，再一层层平展地叠上洗净晒干的旧布。也许做鞋子的女人们都忙，不知道叠了多少层，也从来没有人记过，直到厚薄拿捏得自己满意为止。因为不知有多少层底，所以布鞋也有另一个名字——千层底。

  鞋底不是光把那么多层布叠一起就算完，还要一针一线地扎出来。

  扎鞋底可是一种巧活，不是有蛮力就能扎得动的。我学过，可扎不了几针就把手扎出了血，从此不再扎鞋底。那些年姑娘们出嫁，必须先学会做布鞋，不然，嫁人后会被婆家嫌弃。

  小时候在农村，嫁女儿的陪嫁物要是有几十双布鞋和花袜垫，姑娘才算是能干的。娘家有面子，姑娘更有面子。可是，母亲出嫁的时候却是孤身一人，外婆给四姨带孩子去了。

  母亲是在二姨的撮合下嫁给父亲的，当年都很穷，讲究不起。也许母亲嫁人的时候根本就不会做布鞋。所以一直以来，奶奶很嫌弃母亲，母亲在奶奶眼里一无是处，干什么都被奶奶无端地指责。

  不会针黹的母亲，后来竟然能做出精巧的布鞋，母亲在繁重的劳动空隙，还要夜晚学针黹，可见实属不易。

  弟妹们长大后，都进城读书去了，很长一段时间里，只有我与母亲一起生活。母亲的那些鞋底都是在煤油灯下扎出来的，我看她一针一线地扎着，扎到鞋底半腰处，母亲改变了花样，扎成雪花的形状，其余地方都是均匀的梭子形针脚。我很奇怪，不懂什么叫艺术的母亲，却能扎出这么有艺术品位的鞋底。

  每次她熬夜的时候，我都不愿独自上床睡觉，就陪她一起坐着，生怕母亲跑了似的。其实,母亲就坐在床前,她不上床睡觉,我绝对不先爬进床去,拿着小人书看了一遍又一遍,跟母亲磨时间。但瞌睡虫来袭,趴在床头柜上睡着了,母亲时常笑骂:"铺上有啥子要咬你吗?还不去挺瞌睡!"

鞋底都是先扎好了放着,鞋帮却是后来现做的。用裁剪好的鞋帮样,里面贴一层新白布,口沿用一层青布滚边缝好。母亲的针脚又细又密,像机器扎的那样均匀,我很奇怪,天生近视的母亲针脚为何扎得那么好呢?

帮子做好,要上鞋底了,上帮的时候必须要周正,不然,一双鞋就是歪的。所以做一双好看的布鞋,是很考人功夫的。

女鞋好做,除了单鞋就是棉鞋,男鞋却讲究多了。男人的鞋有休闲的,有松紧的,休闲的鞋与女鞋无二;松紧鞋,是在鞋帮脚背中间剪出两边的位置,再缝上松紧带。这缝是很讲究的,必须缝得服服帖帖的,否则,穿出门会被人耻笑。

更讲究的是,脚背中间上松紧带的那块布上,还要用铁扣整整齐齐地做两排孔。

那些年家里穷,为了节省开支,母亲每年都要为一家人做两双新布鞋,特别是父亲,每次回家拿到新鞋,总要脱下旧鞋穿上新鞋上路。

更让人欣慰的是:奶奶搬走多年后,我去看望她老人家,母亲做了一双新棉鞋叫我带给她,奶奶简直不敢相信,那双新鞋是出自母亲的手。

多少年了,母亲在夜里"呲呲"纳鞋底的声音还回响在耳畔。摇曳的油灯下,母亲挥舞着臂膀的身影,投映在板墙上、瓦楞间,就像一支优美的舞蹈,不时浮现在眼前。时光就在母亲的一针一线里穿梭,母亲用她勤劳的一生串联起过去、现在以及将来。母亲的背影就是那幅永不消逝的风景,驻扎在女儿的心上。

　　要过年了,我又想起母亲的千层底。当初我年轻时,总是不明白母亲为何那么爱做针黹,直到后来我也做了母亲,才恍然大悟。原来,母亲那一针一线缝的全是她满满的爱,是她对远方亲人绵绵无尽的思念。

唢呐声声忆故人

我不知道中国古代对于唢呐艺术怎么讲。但我知道引自波斯宫廷的唢呐,却在中国境内沦为民间乐器,普遍用于婚、丧、嫁、娶、礼、乐、典、祭。明代时也被用于军队号角,"凡掌号笛,即是吹唢呐。"(戚继光《纪效新书·武备志》)

此时的我正被一曲《黄土情》震撼得心潮澎湃。唢呐声声,声声断柔肠;唢呐声声,声声催人老啊!流年沧桑,世态炎凉尽在一曲唢呐。激越高亢,忧伤缠绵,低回婉转,如泣如诉的一曲《黄土情》让人听得热泪涟涟。唢呐独具特色的高亢,足以展示人逢喜事精神爽的喜悦心情,唢呐幽咽的低音,又能完全表达一个人内心深切的痛楚与哀伤。

唢呐声声,让我想起那个吹唢呐的少年,腼腆、羞涩,不敢正视女孩。那个少年叫业满,是我儿时的玩伴,也是我从小学一直到中学的同学。

我们队里年龄相仿的许多孩子,有空喜欢玩在一起。业满比我大一岁,我们大多时候三五成群一起上山捡柴打猪草,但一般两三个人最好。人多了捡不到柴,也打不着猪草,偶尔几组人马在一片山上遇见,大家会一起做游戏、捉迷藏或搭起草架。每个人轮番扔刀——打叉,谁打中得多谁就赢,谁打中得少谁就输,输家要给赢家割一抱柴或扯几把猪草。但是每回女孩输了,男孩一般都没有那么认真,非要女孩的柴或者猪草。大家玩得差不多了,立即作鸟兽状散去,个个都惦记着回家怎么跟大人交差呢。

上学的时候,业满要从我家屋后路过。小学的时候一群孩子上学去,嘻嘻哈哈有说有笑,甚是热闹。到中学就渐行人渐稀,因为种种原因,许多孩子小学未毕业就辍学了。

业满每天起得比我早,我还在吃饭,就听见他吹着口哨一路"嗦嗦,嗦嗦……"地从我家屋后面走过。口哨就是呼唤,口哨也是催促,是命令。听见口哨声我再也不能安心吃饭,拔腿追了出去,爬上屋后面的那道坡,就看见业满在前面等着我。

上学路上,要经过另一位同学的家,那位同学也每天等着我们一起上学,我们要走十几里路才到学校。也是因为距离中学最远,我们三个还在学校运动大会上得过表扬,说我们每天早上走十几里山路,却从来没有迟到早退过。得此殊荣,我对业满是很感激的,要不是他每天很准时,以我喜欢睡懒觉的性格,还不知要迟到多少次。

辍学后的业满,像大多数农村娃一样,每天过着面朝黄土背朝天的日子。偶然一个机会,业满拜一个唢呐师傅为师,学吹唢呐,并加入了锣鼓班子……

我在他家院外的堰塘里挑水,每次路过都能听见业满磕磕巴巴学吹唢呐的声音,那不成调的唢呐声,声声刺耳,就像我们挑粪上山时毒辣的太阳,让人心里发慌。

渐渐地,那磕磕巴巴的唢呐声就变得顺畅起来,让人能跟着轻轻哼唱。有时候听不见业满的唢呐声,那一定是他跟着师傅一起出去给人守灵,或是送亡灵上山了。当年的我,总会从心眼里嘲笑没有音乐天赋的业满,认为他不可能吹出好的唢呐曲。

功夫不负苦心人,业满到底还是学会了吹唢呐,他带着锣鼓队,行走在老家的每一个山村,每一寸田野,迎娶新人,送走亡灵。那年大姨奶去世,三叔和我家给大姨奶"下祭",请的就是业满的锣鼓队。那一次我近距离聆听业满的唢呐吹奏,其中吹得最好的就是这首悠扬婉转的《黄土情》。当年根本不知道有这首曲目,但业满技艺娴熟,吹出的哀伤乐曲令人记忆犹新，直到后来再次聆听，才知道此曲正是当年业满所奏之曲。

随着时代变迁，锣鼓班子在别人的电子乐队挤对下，生意日渐萧条，业满只好放下唢呐，随人去湖北荆门挖煤炭去了。

我也早已离开家乡进城上班，再也听不见业满的唢呐声了。据说挖煤炭那些年业满挣了不少钱，供养独生儿子本科毕业，并在外地落户安家，后来业满夫妇也跟随儿子在外地定居。

离开家乡近三十年，搬进城也已经十几年，很少与老家人相遇在这一座城。突然有一天，接到一个陌生电话，听声音却很熟悉，原来是老家的堂姐，只听她淡淡地说："业满已经走了，清明节埋的。"

去年国庆，我回了一趟老家，听人说业满得了肺癌，已是晚期，住在县医院的重症监护室，活一天算一天了。本想去探望一下，又担心已近三十年不曾见面，我唐突地远道探望，会给重病的业满增添心理负担，几经徘徊，最终放弃了探望的念头。如今的他无声无息地永远离开了这个世界，我与儿时的玩伴未能见上最后一面，留下深深的遗憾。

业满走了，他断断续续的唢呐声，每一声都回响在我耳畔，更有他清脆的口哨声，声声穿透时光的回音壁，直击耳膜，勾起对往事的回忆。想起每一回我在他家外边的堰塘挑水，听见他不熟稔的旋律，心里的不屑和嘲笑，就像后来别人对我拙劣文字的不屑和嘲笑。

而今的我或许就像当年的业满，任人不屑与嘲笑，但我只管做好我自己，或许到最后，总有一曲嘹亮的"唢呐"打动那些懂得我的人。

翠妹

翠妹是我儿时的玩伴，我们很多年没见了，突然得知她与我住在同一座城里，不由得感慨万千。没过几天我就坐在她家宽敞明亮的客厅里。

翠妹现在已是奶奶了，一个孙子，一个孙女，可翠妹却不显老，当年那个皮肤白净、身材高挑、鹅蛋脸的美人，风韵犹存。

尽管翠妹的家里装修得时尚簇新，可是翠妹还是很"老土"，她跟我说话还是当年满口方言，问我的第一句话就是："以（你）屋的XXX还好噻？以（你）身体还好啵？乞（吃）了饭没得？"可就是这些土得掉渣的问候，让我无言以对。

我无法面对的是我的内心，几十年来那些本应该保留的东西，却被浮躁和虚荣所替代。

可就是这些方言，令我感觉如此亲切，一种没有距离的亲切，那一刻，仿佛时光倒流，我又回到我们穿开裆裤的童年。

我比翠妹大一岁，住在一个院子，她母亲为了隔开与三叔的是非纠纷，在院坝中间砌了一堵墙，把我家和三叔两家隔开。从此小小的翠妹，在大人们出去挣工分的时候，都是一个人在家里睡觉。

翠妹从小就是一个很乖的孩子，胆小怕事，性格懦弱，从来不敢一个人到处乱跑。

那一年的春天，天气渐渐暖和起来，翠妹又被关在家里。另一个院子的孩子来找我玩，我们感觉没有什么好玩的，突然想起翠妹说过，她家的柴楼上有鸡窝，母鸡每天都要爬楼梯上去下蛋。

我们没见过母鸡爬楼梯，好奇心促使我们去敲翠妹家的那扇烂木门。翠妹来开门的时候还说妈妈不让人来她家玩，可还是把门打开让我们一众人进了小院。她家小院我偶尔来过，四面都是土墙，地坝是用石板砌过的。翠妹带我们到她家歇房门口，她家有两间歇房，一间是翠妹爸妈歇息睡觉的地方，翠妹和她哥哥的歇房在另一个黑暗的角落。

当我们看见歇房里黑黢黢一片，全都犹豫了，感觉很神秘，尽管以前我也到翠妹家玩过，可从来都没有看清楚里面到底有什么。尽管大人们嘴里的金银财宝都是收藏在最神秘的阴暗角落，可我们都不敢进去。这时候只听见柴楼上的母鸡正在"咯咯嗒，咯咯嗒……"地叫得正欢，翠妹说鸡下蛋了要上楼去捡鸡蛋，我们都伸长脖子望着翠妹爬上了楼梯。

那年我五岁，翠妹四岁，解手还不怎么利索的孩子，农村母亲一律都给孩子穿开裆裤。翠妹比我小一岁，当然穿着开裆裤。这一群孩子中有三个比较大的男孩，五六岁的年纪，两个女孩加上我和翠妹一共七个人。当翠妹爬上楼梯，露出了小屁股时，我突然感觉一阵阵的难堪，我真希望地下突然裂开一条缝让我钻进去，那种本能的羞耻感，让我突然明白了男女有别。我害怕那些男孩盯着翠妹的屁股看，我真的替翠妹难堪起来。幸好当时孩子们的注意力都在翠妹能不能去楼上捡到鸡蛋，或者是捡到几个鸡蛋。

当翠妹用那双脏兮兮的小手举着两个鸡蛋下楼梯的时候，孩子们都欣喜若狂，我心里却隐隐地担忧起来，我怕她小小的手拿不住鸡蛋。果然，翠妹下到木梯一半的时候，脚磕绊了一下，一个鸡蛋"噗"地摔了下来，碎在地上的乱草里，想捡都捡不起来。孩子们见鸡蛋已摔烂，还落得翠妹可能挨打的结局，当下作鸟兽状散开。

那次我们虽然没有看到母鸡怎么上楼梯，却看见了翠妹上楼梯时露出的屁股,但那个秘密大家都没有在意,也不会到处乱说,因为那是童年时代大家都经历过的秘密。

那次翠妹妈妈回家并没有打翠妹,或许翠妹妈妈根本就不知道母鸡下了几个蛋,或许翠妹什么都不敢说,才逃过一顿打。那个摔烂的鸡蛋的秘密就像我们穿开裆裤露出屁股的秘密一样,谁都没有张扬。

时隔多年翠妹已经出落成一个亭亭玉立的美人,可是媒人却把她许配到一个连水都不够喝的地方。贪财的翠妹妈妈收了人家两千元彩礼,翠妹要求退还,她妈妈却不肯,翠妹后来在别人的介绍下与人私奔了。

那时候我已在城里当了临时工,翠妹来找我的时候,我都不知道发生了什么事,但我隐约感觉翠妹做了此生最大的选择,翠妹那次是来跟我告别的。这个秘密我们保守了很久,直到后来翠妹回娘家与母亲和好后才公开。

世事沧桑,岁月流转,转眼已经过去几十年,多少人早已不是穿开裆裤的孩子那样单纯。在这个欲望横流的社会环境里,人们在利益的驱使下用尽各种手段,尔虞我诈。当我听见翠妹的那一声声最原始的乡土问候时,我才突然发现,翠妹还是那么单纯和善良。

那一声声乡土的问候,足以证明一个人保留着自己的本真,更有一种潜藏的祝愿:你过得好,就是我最大的心愿。

记忆中的红糖味

记得小时候，我不喜欢甜，一尝到甜味的食物就不吃，直到长大初潮来临，母亲煮两个鸡蛋对一碗红糖水，非要我喝了不可。待我喝完，母亲才说，女人每月例假时要损失很多血，需要补血，红糖是补血的，所以必须喝点红糖水。

但我还是不喜欢吃糖，特别是红糖。

可是，有一年过年，三叔请我们吃年夜饭，饭桌上摆着两大碗红糖肉，还是半肥半瘦的！

开始大家都不愿尝，母亲夹了一块肉，吃着吃着，连连说："好乞（吃）好乞！"我们几个小孩出于好奇每人夹了一小块。

舌头一舔感觉油腻不严重，牙齿一咬，甜丝丝的肉中还有些盐味，甜咸交集着，肥肉的油已被煎出了很多，慢慢咀嚼中，一种从来没有品尝过的甜香味充斥着整个味蕾。嚯呀！那感觉真是太棒了，接着大人小孩每人几块肉吃得喷香。

那几年过年，我家和三叔家都是互请，一家一天，大家很和气。那几年收成也很不错，年年杀年猪，三妈喜欢喂大肥猪，瘦肉都有两三百斤。

收成不好的年月，大人心里烦躁，常为一些鸡毛蒜皮的小事起争执，比如田边地角、山林边界……平日里结怨、记气，过年就不会再请来请去了。

以至多年后，我还一直回味当年三妈那道红糖猪肉的味道。

无独有偶，丈夫给我讲他小时候的故事时，说当年婆婆就曾把过年用剩的红糖放在装谷子的柜子里,那时农村还没有冰箱,人们喜欢用谷子来隔离空气。比如腊猪肉、红糖……腊肉遇雨会受潮,红糖也一样容易受潮变软,黏黏糊糊的,用谷子掩住压紧就不会接触空气了。

每年正月十五一过,新年就算过完了。大人全部投入到正式的生产活动中去,孩子们该上学的上学,年纪不够的就在家里坐摇窝,因为农活忙没人看守孩子。婆婆有四个孩子,一女三儿。新年刚过,每顿饭就恢复到清汤白水的日子,不是包谷糊糊、小麦糊糊,就是照得见人影的稀饭就咸菜。对于正长身体的孩子们来说,营养明显不够,几泡尿一撒,肚子就饿得叽里咕噜直叫。

肚子饿的小孩就会想方设法找吃的,季节好时有山上的野果。在正月这个荒月里,山上什么都没有,只好在家里寻觅了。

婆婆藏红糖的时候,不幸被我丈夫发现了,每天放学回家后,他迫不及待地刨开谷子啃几口糖,再喝几口水,肚子就不那么饿了,高兴地吹着口哨背着背篓上山打柴、扯猪草,晚上听母亲喊,他才回家吃饭。

秘密不知啥时候被他姐姐和两个弟弟发现了,他们也加入每天啃红糖的行列,眼看那几斤红糖越啃越少,孩子们害怕被母亲发现要遭殃。以婆婆当年的脾气,极有可能给他们一顿痛打。但内心的恐惧终于没抵挡住红糖的诱惑,他们最后将红糖吃了个精光,最后只剩下几张包糖的纸壳,孩子们等待着一场暴风雨的到来。

可是,暴风雨没有等来,等来的是母亲更多的疼爱。婆婆发现红糖只剩几张纸的时候,开始是愤怒,接着心里像被什么堵住,痛得搅动肝肠,眼泪鼻涕一起下来了,趴在柜子上痛哭一场。孩子毕竟是她身上掉下来的肉,她深感愧疚,对孩子们太严厉,她也知道每天饿着肚子干活是什么滋味……

时隔多年，生活条件变好了，商场里应有尽有的食品和糖果摆在最醒目的位置，只有砖头一样的红糖放在角落里无人问津。

当有一天突然有人说吃糖应该吃红糖，并说红糖含铁元素，是贫血病人的最佳食品时，我才发现，实惠而又低调的红糖，就像当年母亲的爱一样含蓄，就像亲人之间的和睦相处，低调而不张扬。

月亮里的哥哥

"月亮走,我也走,我给月亮提笆篓……"小时候,大人们经常讲关于月亮的故事。说嫦娥喝了神水飞上了天空,从此居住在月宫里,月宫旁边有一棵桂树。吴刚为了讨嫦娥高兴,就为嫦娥砍桂树,结果桂树是砍不断的,吴刚就用自己的身子躺在被砍的缺口上,从此吴刚就一直守候在月宫旁边。我常常独自一个人,坐在一棵臭椿树下唱这首儿歌,心里美美地想,那月亮里的哥哥是我哥哥该多好!

其实,我一直没有亲哥哥,看见别人家的女孩有哥哥都很是羡慕。有哥哥的好处多了去啦!比如,有人欺负妹妹的时候,哥哥会出面替妹妹摆平;有东西搬不动的时候,哥哥会替妹妹搬走;有好吃的、好玩的,哥哥都给妹妹留着。这诸多好处数都数不过来,哥哥在我的心眼里就是一棵能遮风避雨的大树。我心里一直没闹明白,别人为什么有哥哥,而我却没有?母亲当初生我的时候,为何不先给我生个哥哥,然后再生我呢?

每当这样想的时候,都怪自己命运不济。甚至于在生活的逼迫下,硬生生地让一个弱女子在不知不觉中扮演起了男儿角色,担当起那个贫困家庭的顶梁柱,为父母分忧,为弟妹撑起一片蓝天。其实在那个时段里,自己已经担当起了作为哥哥在家中的一切责任和义务,那个想被哥哥呵护的梦想,只有埋在灵魂的更深处……

同院子里,伯父家有个大哥哥,曾经帮我们家很多忙,对我也很好。乡下人没有娱乐节目,最大的娱乐就是电影下乡,伯父家的哥哥和大多数人一样,每逢电影下乡是必看无疑的,无论路程有多远,总要约上一帮人打着火把、拿着电筒去看电影。喜欢看电影的都是那些青头小伙或者喜欢热闹的娃娃，我在他们中间是最受照顾的小妹妹。

演电影的那天傍晚，我早早等候着哥哥们，在母亲千叮万嘱后跟他们一同翻山越岭，过沟上坎。一路上哥哥对我照顾有加，时常把亮光照在我身旁，直到走到放电影的地方。那是一个生产队或者农民自家晾晒粮食的院坝，院坝里已经人头攒动，最佳视角早已经被人占了，我们远道而来的这些孩子，只能找个看见银幕的地方，或蹲、或坐、或站。电影早已开演了，演的故事要么打仗打得稀里哗啦，要么把坏人、特务捉得一干二净。那时候看电影一眼就能分辨出故事里谁是好人，谁是坏人，在人们的眼里，世界上除了好人就是坏人，就像农人们在单纯朴实的生活里，区别那些红薯和马铃薯一样……

每次看完电影回家，小孩子由于瞌睡多，半夜走路总是无精打采的，哥哥看不过去了，一把把我背在背上，拔腿就走。毕竟哥哥年轻，不管是爬坡上坎，即使是细如羊肠的田坎，他都照样健步如飞，这时也是我作为女孩子待遇最高的时候，心里那个美啊，我也有哥哥背我回家了！一种从来没有过的殊荣感，填满我的心胸。

情窦初开时，那种"郎骑竹马来，绕床弄青梅。同居长干里，两小无嫌猜……"的美丽幻想一直藏在我心里。我发誓以后找男朋友一定要找个哥哥那样对我爱护有加的人，可惜的是，命运偏偏捉弄人，几经波折后，才发现这个世上根本就没有属于我的哥哥！

伯父家的哥哥在我十一岁那年把嫂子娶进了家门，那一年，伯父家添人又进口，加上那年生产队里又逢丰收年，可谓三喜临门。而我，就在那一年离开了家乡进城读书去了……

不久，听说哥哥得了一种病，后来我长大了才知道那种病叫癫痫，一种很难医治的病。年岁增长，伯父伯母年岁越来越大，哥哥的负担从一个孩子增加到两个孩子，在经济还不发达的时候，困窘是在所难免的。为了生活得稍微宽裕一点，哥哥家搬到了对面的山上，那是不同乡政府的另一个生产队，后来，所有的事随着生活范围的改变而改变了，哥哥家的音讯就变得越来越渺茫了……

多年以后，我已经是一个女儿的母亲了，一次回家母亲突然对我说起伯父家哥嫂的事情。母亲幽幽地说哥哥已经去世很久了，是因为他那癫痫病，在一个月明星稀的夜晚突然发作，一头栽进盛着满月的水塘。我好半天没回过神来，明白事实已经形成，内心那份失落无以言说，哥哥到底还是被月亮掳走了！我想，我的哥哥可能住进了月亮。

每当心情苦闷，独自徘徊时，猛然抬头看见月亮明晃晃地挂在天上，心里总有一个声音，别怕，哥哥在天上呢！

篾匠二哥

篾匠二哥是隔壁生产队的远房本家,跟我同辈,因排行老二,所以叫二哥。

以前我们也认识,我们母女俩常在集市上赶场时遇见他,每次都看见他身边放着一些竹制的家什,很好看。母亲说他是有手艺的人——篾匠。他对母亲很尊敬,总是"二婶,二婶"地叫着,有时候也叫我一声妹子。我很不好意思,他比我大那么多呢!

二哥家里的儿女比我小不了多少,记得他说家里有一儿一女,大的是女儿,小的是儿子。为了给儿子建楼房、娶媳妇,所以经常做篾活去赶集,有时也被人请到家里去做。做的都是农村人用的背篓、箩筐,淘红薯、洋芋用的竹篓,灶头用的筲箕砧子,也有嫁女儿必须有的篾活,床上的竹席,等等。

我记忆里,二哥有两次被母亲请来家里做篾活,一做就是好几天。本地只有二哥的手艺好些,做工精细还耐用。

第一次见他来家干活,大清早的背了一个背篓,手里提了几把绑在一起的锯子,母亲先让他吃早饭,三下五除二解决掉,他就钻竹林去了。找那些青壮年竹子砍,说是老竹做篾活不耐用,但他也把一些老竹子给砍了,说是好让新竹发笋子,每一篼竹子选青壮年的留一两根。二哥说我母亲会选季节,上半年好砍竹,下半年新笋子长高了就不能砍竹子了,将砍了的竹子拉出去就会祸害新长成的竹笋。每次砍完竹子剩下许多竹枝、竹尖、竹头,干了可以做柴火。

竹子砍齐了,要分类锯竹、破竹。只见二哥把他的全部行头拿出来,一字排开从大到小不下十几把专用刀具，那些大到可以杀猪，小到可以绣花的篾刀，很让我好奇。破竹先破宽，再破窄；起篾片、分篾丝……篾片像变戏法样在他手里上下翻飞着，起的篾片分厚薄，有薄如蝉翼的，细如灯丝的。薄的篾片用来织凉席，细丝用来织筲箕、篾箩等。

乡里请匠人算工钱做一天算一天，你却不要以为二哥会磨洋工，家里哪怕一个人都没有，割猪草、打柴回来后，只见地上板凳上到处是一摞摞的篾片和篾丝，谁磨洋工能磨出来那么多活呢！二哥是勤快人，不会磨洋工，他说要对得起主人的三顿饭和工钱，更不能坏手艺人的名声。

把竹子锯断破开后，将框架篾用火烤好，其余活都是细活，可以坐着边干活边聊天。二哥的话特别多，从东聊到西，再从南说到北。也有不务正业的人来跟他搭话，他会说些讥讽话取笑人家，眼睛眨个不停，背过身去跟另一个人偷笑，那个人也心领神会地跟着乐。

二哥也喜欢抽烟，嘴里叼根小巧的叶子烟杆，丝毫不影响手上的活计，只在换烟丝的时候或想吐口痰的时候才拿下来。不抽烟的时候，边吹口哨边织篾活，他是那种不让自己歇空的人。二哥的手艺特别好，织的篾箩高矮方圆适中，篾席纹络精美，丝毫不乱，筲箕小巧玲珑，令人看着舒心。我最佩服的手艺人也不外乎如是了。

不明白一个大男人怎会有如此巧手，有次没事时问他，他把手掌摊开来让我看个仔细。却见满手的老茧和被篾片划破的痕迹。哪是什么巧手，分明是伤痕累累、沟壑纵生的一双劳动人的手。二哥说，任何手艺都需要功底，他只是工多艺熟罢了。

乡里妹儿出嫁前，娘家陪嫁的东西可以说是应有尽有，其中床上用品也有竹制品。出嫁前，母亲又请二哥来给我织篾席、编箩筐，这也是我最后一次看见他做篾活。我记得那床陪嫁篾席编织得很精美，二哥说可惜没有腊篾，如果早有准备，用腊篾编凉席，能用一辈子。当时他还说让我以后发财了别忘了他。后来每次看见那床篾席就想起他眯着眼笑的样子。只是，那床凉席后来在老家的瓦房里，被漏下的雨水给浸烂了。

老家的老乡亲们如今很难见一次面，有些进城了，有些搬迁了，有些跟随着儿女们，很少有住老家的人。篾匠二哥也多年不见了，如今的我也年过半百，不知二哥还好吗？

母亲的美味

每个人从出生之日起，都离不开吃食。母乳是我们最初的生命之源，长大一些后，我们学着离开母亲去学习和工作，但无非就为了挣得一口饭食。当我们尝遍生命中所有的美味佳肴以及酸甜苦辣，才发现，原来，我们始终都不曾忘记母亲给我们最初的味道。

火葱头炒肉

现在生活条件变好了，好吃鬼也多了起来，每天都在挖空心思寻找好吃的。

但什么样的菜最好吃呢？看看盘子就明白啦！通常最好吃的菜就如风卷残云，分分钟见盘底，不喜欢的或不对胃口的菜无人动它一筷子。

我们平常炒菜通常都离不开葱，但多数人以为分葱是最香的，菜炒熟起锅之际，顺手撒一些葱末在菜上，最是可口。

但是，我说的葱不是分葱，却是农村人常见的火葱。火葱跟分葱一样，有着很浓郁的香味，却比分葱少些辛辣，多一分甜香。

春夏之交，是最繁忙的插秧时节，也是火葱成熟的季节。指头大的火葱头用来炒肉，不失为一道美味。这道菜，也是母亲常用来招待帮我家干活的乡亲们的，当年就是这道美味，不知让多少人口水直流。

母亲的自留地里，每年都要种一片火葱。插秧的时候，就把扯回家的火葱淘洗干净，切去葱叶，葱头切片，精瘦肉切片，和上淀粉、盐、味精、料酒、蒜末、姜末备齐。再烧油锅炒肉，放上花椒、胡椒、蒜末、姜末炒熟。再放葱头混炒，让葱的香味进入肉里，放点青红椒搭配，混炒起锅。一碟色香味美的火葱头炒肉就做好了。

这道菜的主要特色是味美鲜香，工艺简单，材料也不烦琐。这道菜的主材料鲜肉可以换成腊肉，还可以换成半肥半瘦肉，吃辣的人还可以加上酸辣椒。

虽然只是一道家常菜，可没有人不喜欢，才端上桌，就会被人一扫而光。做菜的人就怕人家不喜欢菜的味道，味道好了，有人争着吃也是很有面子的事。

盐菜

正月初九一过，农村人的年也算过完了，所谓"上九上九，犁头锄坡上走"。虽然正月里还有一个元宵节，但农人是不会把大好时光浪费在节日里的，日子该咋过还咋过，庄稼该咋种还咋种。

气温逐渐变暖的正月，农人算是比较悠闲的，大姑娘小媳妇们都在家扎鞋底、绣袜垫，所有嫁女儿、娶媳妇该预备的东西，都是在农闲时候做出来的。还有办酒席需要的咸菜，也几乎都是在正月里做的。所以，每年这个季节，正是我与母亲一起晒盐菜、晒汤圆面的日子。

年过完，天气晴好的日子，所有的农家小院，那些小小的晒盖里，几乎都装着满满的阴米、汤圆面……其中过年所蒸的阴米很重要，那是留给大姑娘过门，或者新女婿上门的第一道茶汤。阴米寓意为前世姻缘。

正月初九一过，正是立春阳气上升的时段，所有的蔬菜都要慢慢抽薹变老，大蒜抽薹、白菜抽薹，牛皮菜（瓢儿菜）栽得比较晚，还可以留一段时间，但三月青菜和大头菜、榨菜之类的已经快要抽薹，需要立即清理，腾出地来种四季豆、豇豆、玉米、红薯……那些菜呢？该做盐菜的做盐菜，该喂猪的则喂猪。

盐菜的材料选择是很有讲究的。

母亲把三月青菜作为做盐菜的首选，理由是榨菜太苦，并且菜叶偏硬还毛糙，白菜又太软，如果用它做盐菜不利水，易变酸；牛皮菜不易晒干，且土腥味太重。

唯一的上上之选只有三月青菜了，三月青菜，顾名思义，就是在三月里就要老去的青菜，所以正月和二月，正是割菜、洗菜、做盐菜的大好时光。

首先把三月青菜割回家，用竹篾条串起来挂在屋檐下，让春风吹几天，待菜叶蔫了，再用水淘洗干净。洗干净了菜，我与母亲就比较轻松了，用竹晒盖摊着菜，搬个板凳坐着，菜板放在晒盖里，我与母亲晒着暖洋洋的太阳，边聊天边切菜，菜多的年份一切就是两三天，这样的日子是幸福的、安闲的。同院子的女人都围拢来，看我们切盐菜，大家手里都不会闲着，有的扎鞋底，有的扎花袜垫，有的绣枕头，有的缝补衣裤……一个院里空前热闹。

菜切成末，再撒上盐拌上佐料，太阳微微晒着，水分早已跑光了，然后就把盐菜装进坛子里密封好，过几个月后，一坛子盐菜就做好了。如有贵客临门，大可以抓出来两把，蒸几碗香喷喷的盐菜扣肉。

往年那些饥荒月份，盐菜可是帮了穷人的大忙，一是盐菜有一定的营养价值，二是无论饭食是米饭、玉米糊糊、红薯还是土豆，只要有一大碗猪油炒盐菜，都会让你垂涎欲滴。

母亲的盐菜，让我度过了无数艰难的日子，也正因为有母亲的那些盐菜，我才懂得了生活的真实滋味。

鲊猪肠稀饭

以往，乡下人爱煮稀饭。不是乡下人只爱吃稀饭，是因为家里米本来就不多，为了节省才以稀饭为主。往往还在稀饭里加些粗粮，如玉米、豌豆、红薯、洋芋甚至是青菜，给稀饭里放鲊猪肠算是好的了！

年前杀的猪，猪肉多是吊在灶头上方，用烧着的柴火烟熏着，农家柴火啥都有，有柏树苗、青冈、黄荆……这些柴火刚好把那些肉熏得香香的。

可是，春播农忙过后，被熏香的腊肉被消灭得所剩无几了！因为家里无劳力，包产地很多，如果不全部种上作物，那几个在城里读书的弟弟妹妹就没有吃的，父亲每月那点工资还不够买菜，所以，每年的春天，都必须多次请人帮忙播种、插秧……

正值青黄不接，麦子还没黄熟，柜子里的谷子不多了，玉米早就在年前催肥猪的时候吃光，地窖里的红薯和洋芋经过一个寒冬后，大都喂猪或者烂掉。红薯还得留种，是不能轻易吃掉的，这个时候就到了所谓的荒月。

荒月里，地里出来啥就吃啥，地里青汪汪地长着的瓢儿菜还多。瓢儿菜是喂猪的好原料，也有人叫它牛皮菜，青青的梗托着一张厚实的叶，也有的瓢儿菜的梗是红色的，瓢儿菜的叶子煮熟了很好吃。就这样，瓢儿菜成了母亲加在稀饭里的首选。

瓢儿菜不苦，却有股土腥味儿，没有佐料不好吃，母亲就变着花样煮饭。她扯了自家地里的葱，给锅里放点姜和盐，去干咸菜坛里抓一大把鲊猪肠和着米和水一同下到锅里煮开，再加进去瓢儿菜，熟后放些葱末，一锅香喷喷的瓢儿菜鲊猪肠稀饭就熟了！

吃饭的时候，我最喜欢跟着母亲，她笑骂我是她的脚跟腿（跟屁虫），她把碗端到哪儿我就跟到哪儿，还拿眼不停地斜瞄母亲的饭碗。母亲眯着眼笑了笑，然后把自己碗里的鲊猪肠一个不剩地夹到了我碗里，我满心欢喜，嘴里嚼着鲊猪肠，真香啊！牙齿一咬还有一泡油水出来，喉咙管一缩就滑下了肚，美美的，好久没有打过牙祭了！啧啧……这顿鲊猪肠稀饭正好满足一下我馋肉的胃。

鲊猪肠是母亲在年前卖猪的时候攒下的。每次都要我给她把灶里的火烧起来，说是焯猪肠。她把洗干净的猪大肠放锅里，加一些柑子叶烧开，而后把它捞出来，等凉了切碎，后来拌上玉米面加盐，有时候还加一些红薯丝在里面，再加上花椒和其他佐料，专门用一个坛子装好，密封。过年和春播的时候都没用上鲊猪肠，可在这荒月里，鲊猪肠就派上大用场啦！

以前吃鲊猪肠的时候，母亲不吃全给了我，我还以为她不喜欢呢，现在才知道，那并不是她不想吃，而是……

清明节那天，我又煮了鲊猪肠稀饭，给逝去的长辈和亲友们包了福子，我特地为母亲多包了一个又大又厚的福子，弄了三样小菜，点了三炷香，恭恭敬敬地作三个揖，心里默默地说道：母亲，吃饭吧！

菜板上的年味

记忆中的年味,像一张发黄的老照片,一直停留在母亲忙碌的身影中,停留在母亲的菜板上,总是那么令人回味。

以前,农人都很忙。等母亲把地里的红薯挖完,把过冬的蔬菜种好,等漫山遍野的金黄的青冈叶随风飘落,母亲和我把山林的柴火砍完后,这一年的忙碌就算有了总结。眼看快到了年尾,母亲喊来杀猪匠杀年猪,再把整个生产队的三亲六戚请来喝猪血旺,猪肉用盐腌好。之后就是洗被子、做大扫除、疏通房前屋后的沟渠……

年味就在我们忙碌的那些日子里,随着炊烟飘荡在家家户户的房顶,又随风串进千家万户,在洗被子的肥皂味里熏染,在母亲打扫扬尘的挥舞中跳跃。

腊月二十八,家家户户房顶上的炊烟袅袅,飘出各自不同的腊肉味,家狗们摇着尾巴,跟在主人身后,希望主人丢一块骨头。农谚说:二十三吃年糕,二十四扫房日,二十五堵窟窿,二十六炖大肉,二十七宰公鸡,二十八白面发……可是母亲忙不过来,只有每年腊月二十八这一天,才是母亲烧腊肉准备过年菜的时间,把洗净的猪肉放在一口大铁锅里连夜煮着,有猪脚、猪脑壳、猪后腿、猪尾巴。第二天吃过早饭,母亲要我把灶里的柴火架好,先在一口大锅里蒸上过年所需的扣碗:盐菜肉、粉蒸肉、糯米丸子……那种浓浓的年味,混着青冈柴的馨香飘出窗口,飘向田野……

母亲一直在灶台忙碌着,而我一般都被母亲叫到灶前帮她架柴火,柴火烧得旺旺的,火花冒着金星直蹦,母亲很高兴,说来年火头一定旺。

不久，锅里就滚开了，渐渐地一股很香的肉味直钻鼻孔。母亲把前一天晚上煮好的猪头肉、猪后腿、猪尾巴一一起锅，再把猪头肉剔开骨头，露出两个鸡蛋似的"黑桃肉"，开始在菜板上切肉。这时，我就像个小馋猫一样，悄悄地站在母亲身后，喉咙管"咕咚咕咚"直咽口水，不小心被她发现，她便笑骂道："好乞（吃）佬儿……"手却拿一坨肉塞进我嘴里。

有时，母亲没察觉身后有人，我就迫不及待地伸出爪子，趁热偷两片肉就跑。母亲嗔道："这会儿乞多了，正乞的时候又不乞了？"

我知"黑桃肉"是猪身上最好吃的肉，嫩，不咸不淡，味道刚刚好，菜板上的"黑桃肉"没有被佐料破坏它本身的香味。

有一年，母亲腊月二十才请来杀猪匠杀猪，那年家里红薯多，猪儿有吃的，多养了一段时间，也是历年来杀猪最晚的一次。母亲说今年过年好了，有新鲜肉吃。

要知道，农村人那些年是很少吃新鲜肉的。但母亲怕肉变味，还是把过年要吃的肉用少许盐腌着，过年那天，母亲把那条后腿肉烧了煮熟。在菜板上切的时候，我和弟妹们老远就闻到了从来没有过的香味。

那是比鲜猪肉好吃很多的肉，很香，有盐味却又不咸，不像腊肉那样，一口咬下去满嘴盐味。那是一种我很难形容的美味，至今难以忘怀。我吃了一块又一块，那天，我们几个孩子吃菜板上的肉差点吃饱了，到正午年席上哪还吃得下？

母亲说我们是眼大肚皮小，争起吃不了。

记得母亲刚过世那年的春节，我像个流浪的孤儿，不知过年该去向何方，面对满桌丰盛的酒菜却无法下咽，总感觉过年少了一种原有的味道。

母亲离开的时间长了,年味也渐渐地淡了,可菜板上肉的味道,在我心中却永远无法抹去。我想,年味,不仅仅是一个时代的味道,更多的是记忆中母亲的味道。

乔表叔

　　天正下着大雨，满山坡的风雨飘摇着新春的花香。

　　雨滴偶尔落在嘴里，有些甜润；脚下浑红色的泥水，漂浮着些小的粉红花瓣，这时节正是整治秧田的好时机，所以无论天晴下雨，犁田的人都在忙活着。

　　农人们趁春雨来临之际，抢在第一时间整秧田，割完麦子后接着抢雨水犁麦田。那是一幅在中国历史上永远都抹不去的水墨画：浓雾缭绕的半山腰上，斜风细雨里，一层层弯弯曲曲的梯田上，一个头戴斗笠，披着蓑衣的老农，手拿一根桑树条，另一只手撑着犁铧，吆喝着前面使劲拉犁的弯角水牛。水牛后腿蹬得老直，雨水从水牛的长脸上往下滑，再顺着胡须滴到浑浊的水田里……

　　其实那幅画面的主角是一个我叫乔表叔的人。乔表叔跟我家不沾亲，他弟弟那些年在本大队当副支书，跟我父亲有些交情。每一次父亲回家几乎都喊大队的几个领导来我家吃饭，意在托付他们照顾我们娘儿几个。母亲却不乐意了，因为托也是白托，农活忙的时候大家各忙各的，谁能顾得上谁？父亲每次回家上街割肉花费了钱不说，还耽误母亲工夫为他们煮饭，母亲认为父亲总是在为难她，活儿还是得自个慢慢干，别提多闹心了。

　　但是每年春天犁秧田都必须请人。乔表叔养了一头水牛，给人犁一天田收一天的工钱，所以，每年母亲都喊他来我家犁田，我负责割牛草，母亲负责煮饭和经管犁田所需的用具。

　　乔表叔的那头水牛很有力气，加上他人老实，干活认真，犁田的时候就不需要我们操心。那头水牛是表叔的全部家当，表叔从来不把牛当牲口，那头牛是他相依为命的伙伴，他知道牛喜欢吃啥，不喜欢吃啥，知道它啥时候累了，渴了，那头牛跟表叔几乎形影不离。犁田时，乔表叔手里虽然拿根鞭子，可从来舍不得抽它。乔表叔身高体壮，是干农活的能手，有时候搭田坎的活他也帮母亲干了，母亲想多给他些工钱他却不要，说是乡里乡亲的，举手之劳，就不要算得那样细。

乔表叔没有成过家，穷苦年月的农村男人，错过机会一不小心就成了光棍。我很奇怪，这么个相貌堂堂又勤勤恳恳的男人咋没娶到个媳妇？不知道是谁兴的规矩，那时候，农村女孩都在十八九岁早早嫁人了，如果哪家的男儿在三十岁之前还没结婚，或是没找到合适的对象，极容易单身一辈子。这也是时代的悲剧。也许还有一个最大的原因，是地势条件的问题，因为表叔家住在比我们更高的山坡上，吃水成问题。田少土地远，种地爬高坡，人家女方来相亲，一看地势就跑了。

离开故乡有些年月，回家总要经过表叔家门前，有几次都没看见他，一打听，原来他去别的地方当上门女婿了。后来又听说他回家了，原因是跟人家子女合不来。

年前回老家给母亲立碑，正忙活着，远远看见一个白发老者走过来，仔细一看原来是表叔。昔日的风采早已不见，身高体壮的乔表叔早已皓首苍颜，但我看见他分外亲切，总想起那些年他给我家犁田的那幅画面。我喊他几声，他看了半天才想起我是谁，热情地向我跑过来。我生怕他跌着，急忙扶住，一问，才知道他已经快八十岁了，直感叹岁月不饶人。表叔说，他身体没啥毛病，这不，正想赶集去。

我把带来的面包、牛奶悉数给他，要他带回去慢慢吃，他连声说着谢谢。我惭愧不已，该说谢谢的人应该是我。最后从包里掏出两张纸币塞给他，说多年不见，好不容易见着，一点心意务必收下。他没有再推辞。

　　我想，这次见面以后不一定还能见着，记忆中的那些人，那些苦难与美好，都将随着岁月的流转，慢慢消逝。

三叔三妈

很久不回老家的我，突然想回去住上几晚。但我家的老房子早被三叔拆了，与人家调换了土地，回去已无落脚之处，只好住在三叔家。

三叔家的房子自从建在了母亲的自留地，近三十年来，就从来没有改变过。看着被风吹雨淋得坑坑洼洼的红土墙，屋顶上盖着的青瓦，我心里充满了惆怅。房子周围种了许多梧桐树，三叔算是文化人，这样的排场也有"庭除一古桐，耸干入云中。枝迎南北鸟，叶送往来风"之意。

而今凤凰鸟没引来，屋瓦上却落满树叶，因无人捡瓦理沟，三叔用梧桐木建造的两边厢房楼上，四处漏水。楼下满屋子堆着杂物，楼上灰尘满天，令人难以驻足。

三妈和三叔育有四个孩子，三女一儿。几个孩子，除了小华落水早亡外，都在三叔任性的打骂声中渐渐成人。他们家几乎每个孩子都曾经被三叔捆在板凳上，用二指宽的竹板抽打。我们这些孩子都晓得三叔的厉害，所以个个都怕他。

回想过去，我眼前浮现出大妹小容瘦弱的身影，更有二妹小华怯懦的躲躲闪闪的眼神，小妹的尖声喊叫，小弟毛毛拉长脸的不悦……前面两人早已魂归尘土，后面两人却长年难得回家一次，以前一家人人丁兴旺，如今却人去楼空，愈发让人感叹流年似梦。

那天我到三叔家时，已是下午，刚好当天赶集，三妈正在屋檐下的一个木凳子上，搁着小菜板切肉。肉是三叔赶集买回来的，刀不怎么快，锈迹可见，带筋肉切不断，三妈切几刀呻吟一声，切几刀再呻吟一声，我问她怎么了，她说手臂疼，说是摔坏了还没完全好。

我记忆中的三妈，以前是很苗条的，黑黄色的皮肤，一年四季没有穿过一件像样的衣裳。

现在的三妈，不再有以往苗条的身材，而是腰身粗壮，坐着时腰上的"游泳圈"重叠几层，胸部像做过丰乳手术似的那么丰满，上门牙落了两颗，张嘴一个黑洞，说话有些跑风，让人不大明白她到底说些啥。

她给城郊修车的儿子毛毛带过一段时间的孩子。原因是毛毛脾气暴躁，只顾自己在外面吃喝，一个修理厂经营得半死不活，夫妻俩也是三天两头打闹，媳妇受够了折磨，抛夫弃子离家出走，再也不回头了。

毛毛一个人管不了孩子，只好叫三妈去给孩子们煮饭。带孩子期间，三妈不小心摔跤导致手臂骨折，不能动弹的三妈时常对孩子们又哭又吵，三个孙子都怕这个奶奶。

离开三叔一段时间的三妈，竟然像换了个人似的，虽然还是很怕三叔，但时而任性的哭闹让三叔也拿她没办法。三妈离家的那段日子，三叔过着孤苦伶仃的生活，出门一把锁，进屋一把火，每天想找个说话的人都没有。估计三叔已经尝试过孤寂的滋味，如今正在慢慢学会包容，三妈也趁机在自言自语的哭闹中，找回失去几十年的自尊和任性。

如果说，要感受一个人最深沉的寂寞，跟我三妈住上一晚，你就全明白了。

夜晚，在昏黄的十五瓦灯泡下，以我现在的老花眼，想看书无论如何是看不见的，我只好任由三妈一遍又一遍讲她与三叔这几十年来的恩恩怨怨。

三妈每翻一次身，都会大声地"哎呀"两声，她说身上痛，却又说不准哪些地方痛。以我的猜测，三妈也许是太缺少关爱，似乎那些大声呻吟是想引起三叔的关注，可是三叔在另一个房间里，不闻不问。

三叔早与三妈分居多年,老两口年轻时的恩怨,像注入血脉的细菌,时时吞噬着三妈记忆的细胞。我怀疑三妈的记忆中,这辈子已不知夫妻恩爱为何物,如果她哪天读懂了苏轼的悼亡词和陆游的《钗头凤》,也许会恍然大悟,这辈子枉做了女人,剩下的只有记忆中的疼痛。

　　三妈和三叔其实是老表通婚。三妈是我四姨奶家的二女儿,读过小学,在当年也算有文化的人,年轻时的三妈在当地算得上美貌如花,在生产队里当过记分员,能写会算,按理来说,三叔三妈都是有一定文化的人,算得上郎才女貌。正因为如此,奶奶与四姨奶姊妹俩商量着把二人拉扯到一起,大有肥水不流外人田之意,却不料上辈人的好意毁掉的是两个人一生的幸福。当年听母亲说起过三妈的事,说奶奶如何如何偏心眼,待三妈如亲生女儿,待我母亲如外来的叫花子。

　　可是,奶奶的偏心眼,并没有给三叔三妈的婚姻带来幸福。三叔是那种心高气傲、目空一切的人,总思量自己有一腔抱负,无处发挥。二十世纪六十年代,三叔在城里读高中,却因为"文革"而辍学在家,眼见得用一个农妇把他一辈子拴牢在农村,三叔内心总有不甘。悲剧就从四姨奶答应奶奶的请求那一刻开始,那个年代,婚姻嫁娶几乎还处于父母之命、媒妁之言的形态里。

　　三叔与三妈新婚之后不久就暴露出矛盾,三叔的暴脾气就一而再、再而三地表露出来,轻则吵骂,重则拳脚相加。三妈从那时起,就已经形成对三叔的惧怕,有一丝不如意就要挨三叔的拳脚,以至于后来,家中事无巨细,三妈从来不敢有自己的主见,鸡毛蒜皮的小事都需经三叔首肯。这样的家庭,这样的生活,任谁都过不下去,可是懦弱的三妈从未敢提出离婚。那个时代虽然早已解放,但流传了几千年的传统观念,像一座大山一样压迫着人们的思想,嫁鸡随鸡,嫁狗随狗,嫁根木头拖着走。三妈无论有多少泪也只能吞进肚里。

后来，三叔说三妈什么都不会：不会做饭，不会做庄稼活，不会说话，不会待人接物……一无是处。

那一夜，三妈对我讲了很多三叔的横蛮、霸道、无情，还有"外遇"……并附耳再三叮咛不要把她所讲的与三叔说，不然，三叔又要对她拳脚相向。我骇然，这已不是简单的夫妻纠葛，三妈对三叔的惧怕早已深入骨髓，这还是共同生活在一个屋檐的"夫妻"么？相反，我感觉这是两个不能离开的仇敌！

三叔的霸道我是了解的，三妈的懦弱我也是知道的。三妈不间断的打嗝声，已是气郁形成的老毛病。这种疾病是我当小孩时就知道的，我老家房子后面的远房奶奶，一年四季打嗝声不断，那是那位远房爷爷外遇的结果，从此在一个女人的精神世界里，除了背叛还是背叛。如今远房奶奶和远房爷爷早已魂归尘土，那种婚姻中被背叛的冷漠无情的伤痛却遗留了下来，在三妈身上重复着，三妈的所有记忆都背负着沉重的过去，却看不见不太遥远的未来。

改变现状唯一的希望只能寄托在三叔身上。

我不能直截了当地说三叔的不是，也不能转达三妈对他的抱怨，如今三叔三妈每月靠拿点农村社保过着清苦的日子。三妈之所以能偶尔找回一点自尊，也是靠她个人每月一百八十块的社保金做支撑。

老来是伴呀，何必计较！眼见得儿女们都自顾不暇，两个老人不相互依靠还能依靠谁？趁着身体硬朗，相互扶持着过好晚年，年轻时的气盛早该放下了。我对三叔说。三叔默不作声，把三妈的洗脸水提过去倒在了不再喂猪的猪圈里。望着三叔的背影，我很想问三叔一句：假如一切从头开始，他又该如何？

一切都会过去的，我想，无论如何，三叔三妈都还活着，只要愿意将心与心的距离靠拢，为时还不算太晚。

李老师

回去看三叔，聊着聊着，不知谁突然提到李老师，三叔说李老师病了很久，在侄子家里调养着，估计九十多岁的李老师挨不过这敏感的年岁了。

我的内心特别愧疚，进入社会几十年了，都没回去拜望过自己的老师。一来是为生活所迫四处奔波，二来是自己学无所长无颜见尊师，几十年一晃而过，真是五味杂陈，有种莫名的难过。

我对母亲说："去看看李老师吧。"母亲欣然应允，但给他拿点什么好呢？三叔说李老师不缺东西，也不缺钱，就去看看吧。

当李老师的侄子打开房门的那一刻，出现在眼前的一幕让我好生难过：凌乱的木床上，瘫着一位骨瘦如柴的老人，眼窝深陷，稀疏的白发凌乱地耷拉在头顶，无神的眼眸似在看来人，又有视而不见的茫然，灰色的眸子预示着生命之火的微弱。这还是我那个神采奕奕，身材颀长，拿着粉笔讲《三顾茅庐》的李老师吗？我鼻子一酸，泪眼模糊："李老师，还认得我吗？我是清明，你的学生清明啊……"

可他还是很茫然，我背转身去偷揩了泪。李老师侄子说，他耳朵已不大能听见了，后来是侄子跟他一阵大声喊话，他才慢慢回忆起来："你……是清明啊……这么……多年你到哪儿去了？"细若游丝的声音。我无法回答，是啊！这么多年我到哪儿去了？都没来看看自己的老师！内心充满歉疚、羞愧，更无法原谅自己。

我想起他上课给我们讲《木兰辞》的神情；我想起上课时，他见我看小人书提问我；想起三叔把我罚站在前台的那个上午，他轻声细语地说:"你怎能跟你三叔犟呢?顺从点不就好了吗?"

我想起他在课堂上缴了我的小说《第二次握手》,边转身边说:"上课不好好听讲,看啥小说?"想起他在课堂上念我的作文,还笑吟吟地表扬;更想起那次我病重时他来看望,最后把我推荐给他在重庆大学的同学刘老师,以致我在一段时间内做着文学梦。

而我却在离开他一年后被迫放弃求学,从此担起家庭重任。后来,所有人生的风风雨雨一起向我袭来,离开故土几十年,没有作为,只为谋生,浪费掉青春,梦想也随着岁月的流逝越发远了。我一直是无颜来见他的……

李子昌老师是唯一在课堂上给予我表扬的老师。还记得他站在黑板前,拿着我的作文《我的弟弟》给大家读,这篇作文后来经他推荐入选了区里的《中学生优秀作文选》。

那时候多数农村人很刻板,大人们对孩子一直采用的是打击、压迫的教育方式,不管是对是错,得到的多数是说教或者批评,从来没有肯定和赞美。那是他们不懂得,其实赞美也是使人前进的动力。也许我的神经很脆弱,从小就很敏感,受伤多于受赞美,所以对唯一的课堂表扬铭记在心。那么,一个喜欢给予人赞美的老师又怎么会让人忘却呢?

那年春天,刚刚十三岁的我病得很严重,上吐下泻后,浑身乏力,躺在床上一动不动。

那时候的我在城里读书,一个人也实在可怜,父亲下乡去了,我十一岁时就在校寄宿。年幼的我无人照管,在读初二的时候生病了,至少十多天都无法上课,也没有人给我补课,耽误了学习,成绩跟不上,父亲只好把我弄回乡下的民办学校继续读书,结果没上多久的课,又一场重感冒把我给拿下了。当时的我,瘦得跟皮包骨头似的,一副无精打采的样子，躺在床上每天看砖墙上糊得乱糟糟的稻草，日影偏西的时候，阳光从瓦缝穿透进来，投射在墙上幻化成各种各样的影子。一会儿是一个老头拿着旱烟袋，一会儿是一头牛，一会儿还是一只老鼠……

刚刚看见老鼠的影子，老鼠就在床边的谷草里"叽叽叽"地叫，或者在装谷子的柜子里"噗噗噗"地吃谷粒，我没有力气扔东西撵老鼠，心里却急得不知咋办才好。

母亲每天都很忙碌，农村妇女，放下锄头还是忙呀！父亲在城里上班，轻重活路都是她一个人扛。平日里，家里猪吃的全部是我扯的猪草，我病后，猪草都没有人帮她弄回家。

有一天，母亲正在院子里忙活着，只听见她与人打招呼，又连忙喊我的名字，还带着一个人进到屋里。我睁开惺忪的睡眼，看见了李老师站在我的床头，突然很不好意思，勉强撑着身子坐起来。床上一床红花被子，没有床罩，床边的谷草像垫在猪圈的猪窝，面对老师的探望，我是既荣幸又极其难堪。母亲端了一条板凳请李老师坐下，说过一会儿赤脚医生要来给我看病。母亲跟李老师说着话，不一会儿，医生果然来了，把脉、量体温、看舌苔一系列过程后，医生对母亲说要给我打针。

我就那样在李老师面前，让医生在屁股上打了针，或许是病得太严重，瘦得浑身没肉吧，那一针打得太疼了。我实在忍受不住，加上心里有许多委屈，当着李老师的面哭得很伤心。

李老师笑笑说："不哭不哭，这么大人了打针还好意思哭？"我努力忍住疼痛和委屈，让自己镇定下来。李老师又说："好好养病，病好了就到学校去上课，教室的课桌为你空着呢……"

回首往事，我无限感慨。哪承想，多年以后我去探望病重的他，那也是唯一的一次探望，却重现了当年他探望我的场景，只不过生病的人是李老师，在病床前探望的人是我。

自从我记事起，李老师就是一副瘦高的身材，脸上永远挂着温和的笑容。他与妻子同样在生产队劳动，边锄地还边与社员们开着玩笑。但在当地农民中，李老师夫妻俩绝对显得与众不同，说话细声细气的，肤色在阳光的暴晒下偏黄。后来才知道，他们夫妇俩是当地唯一的一对文化程度较高的人，并且曾经在当地显赫一时。

原来，新中国成立以前，李子昌老师的祖辈是我们当地的小业主，李老师本人曾经就读于西南地区的重庆大学，后来就职于云阳县国民三青团。在川东游击队地下党革命时期，李子昌同情革命，拯救了不少革命同志。

人生的大起大落难以预料。1949年云阳县解放后，政府考虑到李老师为川东游击队所做的贡献，没有过多为难他，只下放他回原籍劳动学习，一对只会读书育人的夫妇从此以劳动为生，本身也算是磨难吧！所幸，李老师为人友善，用看透世事无常的心态，与命运顽强拼搏着。

1982年春天，李子昌夫妇被上级部门重新请进课堂，我有幸成为他走进民办学校的第一批学生。多年的穷困和劳动磨去了李老师夫妻之间的爱情，剩下的却是无形的恩怨，年近70岁的李老师夫妇离婚了，形单影只的李老师，从此一个人留居在山村的一角，过着几乎与世隔绝的生活。

我曾经见过他套牛犁田的样子，与一般农民无二。我经常去他的包产田地扯猪草，他家的山林我也与小伙伴一道去割牛草、捡柴火，他也提防着我们那群孩子偷砍他山林里的柴火，但他只是劝说，孩子们也让他放心，只割牛草不砍柴。可是，他房屋边种的黄花和阳雀花，我却偷偷地摘过……

　　我也曾经到过他家里。几个孩子在他房屋旁边割牛草，在他热情的招呼下，我很不好意思地跨进他的家门。李老师的家有一个很常见的旧式天井，地上砌着石板，左右侧都有厢房，尽管历经上百年，还是能看出原有的模样。

　　那也是我第一次到李老师家里参观。李老师很热情，给几个流着汗的小孩子倒开水、拿零食，让我们几个割草的孩子特别难为情……

　　自从那次探望后，我再也没有见过他，三叔说李老师就在那个冬天去世了，享年93岁。从三叔嘴里我了解到李老师的许多事情，三叔说得最多的是李老师常挂在嘴边的一句话：做事留一线，以后好见面。是啊，人生何处不相逢啊！只是我们再见时回想当初，是否还能问心无愧？

　　如今，李老师的房子早已被重新拆建，变成一栋典型的现代别墅。远远望着那一片竹林，我脑海里的李老师和他的老房子还历历在目。不禁感叹时移世易，时过境迁，心中唯一不能忘记的是李老师对我曾经的鼓舞，这种鼓舞一直影响着我的整个人生，那就是，人在任何位置都不能放弃自己，适应环境，适者生存才是生命的本质！

那年父亲那年酒

父亲不苟言笑,更不善言辞,跟人说上几句话,只要语速加快就会结结巴巴,如果有人陪他喝酒,越发结巴得厉害。

正因为他不苟言笑,一脸严肃,一家大小都有点怕他。

饭桌上,父亲就是康熙抑或乾隆,他只要端起酒杯,我们几姊妹马上脚底板抹油——开溜。因为,父亲只要几口酒下肚,就可以对我们全家颐指气使。所有的不满,所有的愤怒都有可能撒向我们,不管当时有没有外人,都会让你颜面扫地。有过几次这样的经历后,大家受到了教训,吃饭干脆离他远点,让那个酒后结结巴巴的"康熙"独自面对空空如也的朝堂。

可是,这独自面对朝堂的"皇帝"又感觉到寂寞了,突然大声吆喝起来:"人呢!都跑哪儿去了?"这时,他真的就像影视剧里面的康熙皇帝,孤家寡人,却找不到一个撒气的太监和臣子。"人呢!都到哪儿去了?"那厉声喝问仿佛从紫禁城内,穿过时空,越过万水千山,传到三峡彼岸的一角,演变成父亲酒后落寞而又苍凉的断喝……

他明明知道喜欢喝酒不是什么好事,却常常自言自语,酒肉穿肠过,喝死了比饷死了好!哪怕什么菜都没有,他也会自己去酸菜坛里摸一小碟酸胡豆下酒。也许是长期一个人在外,须借酒解忧,也许是工作太累,要借酒解乏。

那时候我们在城里一个家,乡下一个家,母亲还住乡下种包产地,父亲在城里上班。父亲偶尔回到乡下,也是饭不离酒。

那年农忙,他又回到乡下的家,该吃午饭了,饭桌上只有母亲、我和他三人吃饭，另外几姊妹都在城里读书。母亲中午炒了一盘土豆片，在酸菜坛里抓了一把酸豇豆，扯成一节一节的，一碗酸菜就那样乱糟糟地摆在桌上，每人面前一碗红薯稀饭。父亲有个口头禅："要喝酒，酸豇豆抹顺就行。"可当天酸豇豆都没抹顺，我正暗自高兴呢，父亲肯定没兴趣喝酒了！

只见他端起饭碗又放下，头偏了偏，像缺少了什么似的，突然想起："咦——把我放抽屉里的皮蛋拿来！"语气坚定又执着，仿佛不可拂逆的命令。接着他打开身后的衣柜，拿出酒瓶就要倒酒。母亲看着我，意思是让我去给他拿皮蛋，我正端碗往嘴里送饭呢，不情愿地放下碗，去歇房抽屉找半天才找出来一个皮蛋，那皮蛋不知道放了多久。但是皮蛋泡酸菜坛的酸水，是很不错的下酒菜，父亲才不管那皮蛋过没过期，那顿酒他到底还是喝成了！

有一年，远嫁山东的四姨带着她的丈夫回了一趟老家，四姨的丈夫是赫赫有名的济南大学的教授。父亲当年正是穷困潦倒的时期，带着四个子女挤在单位一间二十几平方米的职工宿舍里，房间里一边放着一张床，一张写字台靠墙摆在屋中央，另一边靠墙放着炉子和锅碗瓢盆，小小房间里，就剩中间一块能走动的地方。有人来就坐床上，厕所是楼道一头的公共厕所。

就这么一个小小的房间，四姨带上她的教授丈夫登门拜访了。

那天傍晚，我和父亲弄了几个小菜，家里连张桌子都没有，把菜将就摆放在写字台上，父亲与教授边聊边对饮。教授一口山东话，父亲一口正宗的四川话，他们就这样聊起来，由于方言不通闹出许多笑话。比如：父亲说今晚将就吃绿豆稀饭，教授说鹿豆怎能跟稀饭扯上关系呢？幸好有四姨作陪，兼做了翻译。原来，父亲的四川里绿豆与鹿豆同音。

俩人你一言我一语,很快把一瓶本地特产竹叶青喝光。教授喝得兴起,嚷嚷着还要酒。父亲见教授特别能喝,结结巴巴地说道:"今——今晚——我——我就舍——舍命陪君子了。"教授说:"好——好好的——喝酒咋能把命舍了,这话——话不能这么说,再说就——就不能喝了。"酒后的教授也有些结巴,父亲急忙改口,说教授想怎样喝他都奉陪到底。父亲又拿出一瓶本地特产杜公酒,教授说不要,只见四姨从随身带来的行李中,拿出一瓶酒来,教授说是一个学生送的,名曰双套大曲,产自无锡,很不错的酒。父亲说我的酒也不差,是以大名鼎鼎的诗圣杜甫命名的酒呢!教授说尝尝外地酒又如何,父亲只好作罢。

俩人继续推杯换盏,教授抿了一口酒说,多少人喝酒的时候都爱说舍命陪君子,却不知道舍命陪君子的由来,让我来讲讲它的故事吧。

有一折戏曲叫《羊角哀》,是根据战国时期的一个故事改编的。战国时有个叫左伯桃的贤士,西羌积石山人,楚王招贤纳士时期,左伯桃在去楚国途中结识了羊角哀,二人义结金兰,相约求取功名,不料路遇大风雪,左伯桃被活活冻死了。临终前左伯桃将衣物、银两悉数给了羊角哀,让其前往楚国,羊角哀忍痛告别,至楚国做了上大夫,后至鄄邑寻找左伯桃的遗骸厚葬。

后来,羊角哀为左伯桃迁坟,因思念伯桃过甚拔剑自刎,随行人将羊、左二人合葬一墓。后人称羊左之交,谓之舍命陪君子。

教授讲完由来后,说:"所以,今晚的酒就一个字——喝,但不会舍命。"

父亲赶紧赔不是,说自己错了话,自罚一杯。

父亲说,关于生死之交,我们河对岸的张飞庙也有一个典故。当年刘关张结义打天下,缔造一番轰轰烈烈的事业,被千古颂扬,张飞死后为何在云阳修庙？那是因为张飞被人害死，割下头颅扔在长江里，漂流到云阳被渔夫打捞了上来。张飞何等威名！所以被人认出，后人为了纪念他的丰功伟绩，就在此地建庙堂供后世瞻仰。

尽管父亲讲得结结巴巴，教授却听得连连点头，说三峡之地不仅仅风光雄伟险峻，历史还很悠久，果然不虚此行。只是，看父亲的生活现状，就明白当地经济状况还很落后，问及父亲的工作，父亲连连摆头，大倒苦水。初次见面的两个人，突然成了莫逆之交，教授说他要帮父亲渡过难关，喝酒的父亲不置可否。

那晚，俩人直喝得酩酊大醉。四姨临走的时候说，让父亲送她一个孩子，她能带去济南供孩子读书。父亲明白四姨是想帮他一把，减轻负担，但还是婉言谢绝了。

尽管生活无比艰难，父亲的酒却是一顿也不能少。后来父亲被调去另一个单位，住房宽敞多了，日子也渐渐好起来，父亲的酒坛子也越发多了。枸杞配大枣泡一坛，鹿茸配人参泡一坛，蛇胆配当归泡两坛，无花果单独泡一坛，杨梅果另泡两坛……买的瓶装酒也是五花八门，诗仙太白头曲、二曲、泸州老窖1573、贵州茅台酱香、五粮液、郎酒特曲等等，家里的酒应有尽有。外人进屋总会看见房间的各个角落都摆着大大小小的酒坛子，他逢人就说，这辈子没攒下什么钱，却攒下了喝不完的酒。

父亲喝酒不外乎同事之间往来请客，但他醉酒的次数却屈指可数。我女儿小的时候，住在他家几年，做外公的父亲，每次喝酒总不忘把酒桌上的零食带回家，讨她的外孙女高兴，有时是一个鸡蛋，有时是一把水果糖……都足以代表他对外孙女满满的爱！用他的一句口头禅讲：这也是一辈人啦，我不管哪个管？

父亲一辈子两方面最大方，一是对别人很大方，二是喝酒最大方。

母亲劝他节约点，不要买那么多酒，他两眼一瞪："我不偷不抢，不嫖不赌，唯一的爱好就是喝点酒，你还要管！"母亲只好作罢。

但是父亲在其他方面都很节约，衣服很多年不买一件，一年四季穿的都是单位发的制服，他满六十岁那年，我为他买了一套西装。他舍不得为自己买衣服，一件衬衫总是让母亲补了又补，直到母亲给他悄悄扔掉才作罢。他说穿的在外面，要那么好没用，吃的喝的在肚子里才实惠，可就是这样的实惠也没有多久。

父亲是做财务工作的，长期伏案工作，导致他患了直肠癌，从医院回家刚刚交完账，就撒手人寰了。他也把一辈子向单位交代清楚了，不差单位一分一毫。

一辈子兢兢业业的父亲，一辈子爱酒如命的父亲就那样默默地去了。父亲是渺小的，是千千万万好酒之人中的无名之辈；父亲是伟大的，不占他人一分便宜，不贪公家一分钱。或许，父亲在他的那些美酒之中，就是天下最富有的人。

婆媳之间

奶奶搬走了几十年了，但母亲嘴里的奶奶却像站在我面前一样，还是那样不近人情。

记忆中的奶奶是很泼辣的，并且是方圆十多里的恶婆婆，一家人都在她的指挥下团团转，包括爷爷。那时候爷爷不过五十来岁，奶奶与他同岁。爷爷很喜欢我，从坡上回家，无论多忙多累都要抱抱他的孙女，那段时间家里只我一个小孩，算是集爷爷的宠爱于一身。

奶奶却拒绝与我亲近，因为我是女孩，不是她心目中的孙子，更不是她眼里的传人。我的记忆中，奶奶从来没有像别人家的奶奶一样逗逗她的亲孙女，或者抱抱我。奶奶每天都面无表情，对母亲无端谩骂、指责，使小小的我不敢对奶奶有亲近之意。

母亲在奶奶面前受尽了嫌弃和辱骂却不敢还口，一来母亲娘家没背景，二来母亲刚嫁过来的时候不会做针黹，三来生下了我这个"赔钱货"——丫头片子。

其实，我应该在文字里把奶奶描述得和蔼可亲、平易近人些，她毕竟是我亲生奶奶。可是记忆里的片段，却总是那么真实地把奶奶的形象投映在眼前，就连留在家中唯一的相片，奶奶也是那样咬紧牙关，双唇紧闭，面无表情。我从心里无法与奶奶像一般的祖孙那样无障碍地接近……

可是那一年，还在乡下做包产地的母亲却要我去看望奶奶，出发前几天，母亲每晚熬夜到三更，赶做一双棉布鞋。布鞋做好的第二天，我就踏上了探望奶奶的路途。

我翻山越岭两三百里地去看望奶奶，奶奶表现出以前从未有过的亲切感。我从她满面的笑容里看得出，奶奶其实是很想我去看她的，那种出于血脉亲情的亲近感，使我十几年的内心距离突然转化为零。她急切地从箱子底拿出存了很久的几块零钱，抖着手往我口袋里塞。尽管那时的我已经在上班，但是奶奶执意要把那几块钱给我作见面礼，我瞬间感觉到那份血脉亲情的力量在我的血管里奔涌。

　　奶奶拿着母亲做的那双布鞋，翻来覆去看了又看，一副爱不释手的样子，我想，母亲也许给自己出了多年来的一口怨气。

　　奶奶的固执还是让她不相信布鞋出自母亲那双笨拙的手。从她反复地询问我"真是你妈妈做的吗？"我就明白她心里的纠结，谁也不清楚奶奶当时的心里是什么滋味，但已经无所谓了。事实就是那样，无论过去如何，岁月总会让一些人逐渐改变，一些人还在原地踏步。奶奶的意识就是原地踏步，也许奶奶与母亲的这种婆媳关系，更是沿袭了中国最古老的婆媳传统，一个是统治者，一个是受虐者。

　　母亲刚搬进城里住的第一年，父亲就去奉节县吐祥镇接回了年近80的奶奶，理由是奶奶已经年老，人老归故土天经地义。照顾奶奶的责任无意外地落在母亲头上。

　　奶奶远离都市的这么多年，生活环境比以前好了不知多少倍，母亲不用再干繁重的体力活，也不用出工挣工分，专职做家务照顾奶奶以及一家人的生活。

　　奶奶舒心的晚年生活，离不开母亲的精心照料，吃什么换着花样做，穿什么有父亲给买回来。奶奶不大讲卫生，母亲要亲自动手为她洗脚、洗澡、换衣服、换被子，但即便是这样，奶奶还是不能放下当家人的架子，什么都要插手管一管，比如：每顿饭有几个人吃，该炒几个菜，饭要煮得不多不少刚好够吃；幺妹下班回家晚了，饭冷了要吃蛋炒饭，奶奶却认为年纪轻轻的人，把剩菜剩饭吃干净就足够了，另外炒个鸡蛋是浪费，不懂节约。我女儿那时才两岁，也在外婆家，奶奶却说孩子每天喝牛奶太娇惯。

奶奶从到家之日起，俨然是一副当家人的架势。作为母亲，她是心疼儿子挣钱难，也可以理解。可是幺妹和我女儿少不更事，被管得紧就会大吵大嚷，奶奶感觉与年轻一辈难相处，所以吵闹着要去三叔家。三叔家在农村，条件很有限，倔强的奶奶坚决要去三叔家，父亲想了想，也许该让奶奶去三叔家住上一段时间，好让奶奶内心有个比较，到底跟谁生活在一起好。哪知道，她这一去却永远回不来了。

听三叔讲奶奶到他家后，逐个拜访断绝往来几十年的娘家亲戚。以前因为爷爷奶奶是移民到奉节吐祥的，自从爷爷回老家去世后，奶奶就再也没有回来过，而今回归故土，回娘家看看也无可厚非。

80岁的奶奶，娘家人早已更新了一代又一代，剩下的都是侄子、侄孙辈的人，老一辈与奶奶相熟的人早已经魂归尘土。奶奶是个极爱面子的人，回娘家免不得给侄子、孙子们每家每户送礼，礼钱都是奶奶临走时父亲给的。

但是，三叔却很有意见，身在农村的三叔，说奶奶只顾娘家，而不顾他的死活，奶奶娘家与三叔本有人情往来，如今奶奶又多此一举。我猜测三叔也许是在奶奶面前发过牢骚，也许是行动上有所怠慢，奶奶生气去了距离不远的二爷爷家，二奶奶给她煮了一大碗面条，奶奶多吃了些，却不想导致急性阑尾炎发作，那时候老家还没有通公路，辗转山路十八弯，奶奶被抬到半路就去世了。

三叔是最迷信的人，亲生母亲在野外去世也不让再进家门，而是把奶奶的遗体停放在阶檐下。母亲想起奶奶这辈子辛辛苦苦养育了这么多儿女，一辈子勤俭节约，死后却被亲儿子拒之门外，联想自己的苦命，跪在奶奶的灵前伤心地大哭了几场。"敌对"了一辈子的那个人，突然就没了，不由得使母亲感慨万千。

如今，母亲和奶奶都成了我记忆中的一部分。母亲与奶奶这样的婆媳关系，并不是中国几千年来传统婆媳相处之道的最后一例。但无论如何，今后恐怕大多数人都不会如母亲一样，在婆婆面前受尽屈辱，却还把她当作自己最亲的亲人。

最后的花开

深秋的枫叶还没红,就被凌厉的寒风拽下来,叶儿翩跹起舞,摇摇摆摆。

我的心像被什么揪了一把,突然忧伤起来,有什么事要发生吗?不是。哦,是我忘了不该忘记的人。

算算日子,才发现又一个你的生日已经过去,九月,已是闰年的第二个九月了。我知道这是你再一次跟我告别,不由得放慢脚步,空气中弥漫着你的气息,有你辛劳后熟悉的汗味,有你炒菜时的葱油味,更多的是你碗里的玉米糊味,还有飘香的鲊猪肠稀饭味……

我知道再也吃不到你做的那些菜了,因为你早已不在,不在我身边,不在这个喧嚣而人情味渐渐淡薄的世界。

没有你的日子里,我就是一个流落尘世的孤儿,一个乞讨的乞丐;没有你的日子里,我失去了方向,两眼一片迷茫。

有你的日子里,我们的命运掌握在自己手里;有你的日子,我们共同面对一切困难,不管风雨多狂暴,你就是我心里那根擎天柱,上接苍天,下连后土,你为儿女撑起了一片天地。

那一年的清明,你就离开了我。其实,我不知你到底离开了多少年,我是个从不记年月的女儿。也许,你很想我记住你的,才选了一个与我名字相同的日子。那一年,我们把你送上山后,家人再为我过生日,那个生日过得特别忧伤。我知道这不是巧合,是你故意的,谁叫我是一个忘事的女儿呢!

有时候觉得愧对女儿这个称呼,作为女儿的我,时常记不得在某个节日里为你烧一点纸钱;作为女儿的我,总是忘记你来这个世界是在哪一年;作为女儿的我记不起你的生日,渐渐地也记不起你年轻时候的模样。我更加担心的是,不知在哪一天我也会忘记你离开时的样子。

年轻时候的你,是不是也像今天的女子那样,像一朵花盛开着?

但我知道,你曾经是最艳丽的花朵。在火红的岁月里,你就是那朵开得最火红、最顽强的钢铁之花。

听外婆讲过,你是个放羊的孩子。我想象着那个牵着两头母羊的女孩,手里拿着一根树枝,母羊抵着一对弯弯的角,不愿前行,你急得不知如何是好……

大炼钢铁的时候,你进钢铁厂时是多么意气风发、英姿飒爽。也许,那时候的你还真是一朵含苞待放的花呢!

我想象着你出嫁时的样子,是不是穿着花洋布衫,红着一张苹果脸,羞赧得抬不起头来……

在你一生最重要的日子,你的母亲却不在身边,为了逃生迫不得已离开了你。你就孤单单地一个人出嫁了,后来你还因此埋怨外婆。

我想象着,婚后的你生了我之后,在重男轻女的时代里,你遭受奶奶的白眼,被她每天无休止地咒骂。我突然记起你把我丢在山坡上,那是因为天快黑了,你要赶着把猪草背回家,让我在山坡上等等你。你把猪草背回家后果然来接我了,我却哭个不停,我宁愿被你打,也不愿意被你扔下……

长大一些后,我才知道你是最善良的人,无论对谁,有求必应。记得当年一个路人跟你打招呼,他叫你一声长辈,你正端碗吃饭,然后你就拉他进屋,我在旁边扯扯你的衣袖,表示极不情愿,你却不管不顾,硬是让那个人吃光了你蒸得香喷喷的一大碗盐菜肉。

可是,你忘了"人善被人欺,马善被人骑"的道理。那个人是生产队的副队长,他吃完饭后说声谢谢就走了,我觉得他是在惺惺作态。果不其然,第二天你被举报有资产阶级作风,被弄去"学习班"改造思想。家里的鸡鸭牲口无人喂食,弟弟妹妹饿得直哭,三天学习下来,你也瘦了一大圈……

后来的岁月里,日子渐渐变得好起来,父亲却先你而去。你独自打发着孤独寂寥的岁月,儿女们各忙各的,我们隔三岔五打一个电话,表达着相互之间的想念和牵挂。你时刻准备着我们到来,节日偶尔短暂相聚,你都要弄满满一桌喷香的饭菜。

你的身材慢慢臃肿起来,稍好看一点儿的冬衣都不合你心意,你说人老了,只讲温度不能要风度了……

你喜欢扎鞋垫,说再给我们每人扎两双,然后就不扎了,我不明白那话的含义。每次见你穿针引线时,拿得很近很近,我说看不见就别扎了,你偏不听。你知道我们每个人的鞋码,在家打浆糊,剪鞋样,做了一大堆鞋垫,又四处找花样照着一针一线地扎。我想,这足够让你打发漫长无聊的时光了。

你说不想管我们的事了,各过各的日子,你顾不过来,你老了,你说自己的事自己看着办。我却不知道那些话是你离开我们的前兆,还以为你不再爱我了。

我想故意疏远你,寻找另外的温暖,朋友逐渐增多,在你病重的日子里,为了朋友没有照顾你。你嫉妒,也感到失落,就像当初你丢我在山坡上一样。我哪知道,这失落将变成我永恒的遗憾!

永远记得,脸色蜡黄的你,手捧扎好的鞋垫,气喘吁吁地跑下楼来跟我告别,我已经看出你的病情,心不断地下沉,再下沉……你已经为五个儿女及儿媳、女婿每人扎下了两双漂亮的鞋垫,要知道,你的视力是多么不好啊!

那是怎样的鞋垫啊！繁花满枝头，喜鹊闹梅梢，寓意喜上眉梢……你是真心希望子女们个个幸福快乐，家庭和睦温馨呀！

至今，那些珍贵的鞋垫我都不忍拿出来垫在脚下，我知道那是你的心血呀！多少叮咛，多少无声的话别，你将对儿女们的数不尽的依恋一针一线地串进鞋垫中，它们将陪伴我走完人世艰难而又寂寥的岁月。

一直不爱美的你，内心却开着最艳丽的花朵，原来，这是你最后的花开啊！

有多少怨怼还会重来

一

嘿，"芋头母子！"第一次听见这个名字，那是请来帮工的表叔那么叫你的。我很好奇，一直以为你是一个没有诨名的人，因为，我听过很多人的诨名，五花八门的。而你一脸严肃，随时有可能打人的样子，我以为别人是不敢给你取诨名的。幸好表叔叫你这个名字的时候，你不在场，要不，我会暗地里笑话你半天。

我仿佛看见你被别人叫"芋头母子"时，那一脸的尴尬和无奈，而你的凶恶样子又让我不敢取笑。

说你是"芋头母子"，那我便是"芋头儿"了。大概是因为你的名字里带一个"玉"字，别人便取谐音叫你"芋头母子"。如果别人给我取诨名，你会护犊吗？可在我的记忆里，你好像从没有护过我似的。我对你是抱怨的、无奈的，就像很无奈地跟一个人生活几十年，却不曾得到想要的关爱一样。

岁月是一管长箫，韵律多是阴郁而忧伤的，而你在我忧伤的记忆里渐行渐远。

你常年一身工作装，来去匆匆，急急忙忙。手指夹一根烟蒂，食指和中指熏得焦黄，牙齿熏得早已变黑。你目光如炬，似乎能洞穿每一个人的心肠，特别是我们这些丝毫没有遮掩的孩子，你一眼就能让我们低下头去。你偶尔喝点小酒，酸豇豆、泡胡豆，外加一碟豆腐干，这些都是你的下酒菜。你还会吹清脆的口哨，一连串欢快的乐曲，无论是在乡下的自留地里,还是在你单位的院子里,欢快的旋律感染着听众。这些都昭示你愉悦的心情。但这样的情形,是不多见的。

我对你是回避的,你就像古装戏曲里手执尚方宝剑的净角,沿途百姓跪拜一地。而我却是不肯轻易跪拜的那个逃犯,我硬着头皮与你擦身而过,逃避你犀利目光的追剿,你是不把逃犯缉拿归案誓不罢休的大内高手。

心与心的对立,让我们一直玩着猫与老鼠的游戏。多年以后,当有人提起我们这样一对父女为何还有扯不断的关联,我想,也许是一种惯性,一种被环境逼迫出来的互虐亲情。

你不知道的是,你一直是我内心无比尊敬的唯一的父亲,之所以是唯一,是因为这个世上不会再有其他人能取代你的地位,可我唯一的父亲给我带来的却是惧怕,让我不敢亲近。

你不知道的是,我心灵上的许多伤是你一手制造的,也是家族传统造成的,是整个社会的流毒,那就是重男轻女。它像一根毒刺插在我敏感脆弱的心上,那根毒刺只要遇见你,又会被你轻易地往深处拍一掌。那种痛深入骨髓,蔓延整个神经,疼痛始终会伴随着我和另一部分人,难以摆脱。我见证过三叔对他女儿小华的虐待,直至小华最后溺水而亡。你每一次对我进行语言以及肢体上的打击,我的心上就对你多一层防范,它会让一颗原本纯粹的、善感的心开始蜕变,变得对美好的事物倍加渴望,对丑恶的现象倍加憎恨。慢慢也铸就了我的个性,如人对我好一分,我会加倍偿还;如人恶意中伤,我会加倍还击。这是我的死穴,无药可解。

想你,是因为你跟我有着血脉相连的亲情。但是,你从来没有换种方式体验过那份血脉亲情。每当面对你犀利的眼神,我的心就隐隐作痛,也时刻戒备着你的发难,试图用锋利的爪子随时向你反击。

你留给我的那些画面，总是一副盛气凌人、咬牙切齿的模样。对围在饭桌上的一群孩子，不论是大声还是轻言，都给我们一种无形的压力。

每天见面，只要你一张嘴，我的头都要爆炸，这是一种惯性，一种硬伤，更是一种并发症，在那个大家庭里谁都没有话语权，唯一有权利的是你。可你的话语总是那样刺耳，因为你嘴里反复强调和重复的，是在那个时代里大家都面临的而眼前无法解决的难题。人人都明白需要时间来解决，可心急如火的你，总是时刻燃烧着怒火，谁想靠近你都会被灼烧得遍体鳞伤。我们几个孩子的耳朵似乎都听起了老茧，唯有走出家门才能耳根清净。

可是，我们又不能离开你，因为你是我们的父亲。

二

你每天都很早起床，不管是周一还是周末，一阵吆喝声中，三间不大的房子突然嘈杂起来，孩子们不情愿地爬起来，各就各位，洗漱、上厕所、吃饭、上学，然后那个家就突然空了下来，冷冷清清。

家里无人打扫，而你却是最早在办公室洒水扫地的人，整理账目，开始每一天的工作。任何人来找你办事，你总是笑脸相迎，很真诚地帮人解决问题，他们对你的一致评价是憨厚、老实、勤俭、朴素、公私分明……可他们却不知人后的你，有着怎样凶恶的一面，有着怎样无奈的苦痛，有着怎样的寂寥！时值壮年的你，又该如何应对那一个个漫长的黑夜？

你对你的孩子总是板着一副面孔，弟妹们已经明白"出门看天色，进门看脸色"的含义。你的工资始终不够用，上个月接不到下个月，总是把下一个月的工资预支一半到上个月，还捉襟见肘。"手长衣袖短"也成了你的口头禅。母亲一直不在身边，你又当爹又当妈，每天糊弄着一家大小的日子，即便这样，你还面临着重重困难。

你在单位做财会总务，却无官无实权，母亲戏说你就是一个打杂的，还不如她在乡下种地自在，不受人管制。你把后勤的一切全部包揽到身上，打扫招待所，洗窗帘、被子，为的是"肥水不流外人田"，你太需要贴补家用了！

可是，你回乡挑进城的新鲜大米却送给了别人，然后，别人又把他们吃剩的、生虫的、发霉的米让你拿回家给我们吃。为此，你也最受弟妹们憎恨，你傻不说，好像连我们都跟着你变傻了。我们说你巴结人不是那样巴结的，你巴结也没有用，因为别人除了同情还是同情，你的困境，无人能解决，唯一能解决的只有你自己。

你有过解决困难的机会，当年你才只有我一个孩子的时候，完全可以全家迁进城里，但你却为了奶奶的一句话而放弃。那是她怕你带着妻子和女儿离开后，不再顾及她。你不理智的那份孝心，让你付出了近30年的昂贵代价，之后只能看尽人世沧桑，受尽生活磨难。后来，政策再次给你机会解决多子女困难，你却又一拖再拖，你怕影响不好，怕求人，更怕碰壁。你对孩子们的那份凶恶不能拿来对付别人，对付你面临的困境。

你最大的能耐，是在与人喝酒后，发几句结结巴巴的牢骚，而你的困境就像下午太阳的影子，越拉越长。

孩子们吵着要新衣服的时候，你带回别人给的旧衣服，弟妹们不穿别人的衣服与你抗衡，你耷拉着头，一个人睡办公室去。

而我对你的怨怼却是你很少关注我，哪怕是别人给的旧衣服，你都没想过给我留一件。作为你的长女，不在你身边长大已属不幸，而最不幸的是你眼里根本没有我。作为一个父亲，你给我的印象就像一个过客，匆忙来又匆忙去。但你的爱好却是我永恒的记忆，一把二胡，一把竹笛，挂在老家的板墙上。

你拉的《二泉映月》磕磕巴巴，不大流畅的旋律里，我却品出你诸多情绪的波澜，对艰难岁月的幽怨和无奈。那是那个时代的命运，我们几乎与瞎子阿炳有着相同的际遇，坎坷、穷困、潦倒，但我们却没有像阿炳一样颓废，我们都在暗地里发奋，努力想改变这一切。

你看不见我的努力，我与母亲的所有辛劳你视而不见，你"嘉奖"我们最多的是争吵和谩骂，我们回应你更多的是眼泪和怨恨。

父亲，如果当初你换个角度思考，也许那些艰辛和困难都不算什么，你只是在发泄你的不易。在体力上，你似乎没有把母亲和我当作女人，你和那个时期的男人们一样，觉得我们的勤劳和辛苦都是应该的。你重男轻女的思想顽固到只有传宗接代，你已经有一儿一女了，却还不够，你还要三个、四个，直到后来的五个。

也许你根本就没想到，子女越多负担越重，而我和母亲就越艰难。

三

那次，你回乡下吃了三顿玉米糊，家里没米了，你要回城里去上班，母亲说去借点米回来，让我带米上学好蒸饭，你回头恶狠狠地说："没米了还借米？拿个屁！家里那么多人要上学、要吃饭，而你却还要拿米？"

我站在卧房门边，旁边立着一口黑黢黢的衣柜，我气愤地还击："他们读得，为何我就读不得？"

"还读，你还要读什么？还敢跟我犟……"

话没说完,你顺手抄起靠在墙边的青冈锄把,向我横扫过来,一个躲避不急,腿上挨了一棒,第二棒、第三棒接踵而来。幸好有两锄把打在衣柜上,衣柜的棱角上出现了两个缺口,我倒在衣柜的角落里,满面泪光。

那顿打,你没把我打得怎样,却给我留下无尽的悲伤。你扔下锄把气冲冲地走了,一走就是大半年。

每次看见衣柜上的两道缺口,就像看见我内心的那两道伤疤,不让我上学的伤疤,重男轻女的伤疤。

我不能理解的是,作为父亲的你,为何不能继承人类美好的传统,而偏偏秉承了性别歧视这一陋习。如果你不容纳女儿,为何对奶奶还那样孝顺?中国几千年来的历史,有那么多美好的父女传说,陈留蔡邕与蔡琰的故事你也许有所耳闻,还有班昭之父如何视女儿为掌上明珠。即使你女儿不如蔡琰、班昭般聪慧,也不至于太丢你的脸。我们都生如草芥,在这个尘世上苟延残喘。而父亲,你是极不情愿地在尽你最大的义务。不情愿像病毒一样蔓延,蔓延进每一个人的血脉,所有的争吵、对立、怨恨,都来自不情愿的因素。在一次你与三叔酒后的对话中,我知道你娶了不情愿娶的妻子,然后,又极不情愿地生下我们。

是否天下所有的不情愿,都需要有人买单?

而我就成为买单的那个人。所有的伤痛,所有的无奈都让我独自承担。父亲,你不止让一个年老的身高不足一米五五的女人承担了家庭的重担,更让另一个同样弱小的我承担上一辈遗留下来的所有伤痛,这伤痛是绵延无期的。

我抗争,我不信命该如此!

父亲,你不知道一个女人的悲剧是从何时开始的,也许你永远都不会明白，女儿为何要反抗，为何要与你为敌？你一味的指责只会招致一个人内心本能的抗衡，你自认你的一切都是对的，子女是没有思想的木偶。

但我最终明白了一个事实，那就是：每个人都是自私的，包括你也一样，每个人各有自己的出发点。父亲，作为男人的你，也许从不以一个女人的角度去思考，而女人大多时候都能理解男人的难处，男人的难处多是明摆着的，而女人的难处却无法与外人道。

女人承受着先天的灾难，更承受着男人后天的责难。

我怨你的时间越久，对你就更加疏离，我们之间没有父女的亲近，只有一份血缘亲情的牵挂。我们之间有无形的两种义务，你内心觉得似乎你的养育义务已尽，而作为女儿的我还没给你尽孝。

还记得你满六十岁那年吗？我买了一套男式西装，作为生日礼物送你，可你却说我乱花钱，衣服有得穿就行，不要那么讲究，但你还是"勉强"收下了。

以后，每次外出，那套西装就成了你装点"门面"的唯一穿着。

1999年，为了生存，我去船厂打工。因为我借了你的钱，想挣来还你，在当年人均工资不高的情况下，我却在一周时间里挣了一千多元，那是我和几个同事做包工挣的。

当我把钱给你的时候，你说了一句话，至今还让我很欣慰，你说："有本事了啊，能挣钱养活人了。"这也许是你有生以来给我最大的褒奖。就是这么一句话，让我受宠若惊，心中多年的凉意似乎就在你那句话里渐渐消散。

我不再自怨自艾，记忆中，你的那些谩骂和无视都随风飘散，剩下的是——我突然为自己骄傲起来，我的不甘和努力终于被你看见。你其实不知道，你一句不算夸奖的话，让我在这个苍凉的世界里感受到一丝温情，多了一种希望，所以，后来我一直活在内心的希望里。

所幸，那些伤痛都随着时间的流逝，而渐渐被淡忘，当有一天你的生活渐渐宽裕，儿女们逐个远离，你的世界突然安静下来，不再有那么多烦心事围绕在身边。此时的你已年逾花甲，你的火暴脾气和苛刻要求，以及唯我独尊的性情也渐次隐退，像那些老去的花刺一样，随着时光的流逝而脱落，整个人变得温和宽厚起来。

老家的那些村民进城打工，当扁担，你都一一尽力给予照顾，因为你也明白，那些你不在乡下的农忙日子里，家里弱小的娘俩不知道求过多少人，你要逐个还情于人。

对于单位也一样，你的账目总是清清楚楚、明明白白，曾经有那么多做财会的人请教于你，足见你对业务的熟悉和账目的精准。你说，再干两年就可以退休了，每天去钓钓鱼、打打小牌，乐得个逍遥自在。

四

可惜好景不长。人世间的许多事都在不经意中发生，一个人也往往在别人不经意中悄然离场。那一天，突然接到你查出癌症晚期的电话，不啻给我一记惊雷，我突然蒙了，眼前都是你忙碌的身影，以及你不停的说教，当我习惯于有个人每天把嘴凑在我耳边说教的时候，突然间没有了那张嘴，我又害怕又失落。我有个幻想，生活条件变好的你，脾气应该慢慢变得好起来。我们多数人走着走着都累了，该歇歇了，不再那样忙碌，而不再那样艰苦的我们，是否能找个时间解开心结呢？因为心重，我们不想再负重前行，我们都需要卸下背上的包袱……可是我不知道，人的一生中为何有那么多不可估量的事发生，为何就不能让我多喘几口气呢！

即便我们不用解释那些过往,即便那些心结永远隐藏于内心深处,我们都相安无事,过着自己平静的生活,偶尔打打电话相互问问近况,身体和工作如何,或是节假日回去聚聚,那也是一种亲情的享受。

当医生一纸判定你已经是癌症晚期,我第一个反应就是,我马上就没有父亲了,我就要沦为遗落在世上的孤儿,我无法接受那样的事实;更无法接受的是,我的心灵在这世上从此将变得无依无靠。从那一刻起,我突然明白父亲二字是一种无形的力量,所有的坚强其实都来自父亲无形的支撑。

我嫁出家门第二年,你来到我乡下的家,我想留你多住几天,买了酒割了肉,结果你趁我不在,翻山越岭地步行走了。我没钱砌房子,你借钱给我砌了楼房,房子砌好了,你也只来住了一晚,然后又匆匆地走了。

我还指望着你退休后能来我家长住呢,我就那么固执地想着,想与你好好谈一谈,谈谈一个父亲对儿女的那些固有的旧观念,在今天这个时代是否很不妥。可是眼看这个愿望就要落空了,我们之间隔着此生都无法抹平的那条沟壑。我更加不愿意想起的是,那个离开的背影,是我看见你在这个世界最后一次行走!

人世间总是有许多意外,那些意外都是不由人的,不论你是否愿意,都会成为事实。

五

当我怀着接受事实的无奈去看你时,你已经不能正常行走,手术过后,你的生活完全变了样,每天局限于病房和卫生间,我内心充满凉意,一场离别近在咫尺,说不得,想不能,隐隐作痛的心郁闷烦躁。

世上最无奈的事情,就是眼睁睁看着自己的至亲一步步被病痛折磨,再一步步走向死亡。

我们只能用好的期盼麻醉自己,最好的可能是你还能活几年。最差的我们都不想面对,就那样麻醉自己,一天又一天,麻醉一会儿是一会儿,我不知道正忍受着切身苦痛的你,是否也有与我们同样的心情?但我最明白的是,你不需要任何人的同情与可怜,你需要的是清净,你要把围在身边的人一个个都赶走。

是的,你赶走了所有人,你一个人静静地走了,穿着我给你买的唯一的那套西装走了,那套领口变色、袖口磨破的西装。

你应该是累了,睡着了,从此不愿醒来。

而我那个跟你"摊牌"的愿望从此落空。我梦想等你老后,你所有的事都要听从子女的"安排",比如陪孙子们长大,挨家过着无忧无虑的日子,享享清福,打打小牌。我暗暗向上天祈祷,祈祷你好起来,哪怕你还像从前那样对我,我也心甘情愿。

我就那么固执地认为,父女间内心的那些隔阂会随着时间的推移而消散,我有能力让你明白,你原来的那些观念是错误的,我好想看看你不好意思地回过头去。最不济我们再大吵一场,你走回你的老家,我转身从此走向天涯。

你是一座警钟,时刻都在提醒一些人要沿人生的正轨前行,不得有半点偏离。而你却走了,在我们觉得老年的你应该顺从子女安排的时候,你却"离经叛道"地突然走了!对,这辈子注定只有我们听你的份!多年来的怨怼,突然失去了对立面,怨怼都无从发泄。原来是那些怨怼一直在督促我前行!

看着你的遗容,突然发现很对不起你。当我的女儿不努力、不上进的时候,当她叛逆处处与我作对的时候,突然间,我就明白了你当年的那种绝望和无奈。甚至你的希望全部落空后，那种狂躁与愤怒，我都能深切地体会到。

人与人之间，最怕的是位置调换，如今我坐在了你的位置上，而你却早已远离。也许，所有的因果皆有"报应"，只是没承想"报应"来得如此之快。

父亲，你走得如此之快，如此突然。甚至，我都还没来得及对你说一句：爸爸，我爱你！我们因守旧和低调紧闭双唇，那些张扬的话我们说不出口。你就只能是你，一脸刻板的父亲，我就只能是我，一个与你作对的女儿。

你走了吗？其实你没走。多少次，我因走在前面的那个熟悉的身影而惊喜不已，但待我上前仔细辨认后，才发现那个人不是你。尽管别人看我的眼神掺杂着些许愤怒和莫名其妙，我还是在另一个时间，发现你的身影就在离我不远处，上前辨认一遍……

人世间，有多少怨怼还会重来？我不知道。但我知道，父亲，你那些顽固的观念和传统，就像无法治愈的恶性肿瘤，还会继续蔓延在这个薄凉的人间。尽管如此，你要求我们正直、纯良、清清白白做人的理念，早已融进我的血脉，我也同样以此为标准，鞭策着我的后人。

情怀

第三辑

悠然见黄菊

转眼已进入深秋。别以为这个季节里万物都已萧条枯萎,一位诗人曾在自家庭院踱步感怀:"一年好景君须记,最是橙黄橘绿时……"

而我也在这秋意阑珊的日子里,悠然见黄菊!

那次,与朋友一道去乡下观赏一处休闲山庄,天上下着蒙蒙细雨,在一片迷蒙中,看见路旁地坎上开了许多小黄菊。雨滴霸道地站在小黄菊小小的圆圆的脸庞上,小黄菊就那样忍耐着,水灵灵站在路旁,我见犹怜……

小黄菊,没有居家菊花那样雍容华贵,只是一种类似杂草、无人重视的野花,身在荒郊野外,哦!小黄菊,随处都能安身立命,这就像我们许多人,不能选择出身,却能选择心态!

山野中的小黄菊,多数人并不陌生。只是,现代都市日复一日、年复一年地向周边不断地扩张,才使得人们见不着庐山真面目。你只要到郊外去,无论你身在他乡还是故地,每当深秋来临,都能一睹芳颜。

野生小黄菊,又名山菊花,味苦性寒,是一味很好的中药材,稍懂一点药理的人会在秋天黄菊初开的时候,找寻采撷,拿回家晒干保存,以备日后用。小黄菊可泡茶,有消肿解毒,治疗疮痈肿、风火赤眼、头晕目眩的功效。山菊花虽小,却很实用,这也跟许多女子一样,没有外在的华美,却能在漫长的人生道路上独当一面。

记得母亲去世那年,远在济南的四姨,带上远在南阳的二姨,回乡探望已经病危的母亲,回乡的人都习惯先回老家一趟。接她们到我家的时候,四姨的行李增加了几包东西,打开来看,一股药香味扑鼻而来,散落一地金黄,满屋清香。哦,好多小黄菊呀!四姨说摘黄菊花回去泡茶喝。

"少小离家老大回,乡音无改鬓毛衰"的情景就在我眼前,说不完的前尘旧事,理还乱的离乡情愁。亲人们生活得富足而美满,二姨和四姨脸上绽开黄菊花般的笑容,都感叹赶上了好时候,那份知足和欣慰溢于言表。

二姨那年已有84岁高龄,四姨也已76岁,离开故乡几十年,回来一趟实属不易。这是母亲与姊妹的最后一次见面了,大家内心都明镜似的,正如秋天最美的景致,美丽过后却是最终的告别……

我的外婆生了姨舅共十六个之多,却只养活了两个舅,六个姨。母亲排行最小,眼看比自己小许多的小妹却要先自己而去,做姐姐的难免内心悲戚,临走的时候,二姨和四姨哭了一场又一场……母亲却很淡然,时常反过来安慰我们,令我内心无限惶恐。

陪伴母亲的最后时日里,天气格外晴好,散步在暖阳下,阳光照在母亲如菊的面容上,听母亲诉说那火红的青春年华,艰苦的生活场景,以及过去的恩恩怨怨,人生的风风雨雨转瞬间成为过眼云烟。母亲说那些话的时候,像诉说着与己不相干的故事,听那些意味深长的话语,我理解了什么叫从容,什么叫宠辱皆忘。所幸母亲也养育了三个同样淡如黄菊的女儿,我们都有一个如黄菊般淡然的心境,不以物喜,不以己悲。

每每对镜子看自己,猛然发现如菊花般的皱纹爬满额头、眼角,明白人生的秋季正与自己慢慢靠近,但内心从未感觉悲凉。历经和风暖阳,彩霞满天,也必定有风雨相随,漫步在茫茫秋夜的长天,我总会想起,想起那些在路边、田垄上、地头边……一簇簇开得金灿灿的小黄菊。

在细雨中,像那含着泪,带着笑,淋着雨的小女子……

暗香浮动幽幽梅

　　西南的冬天不太冷，晴好的日子常有。

　　漫步在城郊，迎面一缕清香入鼻，似女子拂袖间擦身而过，一缕淡淡的香挥之不去。

　　惊疑中，但见路边一树梅，拂开又青又黄的树叶，点点金黄含羞待放，立于枝头丛叶间，幽香扑鼻，好不令人惊喜。

　　每年这个季节，北方的梅，应早已傲立在千里冰封，万里雪飘的茫茫雪原。正是蜡梅独占芬芳的时候，而南方的梅却在温润的环境下怡然自得。

　　南方的梅不似北方，有霜雪压枝，凌寒独开。南方的梅多数不张扬，躲在黄绿的枯叶丛中，不急不缓，不温不火，任西南的风霜、阳光、雨雾笼罩。开放时，它静悄悄散发应有的芬芳，不争，不抢，不急于表露，含羞枝头，静静地散发着幽香。

　　谁说"有梅无雪不精神"？我眼中南方的梅，虽然不傲不挺，却多了几分温婉随和，柔美如小女子一样安于平凡，可立于庭院，可依于路旁、山林、角落、藏于浓荫……任深冬的叶分享那一缕金黄。

　　以前不知梅叶是香的。偶然步入梅林，摘一叶金黄在手，嗅着顿觉香气袭人，才突然想起"梅花香自苦寒来"的句子。梅的所有应是幽香集成，包括落叶、枝干，那摄骨透魂的香与生俱来。

　　传说有个以梅封妃的女子，才华横溢，一舞惊鸿，可荣辱却只是弹指一挥的过往，孤灯清影相随才是一个宫廷女子的宿命。一曲《楼东赋》足以再现当年的寂寥，一首《谢赐珍珠》足以表达一个小女子的骨气，但恋梅的梅妃，最终熬过霜寒，独自芬芳于宫廷，迎来夕阳无限。

　　传说的美好，改变不了现实的残酷，马嵬坡上"宛转蛾眉马前死"后，唐明皇才记起与己有过恩情的梅妃，却已是弦断知音少，芳魂一缕归西去。前缘难再续，梅妃终是没有逃脱"安史之乱"的荼毒，被葬于梅花树下，让灵肉与梅为伴。梅香从此摄人心魄。

　　"疏影横斜水清浅，暗香浮动月黄昏"里，有才子佳人相约，那佳人本是梅花，才子愿与之相约，隐居于孤山，那一缕芳魂算得到了慰藉。被赋予"梅妻鹤子"美誉的诗人林逋，以终身不娶的意念，怜惜寒冬那一缕梅香，又是以怎样的一腔柔情来爱屋及乌？以梅为妻，终身相伴，恐怕再清雅的现代人也无法理解。

　　那一缕梅香在一个人心中散发无穷力量的时候，就是一个人才情烂漫的时候。林逋以梅为妻吟出千古绝唱，王冕种梅、画梅留下绝世手迹，孟浩然踏雪寻梅至今是流传不衰的佳话……历代文人骚客又以怎样的一份痴，倾心于那缕缕香魂，给后世留下不少宝贵的精神财富！

　　时光推进到二十世纪六十年代，又一个如梅的奇女子横空出世，一部《梅花烙》让万千多情男女追捧，一曲《梅花三弄》唱尽古今情爱："红尘自有痴情者，莫笑我痴情太痴狂，若非一番寒彻骨，哪得梅花扑鼻香；问世间情为何物？直叫人生死相许……"琼瑶把梅花与爱情描绘得荡气回肠，一个时期内，人们对爱情的执着正如那缕缕纯真的梅香。

　　多年以后我们再踏雪寻梅，是否寻得到那一缕馨香？才发现爱情在人们心中不过是一个笑谈，在金钱与交易成风的现代人眼里，爱情不过是传说中的佳话。

　　但是，当我们了解到香港导演余积谦和蒋雪梅的爱情故事时，才明白爱情它真的来过，来过我们身边，就像西南重庆的那一株株梅花，居于浓荫之中，却散发着缕缕迷人的幽香，让人永远难忘。

一滴水的畅想

我说一滴水可以装下太阳。

如不信，你去清晨的草叶看那一颗颗露珠，初升的太阳就在那颗颗晶莹的露珠里，闪耀着光芒。

我说一滴水可以盛下月亮。

如不信，你乘着夜色看向荷叶上的露珠，那里一定有轮月亮，给你带来月色的清凉。

我说一滴水可以拯救生命。

如不信，你看花蕊里忙着采蜜的小蜂，那颗露珠能够维持它一天所需的水分。

我想一滴水可能是艺术，中国的山水画里，一滴水可以蕴涵万水千山，传统的浓墨重彩，离不开那一滴水的氤氲，艺术的留白则是对水的微妙把握。"蒹葭苍苍，白露为霜，所谓伊人，在水一方……"我想，诗经里舞着长袖的美人，与我也只有一滴水的距离吧。只因为水无论多么浩渺，都是一滴滴汇聚而成，才使君子魂牵梦萦。

一滴水的分量说轻则轻，说重则重。轻则可以忽略它的存在，重则可以汇聚成江河湖海，恣肆汪洋。

那滴滴水珠可以是潺潺小溪，可以是沧浪之水，更可以是大自然一幅幅最壮美的壁画。横跨美国纽约州和加拿大安大略省的尼亚加拉大瀑布、位于非洲赞比西河的维多利亚大瀑布以及连接阿根廷和巴西的伊瓜苏大瀑布，是世界公认的三大瀑布，那一幅幅气势雄浑、排山倒海的画面，正是那一滴滴小水珠凝聚出来的大手笔……

毕生以水做大手笔者，中国唯有一人，那就是李冰。李冰将百川之水驯服，归于深渊，使沧浪之水汇成涓涓细流，浸润着整个西南大地，千古以来，造福一方民众。

我们节约每一滴水，是为了更多需要水的人，我们节约每一滴水，是为了华夏大地不被大漠风沙侵蚀。

但我们更需要贡献一滴水，每一滴水都是一颗心，每一颗水晶般的心都可以汇聚成一片爱的汪洋，在"5·12"大地震时期，人人都用那一滴充满爱意的水，滋润灾区每一个懂得感恩的人。

可是，我们每一个人，都能活得像一滴水么？低到山的犄角，低到波澜不惊，低到可以忘记自我。就像中国的象形文字，低到可以隐藏自己，沉默几千年！

或许中国的象形文字，一个字就是一滴水，一滴水就是一个字。千千万万的象形文字，汇聚成中国版图上的长江、黄河，形成几千年浩浩荡荡的文化渊源，流传千古而永不枯竭！

生命之水不竭，万物生长不歇，文化渊源不竭，华夏大地文明传统悠久，礼仪之邦胸怀博大，容纳四方宾客，才可谓有容乃大。

我们发扬每一个文字的光辉，是为了弘扬中华五千年的文明。用一滴滴文脉之水，滋养一代又一代华夏子孙。

爱上旗袍

着一袭旗袍,在秋意阑珊的秦淮河边,我有一世望不到头的怅惘。

仿佛自己是那红船里的绣娘,在桨声灯影里一针一线刺绣着一寸一寸的心事。年华在波心里荡漾,荡着过去和未来,望穿秋水,却望不见那年相遇的阮郎,不知他今在何方?

着一袭旗袍,撑着洋伞,轻移莲步行走在春天的和风细雨里,岁月的风尘被弹落在雨巷;着一袭旗袍,摇着花折扇,沐浴在夏日的浓荫下,牡丹鲜艳地开放,满园的姹紫嫣红;着一袭旗袍,斜依小花窗,看檐雨打芭蕉,水滴叶响;着一袭旗袍,看风云突变,一时倦鸟归巢,看透人情世故,人心冷暖。那一袭旗袍啊!甚至可以跋涉万水千山,最终落脚在乌衣巷那一方小桥流水。莺歌燕语,红尘万千劫,那一世的前尘旧事不知何年归结?

翻开张爱玲的书,一个个身着旗袍的绝世美人跃然纸上,演绎着一出又一出的悲欢离合。

你是凄凄惨惨戚戚的易安居士吗,你是怒沉百宝箱的杜十娘吗,还是整日莺声燕语的陈圆圆,抑或是积纸成笺的薛涛?你应该有一袭旗袍裹身的吧?如果时空允许穿梭,中国古代的四大美女都应该喜欢旗袍的吧?绝世的容颜与旗袍相依,那肯定是最完美的结合!

其实,我觉得什么都不是,我也什么都没有看见,我只是爱上了古典又雅致的旗袍。想那古代最美的人儿一个个都旗袍着身,七弦琴叮叮咚咚,如泣如诉,把一丝丝一缕缕的柔情倾注。我倾慕的是那一幅幅芳华绝代的情景,在脑海中,在我的灵魂里挥之不去。

女人是花呀，一朵朵开又一朵朵谢。如花的女人身着一袭流传古今的旗袍，开遍整个京城，整个华夏。她们一个个如花似玉，花开千万种，风情袅袅，翘首以盼。这是何等美好的年华与风景！

我想，着旗袍的女子，并不企盼什么，相反却有一种孤傲的清冷，在这纷纷扰扰的红尘中独自开放，静静地散发幽香。那是可以和清明上河图媲美的一幅幅活色生香的图画吧！

旗袍可以是低眉沉思，豪放如奔涌江流；也可以是那迎风拂柳般的妖娆，款摆着小蛮腰，柔美又坚韧，百折不挠。

旗袍可以是山高水长的写意，可以是娇媚羸弱的花朵，更可以是枝头傲雪的梅花，还可以是飞翔啼鸣的小鸟，也可以是西出阳关婉转的歌吟，或是西湖中婷婷的荷花……但凡是这世界的美好生灵，或是纸墨画面，皆可以展现出旗袍的秀美和典雅。

女人是花又不是花，如花的女人开放时，千娇百媚；女人是刺又不是刺，女人是刺时，必定经受过万万千千的磨难。但无论多少劫难，女人总有一丝柔软牵挂于心头，那就是旗袍，它是不可分割的美丽和典雅。

有人说小女子该是与书、与诗词为伴的，但我的灵魂里永驻的是旗袍！有旗袍，女人心就存留一丝温馨和柔情，有旗袍的女人更多了几分自信和自爱。

旗袍在过去与未来的时空里摇曳着独有的孤芳自赏，一个女人如果爱上了旗袍，也就爱上了遥远的未来，让小小的个人在泱泱大国的精髓里，永驻一缕芳魂。

人来人往

站在大街上,看人来车往,来去匆匆,突然觉得这个世界就是一条条高速路,人们顺着履带似的道路匆忙而过,许多人去了又回,也有许多人一去不回,从此无影无踪。

一个人的一生会遇见许多人,只是,你的眼里留下了谁,而谁的眼里又留下了你?漫步在街头,有人突然想起你是谁,而你也在同时想起对方是谁,这已经足够,说明有人曾经留意过你,你也留意过别人。

每个人都有青少年、中年、老年的生命历程,儿时的伙伴陪伴着度过欢乐的童年。转眼,青少年时期懵懂地有了意中人,小伙伴变成大同伴或者情敌,这样,一些人离开了,一些人也走得更近了,走近身边的也许会陪伴你终身,也许半途离开。

人从出生到成长阶段,记忆中的长辈们在陆续地离开,而我们忙于读书、工作、结婚、生子……

人生旅途中记得的人总是那么有限,而记得你的人更是少之又少,这不能怪人家不在意你,因为你也不怎么在意别人。

说到在意,我们可能会联想到很多,作为个体的人,一生中总有几个最在意的人,这种在意是深入灵魂,刻入骨髓的在乎。很多人除了自己的父母亲人,最在意的就是每天与自己同床共枕的那个人。如果一方在意,另一方却不在意,在意也失却了真正的含义。一个人一生在意的人如果太多,我想,他活得也许会很累。

我们只在意在乎过自己的人,而不在意不在乎我们的人。如果两个最亲的人从在乎到在意,到最后连在意都没有,那么,他们已经是陌路人了。

有些人喜欢回忆在意过自己的人，如那些离去了的曾经血肉相连的亲人，如曾经给过自己幸福和快乐的那个人，但岁月的轮换却抹去了许多回忆的底稿。也许，曾经那么在意的两个人，终于有一天在闹市里擦身而过，而不曾记起对方是谁，那时，也不必为此感到悲哀，因为这个世界本来就是健忘的。

有些人、有些事是不可能忘记的，比如我们的父母和他们的恩情。有些人可以被忘记，但有些事却是不能忘记的，那是每一个生命和时代经历的过程，直到生命终结离开尘世的那一天。

有幸站在天安门城楼前，长安街上人如潮涌，车如流水，内心难免有许多感慨。这是一条在全世界都很著名的街道，来到这里的人，内心情不自禁地升起一种豁达感，因为这条街上发生了许多改变国家和民族命运的大事。这样的一条街，也留下过许多伟人的足迹。

历史上数代君王臣民，以及近代史上的伟人们都曾经在这里留下过身影，以及他们洪亮的声音。我似乎看见伟人们对中国前途殷切的期望，也似乎看见一排排军纪严明的队伍浩浩荡荡地从这条街道与我擦身而过……

一代代的兴衰沉浮从我眼前走过去，那些人，那些事都成了历史的尘烟。我知道历史还将继续，继续后来更精彩的华章；我知道生活还将继续，继续最平凡的琐碎；我也更加知道，平凡如我一样走过这里的人难以计数，来过，走过。也许在未来，还会有人陆续到来，来来往往，沉沉浮浮……

心有莲花开

  几人相约出去写生,说好风雨无阻,引得其他学友纷纷出动。目的地选在被称为天坑地缝的九台山,那儿是本地画家一致推崇的写生点。

  九台山对于我来说是生疏的,刚听见这个名字我就对它心生向往,可是,天坑地缝我又分明很熟悉,但那是否是我所想的那个地点,也只有到了才知道。

  出发那天,老师带了师母一同上路,老师是个集幽默感与艺术天赋于一身的人,时常拿师母取乐,我很羡慕,像他们这样的夫妻一辈子难得有矛盾吧!同行中有年近七旬的专业摄影的老大姐,有老一辈的剧作家,也有干实事的女老板……这一行人藏龙卧虎,但是大家都有一个共同的爱好——画画。一路谈笑风生。他们都老大不小了,还跟孩子似的那么兴高采烈。

  天坑地缝我去过多次,每次去的时候天气都特别晴好,一条水泥路盘河而上,那条河就是著名的九盘河。夏天里,也是酷爱漂流人士的最好去处。这次却不同,因为春雨爆发,出发时虽没下雨,但车刚刚开上高速,大雨就倾盆而下,随处都听得见山瀑哗哗、河浪滔滔的流水声。

  驱车下了奉节高速,过长江大桥直奔目的地——九台山。穿过一个隧道,进入九盘河道不远,就看见洪浪滔滔。

  青绿的高山上随处有飞岩流瀑,最醒目的是,一个山崖的两个石洞里同时奔泻着两条圆柱形的瀑布,天坑地缝的标志赫然伫立在眼前。这是我从未见过的,我们一行人就站在那儿呆呆地看着,有人突然喊:"快拍几张照片啊!"大家才急忙拿出"长枪短炮""咔嚓"个不停。

事先联系的农家乐老板开车来接我们,大家都以为距离目的地还很远,哪知道等我们拍完照,接我们的人却跑得无影无踪,这条道没其他岔道,学友继续往前开,一脚油门下去,车如离弦箭一样直奔天坑地缝而去。那脚油还没用完,农家乐老板电话就打了过来,说我们跑远了,叫我们掉头回去。往回跑,不远处的一户人家有人朝我们招手,车停在一个叫莲花塘的农家乐水泥坝上。

见了九台山有些失望,原来它就在这里!以前看过无数遍的险峻奇峰,我竟然熟视无睹,也许是好风景见得多了,麻木了吧!但是,既然有人选择来这里写生,我便只好随遇而安了。

这儿就是九台山?这里还有莲花塘?这些疑问满脑子打转,抬头仰望对面的高山,除了九台山,数下来有十几二十座山峰。莲花塘呢?在哪儿?只见两面夹山,山势奇险,不要说莲花塘,连起码的农田都没有,满地寻遍也不见有莲花塘的影子!难道在河边拍起的许多急流翻涌的浪花,就是不见地名的莲花塘吗?

农家乐老板只有夫妻俩,正忙活给大家做饭呢!疑问暂且放在肚里。老师说这里的山势很好,在这儿写生很不错,既然老师说很好,大家都拿出画夹,撑好架子,等一切准备就绪,饭也好了。

酒足饭饱后,趁老板收拾碗碟之际,我那急不可耐的性子,终于憋不住了,出声询问莲花塘的秘密。

老板笑着回,这儿就是莲花塘,你不见,那河里一朵朵的浪花就像盛开的莲花吗?原来如此!我本不知道乡下人心中竟有如此的浪漫,莲花开在他们的心上呢。

人人心上有莲花!我想,人生世事,许多时候就像我见惯如九台山的高峰而不知它的存在,见惯朵朵的浪花却视若无睹,是因为心上的莲花未开吧。一路同行的学友们,无论老少都那样开朗快活,是因为他们心中都开着幸福的莲花吧!

逝水流年

四十岁时，曾对一个人感叹人生如梦。

但那时，也许还没意识到真正的人生梦到底是什么。毕竟一直为生存奔忙，闲不下来思考人生以及人生的路该怎么走。大半生都迷迷糊糊走过来了，也不在乎走好走差。

四十岁以后，年华跟流水一样，转眼即逝，才渐渐意识到，这平淡的人生，梦还没醒已经过掉大半。然后，越来越相信梦里出现的事物，与自己有关，与身边的人有关。因为那些梦，不论好坏，都是我们生活的翻版。只不过一个在暗夜，一个在白天。

有人说，人越老越迷信。我不敢苟同这个观点，只是觉得，人与梦境的距离越来越拉近了。我的梦不是所谓的梦想，而是我暗夜里的另一个世界。它是游离在白天与夜晚的灵光，虚幻而又不是完全脱离现实。诸如，亲朋好友都会出现在我的梦里，梦里的悲欢与哭泣，相聚和别离都是那么真实，恨一个人，爱一个人也总是那样深刻，醒来才发现自己的思维也在梦境里老气横秋，年华随梦境也渐行渐远。

这一生，想想都觉惭愧，总是摆脱不了欲望、求生、责任的负累，所谓前半生的奋斗与努力不过为这三者奔忙，年轻的美好早已不复存在，遗留的是一片残败景象，衰草遍地。这一切，我想来想去，还是自身的软弱造成的。

意念的城堡，不能把自身隔绝在纷纷扰扰的红尘之外，反而让文字与思想比脸色更惨白。心有不甘，大脑却又时常一片空白。又一个十年光阴过去，五十岁接踵而至，知天命后，真是秋后的蚂蚱，蹦跶不了多久，也渐渐放下以前的种种恩怨。

人一辈子，无非是爱恨情仇、苦辣酸甜的混合物。但人是很奇怪的动物，总是喜欢把一些身外之物视为珍宝，总是放不下，难放下。"相对浴红衣，短棹弄长笛"后，终归是"惊起一双飞去，听波声拍拍"。所以，只有苦了自己，磨了心智，伤身劳神。

但是，如果反其道而行之，又该如何？历尽世事，人也许相对来说会出现与年龄不相符的叛逆，试图与从前的一切决裂，让循规蹈矩统统见鬼去！

曾经把世界里的一切看得那么重，却轻易看轻了自己。世事多奇怪，几乎大多与个人期愿相悖。年岁渐长，如果把世界看轻，会不会被世界看重？那也未必。我们只能自己看重自己，不需要别人的尊重，只需要自己尊重自己。

可是，又怎样才能让劫后余生的人，重塑传统的道德以及人伦关系，完成自身的自尊重塑？这是一个艰巨的问题，也是一个重建自我的漫长过程。

想起曾经与人相约，去郊外找一块地种菜，也许是让未来的相聚有一种踏实的根基，与泥土相亲，以植物的姿态淡然面对我们的生活，希望如植物一样蓬勃生长。但希望的幻想不灭，而现实的土壤稀缺，相约也只是一时念起，而流年却在笑谈间与我们擦肩而过。

留不住想留的，不想留的偏偏还在。那就让生活如行云流水般满溢，做一个闲云野鹤的存在，与一切美好结缘，不期望来生，只需做到今生无憾。

山中观雨

　　天上的积云黑压压一大片,眼看雨脚初露,以我的经验,天将要降大雨了。

　　"黄梅时节家家雨,青草池塘处处蛙……"诗人描绘的就是此时的农闲时节,也是雨水繁多的季节,这不,刚下车时下了一场急雨,不一会儿阳光又含羞露面。

　　乡下街道的人们,此时多是聚在三五个茶馆里,麻将声声一时难定输赢,这是人们目前最具特色的休闲方式。我不甘心被困在房间里,趁路面干净,就去这青山之巅散步。

　　放眼望去,远处青山隐隐,湖泊与池塘是大地的眼睛,清清亮亮,妩媚而多情,绿色的树木比比皆是,空气中漫溢着特有的清新。

　　这初夏的时光里,满目青山,满心欢喜。地里,玉米正冒着红须,一行行青黄的花高举,地坎边瓜藤葳蕤,金黄的花朵,警惕地睁大眼,紧盯我这陌生人闯入禁地。地头果树飘香,红了青杏,绿了李子,红白了小脸的是香桃,最让我心心念念的是那一弯弯绿油油的秧苗。这一切是多么静谧,又是多么让人期待。

　　草丛上露珠晶莹,一脚踏过去,湿了裙裾,更有不轻易放行的刺藤,时而钩住衣袂,时而缠绵地在腿脚划拉一把,令人哭笑不得。

　　不知为何,今儿草虫不见轻吟,蛙声远近不闻,只偶尔有清风扑面而过。正奇怪间,有小蛤蟆慢吞吞爬出,尽管它对我构不成威胁,但它丑陋的小样儿还是让我心惊不已。

　　正纳闷此山鸟雀不飞、虫蛙不鸣,却见远处丘陵似的小山和原本清亮亮的湖泊渐渐朦胧起来，似有云烟遮盖。原来，天上乌云已下坠人间，此时早已不见一丝儿清风，树木静止，似乎正在等待即将上门的贵客。空气渐渐沉闷起来，使人心慌意乱。

手臂突然几丝冰凉，刺激我已经麻木的神经。地上偶尔一个水点，逐渐放大，然后又慢慢隐去踪迹，紧接着一点、两点、三点……雨点逐渐密集起来，淋湿了地面。不远处一户农家，鸡娃们耷拉着翅膀在主人竹竿的指引下，歪歪扭扭迈着步子，走回圈里。鸭儿们本性是不怕水的，但它们也不得安宁，"嘎嘎，嘎嘎……"一路摇摇摆摆着回到篱笆内。蜷曲在地上的黄狗，不安地抬头望望从它身上踩过去的鸡娃们。人也随鸡鸭一道急忙跑到雨棚下。

雨棚上雨点轻敲，慢慢地渐行渐急，到后来似有万马奔腾，大江奔涌，气势如虹。

眼前的雨水已经哗啦啦倾盆瓢泼而至，路边早已溪流湍急。"大雨落幽燕，白浪滔天，秦皇岛外打鱼船……"眼前的景象让我不由得忆起诗人笔下的雨景，我此时正面临滔滔巨浪、滚滚江流，心中也自然会生发一番情绪。

雨越下越大，地上积水越来越多。所谓平地起水也不过如此，雨水一点一个泡，在平整的水泥路上掀起一阵不小的气势。

在路边屋檐下避雨，雨水肆意蔓延，雨棚与墙面结合处，水流渐渐渗透墙面。原本可以避雨的一面墙流水成溪，越来越大的雨水逼迫着我，辗转腾挪，最后不得不躲进了农人的屋子。主人家极其宽厚，也是不善言辞之人，微微一笑，就算打过招呼。

雨声渐小，雨点渐稀，天空似乎明亮不少，却不料后面又一阵密集的雨点，悠悠来迟，让人等得焦躁不安。我索性打开微信，看人们在这网络时代是如何评论这一场暴雨的。

从来风雨与雷电相随,而今天的这场暴雨,却来得无声无息,正像那些低调实干的人,不需要个性张扬,却在不经意间干出一番惊天事业。

一池夏荷

我爱夏荷,每次看见荷花都生出许多幻想。

现在,我眼前正展现一幅美妙又梦幻的图画。夏夜里,月华如水,照耀得大地如同白昼,一池盛开的夏荷,在夜晚的凉风轻抚下,清香四溢。荷香飘满了整个园子,一朵朵盛开的荷花如一个个亭亭玉立的少女,在月色的映照下越发晶莹洁白,熠熠闪光。

池塘边一圈杨柳,迎风款摆;桦树参天,树影婆娑;园中亭台楼阁,红柱青瓦,雕梁画栋,煞是美轮美奂。荷塘边一位十七八岁的美少女,柳眉杏目,面如白玉,樱桃小嘴,青丝飘逸,美目盼兮,白衫绿裤,手中拿一支莲花,正高挽裤管,赤脚嬉戏于水边。她不停地泼水,泼得水花四溅,如珠落玉盘,在荷叶上滚动流连。这月光照耀下的水反射出的亮光很是耀眼,四周蛙声虫鸣一片,夜,越发寂静了。

突然,从亭子那边传来一阵悠扬的箫声,不见其人,但闻其声。那箫声美妙无比,如思如梦,如泣如诉。蛙声虫鸣不知何时停止了,清风不再摇动树枝。美少女侧耳倾听,面露丝丝微笑,酒窝浅现,踩在水中的脚一动不动,她早已被这乐韵感染得如痴如醉,似乎这忧伤美妙的乐曲勾起了她无尽的心事。

我对夏荷的喜爱是与生俱来的。记得小时候,我家瓦房后面有一池荷花,荷塘虽然不大,但是每到夏季来临,那一张张如田字的荷叶,就先后撑开了小伞。每当我热得发慌的时候,就跑到池塘边洗洗脚,玩玩水,看看荷苞什么时候长出来,看它什么时候能开出如白玉般的花。每次玩水时,我总要把水捧起,向荷叶扑面洒去,这样方能看见那一颗颗晶莹的水珠在荷叶上面滚动。

我爱荷花，不只是因为它的美艳，更因为它的花瓣与众不同，夏季荷花开了，一朵朵立在碧绿的荷叶之上，真是好花须得绿叶配。你看那才开的荷花，总是那么羞答答的，欲开不放，只张一片小嘴，这时它只是露出一种白中带绿的色彩，后来慢慢地又开了第二片、第三片、第四片。以此类推，一朵荷花从花苞成熟时算起，等到完全开放，基本上得用一整天的时间。荷花的颜色除了那种天生就存在的红色外，其余的都是后天所积成的色彩。荷花刚开放时，花瓣的边缘有一丝丝粉红，其余部位都是白里透绿，绿中透粉。后来花瓣才逐步变成粉红，但花瓣的背部基本上还是本色的粉绿。当然也有那种纯白的荷花，它的花叶背后也是白里带绿的。

荷花不同于其他花种，它的花瓣有种质感，摸上去像高档的丝绸，花瓣上还有很清晰的纹路。炎热的夏天，看着满池塘荷叶就倍感清凉，那一张张如蒲团般大小的叶子，就像一把把遮阳的小伞，在炎炎烈日的炙烤下，你只要摘一片荷叶，就会给你带来许多凉意。可能有的人还不知道，荷叶还是一味清热解毒的中药呢。

夏日里，阳光格外耀眼，开在荷塘的荷花也格外婀娜多姿，"映日荷花别样红"就是比喻荷花在阳光下无比娇艳的样子。很多人都爱荷花，也有很多人喜爱摘荷花，但他们却不知道每朵荷花都能结出果实，那就是莲子，摘去一朵荷花就意味着要损失许多莲子。莲子是一种滋补食品，营养很丰富，吃起来口感很好，还有点糯米般的感觉，很多人家都用莲子炖肉吃。

荷，属草本科植物，一生离不开水的滋润，就像鱼儿离不开水一样。荷离开水就不能正常生长，更不能开出美丽芬芳的花朵。从春天来临至寒冷的冬季，它在水中完成了一季又一季的生命轮回。

读过朱自清先生《荷塘月色》的人，都喜欢先生文中那美妙的诗情和意境。我似乎更欣赏先生写实的笔触。荷也称出水芙蓉，南宋时期的词人袁正真就曾写过"采芙蓉，赏芙蓉，小小红船西复东"的词句。今天我们称赞美女，也还用清水芙蓉的典故。"花腮酒面红相向，醉倚绿阴眠一饷。"这是欧阳修当年西湖赏荷的真实写照。是说朋友相聚湖中，在渔舟上饮酒而醉，以至渔船自行游至荷花深处，人却一点不知情，醉酒的人借莲蓬遮躲阳光酣睡了一晌午，人面与荷花的色彩相映成辉。我独喜荷出污泥，清雅绝伦。就像有的人，虽出身寒微，但只要自身不断地汲取养分，摒去污垢，大展宏图就指日可待。

今夜，这一曲美妙的《荷塘月色》的旋律更让我沉醉其中，流连忘返，我陶醉在清雅得不掺一丝杂质的意境里，我在这旋律里或思或吟，或歌或泣，或盼或顾，任魂魄飞过三山外。美的韵律能使人的思想、灵魂得到更高的升华！

一曲《荷塘月色》，把夏夜的荷塘描绘得淋漓尽致，怎能不让人浮想联翩！我爱夏荷，更爱夏日月色里那悠扬的旋律！

活在一个人的浪漫里

无眠的夜,万籁俱寂,伴一盏油灯独坐,听风的脚步从屋瓦上走过。一颗心也随春风荡漾而泛起涟漪。

以手托腮,斜倚书案,在镜子里把自己照了又照,镜中的那个自己粉红着脸,眼神迷离,想象着未来的自己会变成什么样,也想象那个未来的他到底是谁。仿佛镜中走出一位翩翩公子,在月下舞剑弄刀,好潇洒的身姿……

那镜中人,竟然跳出镜来,在月夜的山涧独自吹箫弄笛,引来百花齐放,百鸟鸣唱……

这番景象当然不是现在的,现实中更没有出现过此情此景。那只是几十年前自己还是小姑娘时,对扑朔迷离的美好未来的最浪漫的幻想。

正因为有这么一个美丽的幻想,心中才有对未来的憧憬和期待。我也为了这个不切实际的期待,吃尽苦头,饱经沧桑。

现实是很残酷的,能让一颗充满浪漫情怀的心千疮百孔,甚至痛不欲生。生活偶尔给人一丝希冀,却又立即将希冀淹没在现实的泥沼中,更加深内心的煎熬。

时过境迁,当一个人被现实捉弄得晕头转向的时候,唯有那个浪漫的梦想,还不时地出现在脑海里,在梦境中若即若离。

翻过时间这本厚厚的书,抖落满身风尘,回过头来才发现,自己似乎还站在原来做梦的那个地方,曾经的所有风雨也随时间的车轮离去得太遥远。唯独那个梦境,偶尔还能让自己感动得泪流满面。我似乎就在某个时间,望见一个模糊的影子,踏波而来,立在水上,与我对话。我似乎触摸到了他模糊的面庞,他似乎就在我的文字里,每一个字都为了他的形象而组合;他又似乎在我的图画里,每一根线条都是为了勾勒他完美的面容而流动,每一笔色彩都是为了渲染他翩翩的衣袂而斑斓。

为此,我为心中那个梦想取了一个很诗意的名字——浪漫。

从此,我把灵魂放牧在那一个个灵动的文字里,有时又把自己置身在那一幅幅工工整整的图画里,让自己变得如图画般美好而细腻。它是只属于我一个人的沧海桑田,华丽完美。我也为此付出了沉重的代价,那就是独守孤寂与清冷;浪漫让我有意无意地脱离这个纷繁复杂的世界,我似乎落伍了,在别人眼中我就像一个幼儿班的孩子,不知世事。这也许就是我想要的结果,不需要外人懂。一个曾经在生活中被反复摔打得鼻青脸肿的人,想不回避现实都难。

曾经看过一个好友的个性签名,那句话的意思是说女人想要的幸福,其实是最简单的。女人并不需要什么大富大贵,豪车别墅,女人需要的只是拥有柴米油盐的温馨日子,一个能始终陪伴在身边的伴侣。我想,这或许是天下所有女人的幸福宣言。但是,即便是这么简单的幸福,在当今这个浮躁而繁华的世界,大多数女人都不能拥有,而我也不例外。

那么,拥有独立思考能力的自己,何必混迹在那嘈杂的人情世故中?我唯一能做的就是拒绝外界的干扰,与生活摊牌,与岁月彻夜长谈,与诗、书、画为伍,与心中那个美丽的梦想为伴,即使行走在江河湖海,看尽春花秋月,我也只活在一个人的浪漫里。

老城记忆

我把一层又一层的思念缠绕在心头，谱一首柔软的歌曲，放一些古色古香的记忆，让丝丝的柔情穿越云阳老城的暮鼓晨钟，时间越久越醇香。记忆中的那一曲旋律，总是弹拨出缕缕伤感，令人感慨万千……

记忆中，老城的那片片青瓦都流露着浓情，棵棵黄葛树都婆娑起舞；记忆中，那一江春水向东流的气势，激发我坚毅的个性。可是，我已经找不见你，我的老城！还有我永远消失在你这里的青春。

我从偌大的平湖里为自己掬一捧水，泡一壶饮不尽的相思，老城啊！你是我永远抹不去的记忆。

当游轮徘徊在平湖中央，一船扫街的志愿者按捺不住内心的兴奋，他们都被这一湖山水激发出满腔的诗意。

可是我，望着那一湖碧波荡漾的春水，怎么也兴奋不起来。一座两千多年历史的古老城镇无声无息地在我眼前消失了，从此，我身无所依，灵魂无所寄托，只能陷入深深的回忆。

记忆中，老城还是它原来的模样，一条又一条青石板铺就的街道，曾经在脚下延伸着我的欢乐与悲喜。盐城巷、东门口、打铜街、湖北馆……在这些老巷子里，我曾经幻想，我的一切就在它的每一条青石巷里无限延伸下去，直到终老……

可是造化弄人，让一个对这座城市有着深厚情感的人，让一个曾经在这里哭过、笑过、疯癫过，对它无比依恋的人，饱经沧桑，伤痕累累……而今时过境迁，一切都被现实淹没在湖水之下，连同那过去的岁月。

1975年的夏天,我第一次被叔叔领进了这座城。

跋涉三十里险陡的山路来到长江边,坐船到了沙湾河坝,我跟着前面的人群,一步一个脚印,爬上打铜街的石阶梯,走上缓缓上行的公路,看见一块很宽敞的操场坝子,两边各竖立着一座铁架子的篮球框,我脑子里灵光一闪,这也许就是传说中的云阳广场吧!叔叔点头笑了。

我很为自己的机灵骄傲,父亲那次差点把我遗落在一条青石巷里,但我还是等到了他。我渐渐地喜欢上了这座奇奇怪怪、有许多条石头巷子的老城,总觉得那些石头铺就的巷子特别神秘,特别乖巧,那些曲折幽深的巷子,总是有种"暗香浮动月黄昏"的味道。

进城的第二天早上,父亲带我上街,从新陈路出发走了一段公路,他突然说要我等他一会儿,折入了一条巷子内,我跟着穿进巷子里走了一段路,却不见父亲的身影,内心有些发慌。但我估计他要从这条巷子往前走,我就继续往前慢慢走,但是又怕走太远了他跟不上来,我又折回走,果然,不一会儿就见他急慌慌地撵来了。只听见父亲说:"你娃儿还精灵呀,晓得往前走!"我也很庆幸,没有走失在这座城里。原来父亲上厕所去了。

第三天,父亲带着我上了一辆解放牌汽车,开车的是一位圆脸的叔叔,我叫他贾叔叔,后来我们两家的关系一直很好。汽车穿过整座城,从西坪粮站转弯下河坝,车停了,我却坐着一动不动,父亲叫我下车,我就迷迷糊糊地下去了,结果头晕得天旋地转,脚下像踩着很厚的棉花团,一头栽倒在地上……

那年河水很浅,沙滩很宽,煤炭码头的煤炭需要用汽车运去各地。在当年汽车还很少的情况下,开车的贾叔叔的个人收入是很可观的。

贾叔叔祖籍云阳,住在云阳广场旁边的一条青石巷里,娶的媳妇是我们老家附近的人。还记得第一次去贾叔叔家，阿姨为我煮的番茄面，那是从来都不曾吃过的酸溜溜又香喷喷的美味。

老城的广场上开着一家照相馆，那是吴叔叔的妹夫开的，曾经拍下过张飞庙最经典的影像《江上风清》，后来还为此申请了专利。

云阳不愧是张飞的第二故乡，云阳人很讲义气。父亲在这座城市结识了两个异姓兄弟，可算得是"桃园三结义"的翻版，他们就是贾叔叔和吴叔叔。后来父亲在运动中不得已下乡，把年幼的弟弟寄养在吴叔叔家，我寄读在云中。我每个星期天都要穿过西坪粮站，走过湖北馆那条悠长悠长的青石巷去看望年幼的小弟。

我管吴叔叔的妈妈叫吴奶奶，每次去她家都受到很热情的款待。记得那次吴奶奶在家煮了猪肉馄饨，那可是当年最好的美味呢！

云中在老县城的另一头，我读书几乎要穿过整个县城才能到学校。刚刚读了一学期，父亲就下乡去了，十一岁的我，从此所有的生活都只能依靠我自己。那些年云中还在逐渐增加教舍，所以学生们每周末都要下河背砖，为学校做义务劳动。

在云中读书期间，我们还为周边山顶上的生产队义务送过肥料，农民们非常感动，为全体师生端出香甜可口的阴米茶，那些热烈的场景至今都还历历在目。

如今站在平湖中央的船头，望着不复存在的老城遗址，无不感叹时代发展的迅速。老城曾经发生过的一幕幕生活场景，至今还在脑海里栩栩如生，犹如发生在昨日。可昨日就像东流水，永远不复还了，怎能不让人感慨万千？

老城啊！你是一个时代永不覆灭的记忆！

小河口

几乎所有长江边的城市,都有一条小河,像小女子那样脉脉含情地相伴在侧。汤溪河就是那个多情的小女子,日夜依偎在老县城的身旁。而小河口,就是汤溪河流经长江的那道关卡。

"小河口的风是寡母子风,小河口的盐是担担盐……"这是当年小孩儿们玩耍时唱的儿歌。歌谣在新城路口一直飘呀飘,顺着古老的盐大路,飘到小河口那唯一的过河船上,日复一日地刷新着古老的欢乐与悲喜。

小河口上接汤溪河,下接长江,因云硐水电站而截流,但滔滔的汤溪河水还是绵绵不断地流经小河口,流进长江里。

小河口的风的确很大,夏天吹来的风能给人带来凉爽,可是冬天小河口的风就像刀子一样刮在脸上,让人生疼。之所以称小河口的风为"寡母子风",就是因为那风无遮无拦地打在你脸上。还有一层意思,就是那些年盐大路出了许多棒老二(强盗、土匪),挑盐的男人们被棒老二抢劫一空,有的人甚至丢了性命,小河口里剩下为数不少的孤儿寡母,那种凄惨,就像冬天的寒风一样让人心生悲凉。

父亲的单位在交通局,顺着交通局的石阶梯往下走是武装部,再经过榨菜厂,穿过居民楼的石巷子,就到了小河口。冬天小河口的河滩很宽,河水退下河底,河滩的沙墙就堆叠在河道两旁,像一道大门守住老城的进出口。

小河口对面有一条公路,连接云阳磷肥厂,云阳磷肥厂可是当年云阳响当当的国有企业,后来在改革开放后期宣告破产。

每天早上和傍晚,是小河口最繁忙的时候。小河口对面的菜农成群结队地挑着菜过河,起得早的人在凌晨三四点就来到河坝要过河,过河船从凌晨三四点一直忙到早上八九点,这时,船老大才能坐下来裹着叶子烟,在小河口清凉的河风中,晒着温暖的太阳,悠闲地吐着烟圈。

小河口对面的农民,几乎全年种蔬菜,那些年城郊周边的大棚蔬菜还未兴起,城里的菜篮子几乎全靠郊区的农民种菜支撑,这也是当年郊区菜农最先富起来的原因。据说当年郊区的小伙儿娶媳妇是很挑剔的,谁要是嫁给一个郊区小伙,就像嫁给城里人一样,衣食无忧。城里小伙如果找到郊区姑娘做媳妇,那也是几辈子修来的福气,找了一个家底殷实的丈母娘呢!

那些菜农每天挑着满满一担菜,坐上摇摇摆摆的过河船进城来,穿街走巷一路吆喝着:"新鲜的瓢儿白、包包白、红苕尖、豌豆尖咧!快来买,快来挑咧……"

到下午太阳下山了就喊:"老乡,便宜的新鲜菜咧,给钱就卖,赶最后的过河轮渡,便宜卖咧……"有经验的主妇,往往专等到日落黄昏时捡菜农的便宜。

小河口对面的菜农很少用化学肥料,进城一挑菜卖完,眼看天色还早,回去时也不想打空,就去各个大小公厕里掏一挑大粪,在粪桶上盖几片菜叶,以作掩饰。过河的其他人等一看大粪桶过河,个个捂紧了口鼻,虽然臭不可闻,但是大家都不会指责,生存的艰难是可以理解的。

古时的小河口可是一个著名的盐码头。河岸上商铺林立,码头上每天人来人往,盐商们顺水而下至新津口(四方石),再上龙角、票草、梅魁……然后走利川、恩施一带。云阳地处内地,因盐而繁荣,许多人因盐获得一份衣食,时代造就了云阳人的安居乐业。有盐的地方就富庶一方。"三天一顿牙祭,两天一个蹄"的生活,那古老的盐都,是多少人的向往之地。

在云阳盐码头刚成立的时候,各项设施都很简陋,几道城门是云阳兴起城镇后(那时候叫云安镇)才有的。

有资料显示:明正德六年(1511年),知县梅宁扩大城垣规模,并改木栅为砖墙,同时修建了四座城门。

小河口在云阳老城的北边,汤溪河从大山深处延伸出来,生生的把个云阳城劈成了一个三角形,让新城门伫立在悬崖峭壁之上。

峭壁上坐落了好几家单位,原来的行车小组,后来发展成为县车队,还有交通局、武装部……

父亲所在的单位交通局,是从原来的群管站分出来的,交通局宿舍也在新城门靠汤溪河的悬崖峭壁之上,所以,从交通局宿舍楼的阳台望向小河口,看过去就是一片万丈深渊,格外令人胆寒。

小河口枯水月份似乎可以赤脚走过去,但最深处却水流湍急,乱石嶙峋,难以落脚,人们害怕出事故,最后还是规规矩矩地等待唯一的过河渡船。水位最低时,船老大也不收钱,索性给过河人搭一座浮桥,方便行人。

涨水月份,小河口可是跟长江一样洪水滔滔,河岸与长江一样宽阔,令人望而生畏。

那些年,打工潮兴起的时候,从龙家湾修出来一条公路接通了小河口的环城路。可是涨水月份环城公路会被水淹没一部分,从江口、高阳出来的长途客车可就遭殃了,一不小心就翻进了小河里。母亲感叹说:"昨晚梦都没有做好,原来是要出大事呀!"

世事变迁,小河口随着三峡大移民的搬迁,从此沉没在茫茫平湖之下，也沉没在那一桩桩伤痛的过去里。同样沉没的还有几千年来盐大路上的传奇，那些美丽的传奇就像神话一样，永远在历史的长河里闪耀着神奇的光芒，激励着一代又一代的盐大路上的子孙！

一缕清风上江来

两岸青山相对，一江春水东流，古老的巴山小城依傍在侧，缕缕清风带着远古的咸味，穿越历史的天空扑鼻而来。那是山不厌高、水不厌深的古老的云阳县城留给我永恒的记忆。

我记忆中的云阳老城，是由一条条青石巷和一道道又高又宽又陡的石梯组成。仿佛那些石头堆砌着我们古老的文明，还有祖先生活过的足迹。

每年涨水月份的老城，吊脚楼的下半部都被淹没进江水里。在没有空调的年月，夏天的人们最喜欢上船乘凉，每当夜晚降临，江面上就吹来呼呼的大风，凉爽无比。

不知道那风从哪儿来，到哪儿去，只知道江面上的风夏天凉爽，冬天寒冷。它吹来了杜公酒的醇香，也吹散了弥漫在老城每一条青石巷的盐碱味，更把煤炭码头搬运工的号子吹进了每一个人的耳朵，那一声声号子带着汗水味与艰辛，向人们诉说着生活的艰难。

也许是老城的地势的决定性作用，长江像一条巨龙从上而下穿越老县城向东奔去，小河口从龙家湾旁逸斜出。

农谚说：进风落雨出风晴。说的就是江面上的风。如果风从下河往上吹，就会下雨；如果风在上河往下吹，就要天晴。这说法没有依据，只是偶尔参照五峰楼下气象局的天气预报，还不如看进出江面上的风来得准确呢。

所以，住在父亲隔壁的陈大娘就会说："又没报得准啦，气象局是干啥子的哟？还不如老娘的肩周炎预报得准！"

那时候父亲单位的宿舍经常停水，为了节约用水，人们经常下河洗衣服。记得第一次下河洗衣服的时候，父亲要我把衣服刷好了肥皂，再下河清洗。父亲领着我，穿过悠长的石头巷子，再下一坡长长的石梯，穿过煤炭码头，才走到河边。

河床上全是硬板石头，比起在乡下的堰塘洗衣服，那是一个天上一个地下。因为石板很宽，你想占多宽就占多宽。河边每天都有许多人洗衣服，人们拿着棒槌敲打着脏衣服，然后扔进水里一边翻抖着一边漂洗⋯⋯

窄窄的河道，汹涌的激流，往来船只频繁，大浪撒着欢一个接着一个地涌向岸边。突然有人尖叫一声"哎呀！"，一件衣服不小心被浪冲走了，看着冲走的衣服也不敢去追，因为水流太急，纵然心里万般难舍，也只好眼睁睁看着那衣服越漂越远。所以在河边洗衣服的时候要特别小心。

枯水季节的江面很窄，河中间有一道龙脊石，我们就在龙脊石边洗衣服，或跳上龙脊石玩耍。龙脊石，是古老的云阳城另一道风景，上面有诗文书法题刻和水文记录。夏天，龙脊石不是轻易能见的，如果哪一年的夏天龙脊石露面了，就意味着当年大旱。我生活在老城的那些年，只有一年的夏天，龙脊石露出了水面。

龙脊石就那样俯卧在江心，惯看白发渔樵，春风秋月，习惯了四季往来的江上船只。有诗为证："形如卧龙古滩头，劈易长江两面流。水瘦水肥随出没，不知看过几行舟？"有胆大的年轻人，夜晚会带着自己的女朋友上龙脊石乘凉，是一件多么浪漫的事情啊！

相传，龙脊石是洞庭湖中的一条蛟龙，游出洞庭湖后到处兴风作浪，残害人间，玉皇大帝派大禹斩杀那条孽龙。孽龙一路狂奔至巴山云安（现在云阳）一带，被大禹一根金刺刺中，从此存尸于江底，后人也称之为龙潜石。我有时甚至怀疑,江面上的风是不是那条龙的深呼吸呢!

云阳的龙脊石和重庆涪陵的白鹤梁一样,是长江最罕见的水文地理天书,记录着有史以来最长的干旱年月。

站在龙脊石上仰望对面的张飞庙,气势雄伟,"江上风清"四个大字,熠熠生辉,更为这一江激流增辉添彩。以前的张飞庙面壁题字是"灵钟千古",后来被人用"江上风清"覆盖,现在,无论你从左往右读"江上风清",还是从右往左读"清风上江",意思都一样,不得不感叹题者的巧妙用意。

关于"江上风清"还有一个古老的传说。清朝时刑部尚书张鹏翮回乡,途经云阳张飞庙,大学士以"相不拜将"为由拒绝拜谒,继续航行三十里后夜宿三坝溪。次日早晨船工醒来发现,头晚泊好的船鬼使神差地倒退三十里,停在了下游张飞庙脚下的渡口。张大学士偏不信邪,结果同样的事反复发生三次,这下张大学士感觉有问题了。依照事不过三的说法,张大学士决定拜谒张飞认罪,等他返回船上,江上突然大风吹起,将船一鼓作气送上了三坝溪。

云阳老城,是长江流经的狭窄河谷地段之一,两岸青山相对出,柏林森森。张飞庙就镶嵌在歇凤山脚的石壁上,飞檐翘角,白墙青瓦,一座很古老的拥有一千七百多年历史的清代四合院建筑,保存了汉唐和近代的名人字画、石刻、木刻、木雕六百多件,为后人保存了珍贵的历史文化。

"今朝腊月春意动,云安县前江可怜。一声何处送书雁,百丈谁家上水船。"这是杜甫病住云安(云阳)期间所赋四十多首诗中的句子,后人为纪念杜甫建了杜鹃亭,张飞庙左上侧一亭就是杜鹃亭。也许杜甫承载的忧伤不止停留在唐朝,也让一个女孩的初恋结束在杜鹃亭那一怀明月清风里,令人伤怀。

而今,张飞庙和龙脊石也随移民搬迁到了新的居所,龙脊石不再用于水文记录,浮出水面的龙脊石就像一具化石长留于三峡博物馆的展览厅。它与张飞庙一样,成为人们对本地历史文化考察的重点。

清风上江,江上风清啊!渐渐吹散了我心中的丝丝惆怅。那一江清风吹动的不再是古老的沧桑,而是时代前进的步伐,更吹动了人们对新生活的希望!

社会

第四辑

会思考的植物

自然界中,我发现有许多聪明的植物。

那些越是被人类厌弃的植物,它们越是有着顽强的生命力,长遍了山野和田间地头。比如白刺藤、司马草、稗子等等,这些野生植物对于人类来说,几乎没什么利用价值,在人类还是刀耕火种的时代,最多也是将它们烧了,化为土壤的肥料。

首先,让我们来见识下白刺藤的生命历程吧。

白刺藤,有着粉白的藤蔓,藤蔓上均匀分布着刺丁,叶子反面呈白色,正面为绿色。第二年刺藤上会结果实,果实成熟期呈紫黑色。

或许白刺藤最初也是一粒刺泡种子发芽的。但白刺藤天生就是牵藤的植物,只要它的藤蔓还没有延伸到有泥土的地方,它就还要无限延伸,直到接触到泥土;白刺藤的嫩芽会分泌出一种很奇怪的东西,只要接触到泥土,一夜之间就会在嫩芽处生出根须来;然后吸收土壤里的营养,就像给自己找到一处营养"补给站",等吸收好营养,以新的泥土为据点,继续把刺藤向前无限延伸下去……

白刺藤是一种很了不起的植物,人类是没有办法把它斩尽杀绝的。人类砍掉了眼前的刺藤,却砍不完它发展到别处的那一个又一个"补给站"。所以,只要新的春天来临,白刺藤又疯了一样席卷整个山林,把那些但凡它能网住的树木,死死地网在一起,让人类无法涉足。

司马草的习性和白刺藤有些相似。

司马草无刺却有刀剑一样的叶子和根茎,司马草依仗剑一样的茎在泥土中日夜穿梭,不停地生长着,叶子吸收光合作用,根茎吸收水分和泥土中的营养。所以,司马草是打不死、揪不干的,耐旱耐涝,人类根本无法把它铲除在庄稼地之外,也只能任其在田边地头生长着,也刚好保护着田坎地边而不垮塌。

稗子不败!这源于稗子的生活习性和它的生命周期。

稗子在春风到来的那一刻,就开始蠢蠢欲动,它也需要萌芽,但它一直隐忍着,躺在泥土中无人发现。若早被人看见,恐怕它连发芽的机会都没有,这是稗子的高明之处。

稗草与水稻的生命周期一样,与水稻长在一起。稗子也是让人类憎恨的植物,老喜欢沾稻子的光,稻子长它也长,稗子是比稻子更勤奋地吸收营养的植物,所以,多数情况下稗子比稻子长得更高。

稗子长高了,就要被农人清除掉,或者连根拔起扔出稻田外。但无论你把稗子搁在哪里,它都能存活下来。太阳晒不死,人畜踏不死,割草割不绝,割了这茬,下一茬继续生长。

田野上、荒地边,只要有水的地方,甚至只要有些湿潮的气息,只要你不把稗子在抽穗之前化为灰烬,它也会继续顽强地生长。

更奇特的是,稗子抽穗即可传宗接代,由于稗子在抽穗的第一时间,就会有一粒甚至几粒成熟的种子悄悄钻进泥土里,等待来年生根发芽。

这,就是稗子的生存密码。

与植物相比较,我们人类的生存能力是极其有限的!生命还不及一株稗草啊!所以珍惜生命是永远不变的话题。

都市慢生活

突然告别单位,告别繁忙的上班族生活,甚至告别繁华的大都市,让你偏居一隅,你会怎么过?

我的观点是随遇而安。记得蒙田有句名言:"跳舞的时候我便跳舞,睡觉的时候我便睡觉。"这或许就是离开繁华浮躁后的一种生活态度吧。而我会下意识地让自己的行动慢下来,包括走路的脚步。需要干的活不一定非要当天干完,留一部分第二天干又何妨?

这可能跟明代状元钱鹤滩先生《明日歌》的主导意向大相背离。但是,回过头看看我们的生活,何尝不都是慢慢过来的呢?除了以前赶工期,其余生命的本质哪能是一次性促成的!所以,我不再是当天干不完活就睡不着觉的那个人,我甚至会担心当天把活干完,第二天不知道该干什么。做家务的速度也慢了许多,我可以把洗刷锅碗瓢盆、扫地抹屋,想象成地里的玉米、站在田里的稻子,我在田地边清理杂草累了,坐在田坎上歇歇气,脑海里就是那一片田园的自然风景,眼前就呈现一片干净整洁的私有空间。

当然,作为女性的我,对服饰有着天然的挑剔。偶尔会上街逛逛,浏览一下当年服装的流行趋势,挑一件适合自己的衣服。

也偶尔和三五个朋友聚聚,尝尝周边的美食。更多的时候,我会尝试着做几道美味,犒劳自己,招待朋友……

偶尔也洗洗面,去美容店听听美容大师有何高见,对身体保养由内到外有何建议等。

服饰保养也跟美容保养一样,需要花费部分时间。我会把洗衣服和熨烫的工序做得很讲究，色彩一致的放一起清洗，褪色的和不褪色的分开洗，深色和浅色的也分开清洗，还有真丝的和羊毛的都需要分开手洗，即使洗衣机有真丝羊毛清洗的功能，也同样需要分开清洗。

熨烫的时候需要特别小心，以前的熨斗现在几乎不用了，家中备一个挂烫机就已经足够。挂烫羊毛呢和真丝衣裙的时候，最好不要让衣物完全干透，在半干半湿状态下熨烫出来的衣物效果是很不一样的。这些琐碎的生活细节占去我生活的一部分时间，但我已是乐在其中，渐入佳境。

其实我在很多年前就渴望一种安静的状态，慢下来的状态，只不过那时候受生活条件的逼迫，必须四处奔波。

可是，当我真正放下那些繁忙的打工生活，隅居家中的时候，又很不适应起来。一是感觉失去了自身价值，二是突然发现一个人无所事事，特别无聊。

我想，我该给自己找点事情做，可是干什么才适合我呢？基于身体的问题，我不能再干原来的工作，别的单位也可能不要我这般年纪的人。但我知道一定有我喜欢的，也适合我的休闲生活。

首先，我选择了跳舞。说起跳舞，我最早跳舞的时候，是二十世纪八十年代末，那时候的跳舞又另当别论，因为八十年代人们的娱乐活动太少。如今休闲在家，除了家务和爱好文学外，身体状况每况愈下，锻炼和娱乐就显得很有必要。我决定去老年大学学跳舞。

随着时间的推移，我把各种交谊舞学了个遍，还学了部分拉丁舞的基本动作，恰恰、伦巴、牛仔、桑巴……

常言道：曲不离口，拳不离手。退休在家，慢慢地慵懒状态显现出来，跳舞也只是偶尔为之，以锻炼身体为主，以娱乐为辅。后来，我干脆放弃了拉丁舞，学了那么多种交谊舞，感觉适可而止为好。

人到中年以后，跟腱和关节都不能过度劳损，所以，我劝年岁大的人，在知天命的年纪里，渐渐慢下来，跳跳比较轻松的三步、四步交谊舞即可。

后来，我的兴趣又开始转向绘画。对于老年人而言，书法和绘画也是一种很好的休闲方式。它不仅仅能让人修身养性，更是一个提高人审美能力和精神境界的好东西。可以画画山水，也可以画画精致的工笔，有时间可以练练书法，生活就在自己的喜好里渐渐丰富起来。

再就是文学，文学这个东西说高深则高深，说简单也简单。文学需要一个人对什么东西都了解，大多数文学家都是杂家嘛！哪怕你对事物了解得不是那么深，至少一篇文章里你得有丰满的语言，言之有物。如果题材涉及广泛，你更得多了解一些东西，关键是一篇文章里作者的观念不能太片面，不然会被人质疑和耻笑。生活点滴皆可成诗，一草一木也皆有情，说的也许就是生活中的一种慢状态吧！所以，一个人高质量的休闲生活是离不开文学的。

其实爱好文学不必非写文章不可，读读诗歌，阅览一些有意义的散文，再读一读精致的小说，这些都是可以怡情怡性的。

人的一生，不可能有谁会永远陪伴你，小时候有父母陪伴，成年时有爱人陪伴。但是父母在人生这条道上，注定只会送我们一程；爱人，也许会陪伴终身，但是大多数爱人都会半途离我们而去，当然有些人是不得已。当今社会多数人都曾有过移情别恋的经历，不论你曾经为对方付出多少，那个人都可能会在某一天悄然离去，让你独自面对自己的生活。所以你得随时做好一个人生活的准备。

无论你是离开还是留下，你都要修炼自身，自己的事自己干，你才不至于身边无人时饿着肚子，衣衫褴褛。世界终将在一个人的眼里静止下来，那时，你才不至于显得那么凄惶。

心气慢慢地平静了，追求不再那样多了，时光渐渐地老去，镜中不再是过去的那个自己，日子一天一天慢慢地过着。都市生活，再慢些又何妨？

融入这座城

刚住进这座城的时候，我以为自己已经融入了。我喜欢在窗边看平湖涨起来的水。

这里不算市中心，与市里隔了一座桥。就因为这座桥，我注定成不了市中心的人，更成不了中心级的"人物"。

但是，这里却四通八达，处于交通要道，这座城里你想去哪儿，只在楼下公交车站花一块钱，你都能到达目的地。也许我还该走很多路，才能成为中心级的人物吧！但更多的时候，我是趴在窗口看那些赶路的人，他们行色匆匆，我知道，每个人都有自己的路要走。

那时周边还在继续搞建设，这儿冒出来两栋楼，那边过几天又立起来两座小区，漫天尘土飞扬，门窗不敢打开，我每天都在清洗，但家具上还是堆满了灰尘。从此我把自己关起来，关成习惯后，我就成了笼中的那只鸟。

渐渐地，我不能在窗边看湖水了。我看见的是对面窗户里飘出来的夹着辣椒味的油烟，看见了对面窗边的电脑、缝纫机、客厅里的皮沙发、靠墙的电视机，甚至看到对面男主人圆滚滚、白花花的肚皮，以及他家阳台上开得五颜六色的花……而我更多的时候，是看对面窗户上挂着一面圆圆的镜子，太阳光照在上面反射出强烈的光。可再强的光也没映照出我精彩的人生。

据说，窗子上挂着的镜子对着哪家，就把坏的运气带给哪家。一直对对面那家人很不满，这么自私和迷信。但转念一想，若是自己因此而气愤，不也是迷信了封建观念吗？

任她去吧，我甚至还担心会摔坏那面镜子。许是对面的女主人后来也觉得没意思，隔两年后窗子上再也看不见那镜子了。我经常看见的是那位朴实的女主人，时不时拿块抹布擦窗台和玻璃，有空还在窗台伸伸懒腰，在跑步机上跑跑步。

　　再后来，对面那些楼的前面又竖起来更高的电梯楼，一栋又一栋，我不能一一清点，更不能阻拦，我没那么大能力去阻止挡在我前面的任何事物。

　　与我家一字排开的有五个单元，整栋楼面向宽阔的北山大道，平时大家很少串门，如有人情往来最多说一声，或者一个信息，大家就聚在酒楼里胡吃海喝一顿。

　　我家后面，其实是个不大也不小的院子，院里栽了些黄桷兰、枇杷树……有老大妈不失时机地种点小菜，花样还不少。公共地盘谁抢先谁就得利，这是商家哲理，对小市民也很实用。

　　靠后山壁还有一栋楼，共有三个单元，都是这座城里的老居民，从市区搬过来的。每一年后面那栋楼的人都要办几次丧事，在院子里搭棚煮饭，一些人把车停在那里老不挪动。我对老公说把车停远点，人家就这一两天的客，何必跟办丧事的人家争地盘呢？

　　往往一个人死后比活着时更风光。亲戚朋友请来乐队吹拉弹唱，更有穿得极少的女孩在棚子里扭着屁股唱："你快回来，我一个人承受不来……"我想她胆子真大，如果死人真的回来，我都不知道该如何是好。

　　死去的几乎都是八九十岁的老人，他们住在这城里的资历比我老多了。特别是后院有个人总在说："要不是邓伯伯，要不是改革开放，哪有这些乡巴佬来城里的份？你们还不得继续在乡下种地！"

　　说这话的人眼神闪着鄙视，语气也很生硬，就像我敲的文字，但更多的是愤愤不平。乡下人进城了还是被人欺,这是没办法的事,谁让我是真正的乡下人呢?

那是后院的老冒儿,很早以前就从一家早已垮掉的国有企业里下岗了。我从认识他起,他已赋闲在家不知多少年,长得红光满面,精神抖擞,就是不肯做事,全靠他老婆在一个厂里打零工。

老冒儿是那种手不能提、肩不能挑的男人,每天吃饱了,穿得衣冠楚楚,在院里不停走动,见人家修车要指手画脚一番,见人绣花也想穿插几针,更喜欢凑在几个婆婆面前谈天说地。如果哪天你路过这里,就能听见一个高八度的嗓门在急吼吼地喊:"你晓得个啥子?我——才最——清楚……"这种语气的人,不用问就知道是谁,这是老冒儿最经典的"语录"。我走到哪里,在哪里都能见到如此"学识渊博"的人,所以我从不敢在人前高调。

其实,老冒儿他是不知道,这块房基地还是我亲戚给挖出来的。搞基建的时候,我也来这里帮忙烧挖机,大热天气温达到四十几摄氏度我还在干,我以为这块房基地就是我的了,就像有位作家写的那样——《城市,也是我们的》,所以,我以为住在自己劳动过的基地上,就稳如泰山了。哪知道,城市还是别人的,地基更是别人的!我不知道去哪里才能站住脚了。

站不住脚的我,对这院里的事还有什么好说的呢?我房后的那户,男主人叫窝头。据窝头前妻说,他以前一表人才,潇洒英俊,他们在一起时那真叫郎才女貌,只因一次摩托车事故,窝头差点丢了小命,手术时揭掉了一块头骨,由于没钱,至今那块取下的头骨还没装上,脑壳就有一个很深的窝凼。

有一段时间,窝头经常找我说话,有人给我老公敲警钟,以免我上了窝头的当。

警告我老公的是那个在院内修车的板儿，他每天修车，身子下面垫层板子，名字就这么来的。板儿修车修得忘记吃饭，忘记休息，忘记了老婆，一不留神老婆跟了别人，板儿一气之下甩了老婆另娶新人。也许他怕我老公步了他的后尘。

　　窝头的老婆嫌他不挣大钱，也走了，窝头一度落魄到给人四处干零活。不久，去山东打工的窝头领回来一个年轻媳妇，窝头跟我说了什么时候结婚，酒席却在乡下办，我也没送人情。

　　如今，窝头新媳妇又给他生了个女儿，窝头自嘲说，女儿多福气多。窝头把父母接来，还找了个地方学做豆腐，一家人围着窝头，日子过得有模有样。

　　后院对面的五楼，有个大娘每天趴在窗户上向我这边看，我家的猫也喜欢趴在防盗网上看回去，猫看得很激动时，一定是有几只鸟在飞过，而大娘看的是我家的猫。她们每天就那样望着，猫望着鸟，大娘望着猫。人都有被别人观察的时候呢，何况一只猫？

　　自从歇下来，住进这座城市，我一直都在找机会融入自己。但我始终还记得乡下的一草一木，迎风就摇的狗尾巴花，粉嘟嘟的野棉花，乱七八糟的鸡窝草，它们都曾听过我哼哼唧唧的歌声，山路弯弯，悬崖峭石，茅草小屋，是我心中那幅永不褪色的国画。所以，有人已经看出我在这座城还处于客居状态。客居状态的表现是，我见人就想结交，只是一种谦卑的态度，实际上我更多的时候是不想跟人打交道，更不想与那些"学识渊博"的人往来，因为文化不高的关系，所有关于文化和地位的话题我总想回避。

　　正因为这座城市没有我一寸田地，我才与它格格不入，格格不入的另一个原因是，也许我的天性是一只向往自由的鸟儿。

暮年

人生已渐近暮年，身心慢慢沉淀下来。不知为什么，对住在我周边的老年人，以及熟稔的老年朋友们，我渐渐注意起来，无意中成了他们的忘年交。也许从他们的现在，我看见了自己的未来。

一

还是几年前，我见你独自在院坝里散步，满面慈祥。手里拄根拐杖，步履蹒跚地走，院里停了几辆车，你就围着车打转。

就在那一年你知道了我是谁，我也知道了你姓名。你说眼睛不大看得见了，有很严重的白内障。我说咋不做手术，你说都快九十岁的人了，做了也不一定能看得见，我一声叹息。几年后再见你，你却只能听见我的声音，再也看不见我的样貌了，你已完全失明。

每次听见我的声音你总会说："我晓得你是哪一个，你是XXX，你好啊？"

我回："我很好，你看不见，好生点。"

偶尔，遇上你一人在院坝，我就多跟你说说话。因为看不见，你上楼的时候，我只要在身旁，就帮忙把你牵到楼梯口，你说自己能扶着栏杆回去，摸惯了。

我们就这样交往着，彼此熟悉而又陌生。

你跟我讲过，你曾经住在乡下街道，二十几岁就守寡，独自把两个女儿拉扯大。两个女儿后来都当了教师，搬进了这座城里，你现在跟小女儿住一起，曾孙都在上小学了。

现在，你已长期窝在家里，很少下楼，稀疏的白发蓬乱，坐在椅子上紧闭双眸，一有响动就侧耳倾听，但每次只要我出声，你都能说出我是谁。

如果我许久不来看你，再来时，你会说很想我，说我们都是善良人，做人应该多做善事，并祝福我好人有好报。心中惭愧，你其实不知道，我有时也有恶的一面。

这个农历二月末你就满九十三岁了，更巧合的是，我们的生日是相邻的。我没有别的解释，也许真的是缘分。

二

她是我的邻居，八十岁了。我跟她儿媳关系不错。

刚搬来那两年，她总住在乡下或者女儿家，很少见面。后来某一天我突然发现邻居家多了两个老人，然后我们就认识了。

我时常见他们在楼梯里爬上爬下，结伴出行。去年，老头病重过世，偶尔见她一人孤零零地在沙发上打瞌睡，精神萎靡不振。

她媳妇说婆婆已经大小便失禁，以为活不过年去。我见到的就是病中的她。

可我一见她就故意打趣："老娘，要出去走走啊，生命在于运动哦。"

"哪像你那么年轻？四处跑啊！"她提着一口气回我。

后来一次，又见她无精打采地坐在沙发上，要知道冬天气温那么低。

"老娘啊，坐久了要感冒的，回去吧！"

她回："不冷，不冷……我穿得多。"不冷才怪，也许她是没有知觉了。

"吃饭了吗？快回家吃饭吧！"我说。

她回："吃剩饭呢，回去就吃。"

"能走吗？要我扶一把吗？"

"不用，不用，我自个走，我得行。"这几乎是我们的见面礼。

后来许多天都不见她，我以为……

直到有一天，她媳妇说把她送去养老院了，每月一千八包吃住带服务，原因是她婆婆在家没人陪很孤独。媳妇如今也轻松多了，每周都去看看她。

后来，听她说她婆婆居然在养老院里把病养好了，精神也好了很多，也许是养老院里老人多，有玩伴，老人不再孤独。真是心病还得心药医啊！

三

他，给人第一眼的感觉——肥胖，满面红光。他是旁边单元的一位退伍老军人，前几年还见他走动，如今每次见他只是瘫坐在家门口。

我们住一个院里，我找人借背篓去河里洗窗帘，有人说他家里有背篓，我就找到了他老伴。借第二回时我们就熟悉起来，老伴与他同样肥胖，老伴的精神倒比他好，原因是老伴还能四处跑，买菜还去别处买，说是比我们楼下菜市的价格便宜。老人都那样节省。

他家住在院里第一层，每次从他门前经过他都要跟我说话，问我急匆匆的忙啥，或者说这么晚了去哪儿。呵呵，像个老父亲关心女儿似的。

我们进一步了解是缘于家里的那只母猫——奥斯卡，它生了四只小猫，我不能都养在家里，送出去了三只，剩下最小的猫多多。可是小多多长大了，奥斯卡在春天叫春，这可难办了，想来想去，还是打算把母猫奥斯卡送人。

夏天的傍晚，院里几个老人在树荫下乘凉，偶尔我也去凑热闹。一次他说乡下的亲戚想买一只猫，我说哪还用买，我送他一只便是。

把奥斯卡送走的那天，我恋恋不舍，千叮咛万嘱咐，还附带了几包猫粮，我怕猫去了乡下一时不适应，更怕它被饿着。

后来所有关于奥斯卡的消息，我都是从他那儿打听的，他说猫去了乡下适应能力很强，他去了还跳到他膝盖上撒娇，跟他要吃的。我知道奥斯卡的脾气，护崽的时候很凶恶，但温柔起来特别可爱，所幸我把它给了一户好人家。

我对他的好感也缘于他善待猫。善良，也许是好人的第一标志吧！后来聊天，他说他曾在东北当过兵，是抗美援朝胜利后的那年去的吉林。由于当年正搞伙食团，在城里饿得慌才去当兵的，谁知去了部队一样没吃的，饿得头晕目眩，冬天很冷也没有足够保暖的棉衣棉裤，雪埋没了双脚，冻疮烂得流脓……正因为如此，后来他落下了很严重的关节炎。

如今，七十多岁的他，膝关节、脚跟疼痛得越来越厉害，让他的生活行动很不方便，想走路却动弹不得。他一看见我就感叹："年轻真好啊！"我心里一阵阵下沉，长此以往，这疼痛得多厉害，可又没有更好的办法让他有所缓解。

四

瘦，瘦得实在可怜，我从来没见过这么瘦的人。

她喜欢笑，每次见到我都笑容满面，但声音却很微弱。

从第一眼见她起，内心不自觉地充满怜惜。她和我大姑家住在一个院里，儿子很能干，做了不大不小的老板，挣了钱。

她跟我说，她已经是几世人了。我有些不明白，后来她解释说她动过多次手术，并把衣服撩起让我看她满身的刀疤，一道在食管处，说那年得了食管癌，做了手术。

也就是在那一年，她接连四次大手术，一处在胃部，胃溃疡出血；一处在腰上，胰腺癌；一处在肋骨，肋骨被取掉两根。我禁不住打了两个寒战！她说那时候不能吃饭，不能说话，鼻子里只有一丝气。家里人以为她活不下来了，但是儿子不肯放弃，一直要医生给她用最好的药。

后来回家慢慢调养，她不能吃咸，不能吃辣，不能吃硬饭，多数时候都是喝流质的食物，这条命才得以保全下来。我说真好啊，有个孝顺儿子比什么都好！

每次出门都能看见她，她说每天在外面走走，锻炼锻炼，身体会变好。我由此对那句至理名言深信不疑："生命在于运动。"

我由衷地说："现在看你的精神状态比以前好多了，气色也不错。"

她说，活一天算一天，就要好好活。说完越发笑得灿烂。从她的笑容里，我似乎明白了什么才是真正的豁达。

她用骨瘦如柴的手轻拍我的肩膀，然后我们俩各自转身离去，回首一望，她的身影越来越小，我总担心那身影突然被一股风携了去……

五

我与她在一个班学画画。

开始跟她接触的时候，我总以为她不过是个闲不住的老太太。

一会儿学唱歌，一会儿学画画，一会儿打太极，再隔段时间学书法，再学摄影……

后来对她越来越了解，才发现，她身体很不错，满世界旅游，大半个中国都差点被她跑遍了。

她说早已加入老摄委了，每年都要远行几趟，拍下了许多风景名胜，偶尔也给旅游杂志和地方刊物投稿。我不由得心生钦佩。

每次有好的照片，她都热心地洗了发给大家，有时候还自己贴钱。但是班里的人都要给钱，她就收本钱，一张照片一块。

这次去垫江看牡丹，没约到人同行，突然想起她来，她一听说有花拍，像个年轻人那么兴奋，给她的摄友们打电话，果然另外约到两人，我们第二天就出发了。

一见面，她给我介绍了两个摄友，一个是八十多岁的老唐，清清瘦瘦，精神状态良好，红光满面；另一位稍胖，是七十多岁的老景，身体健康；而她呢，也是七十岁的人了。

到了牡丹园，已经是午饭时间，大家找个农家乐吃饭住下，稍作休息。他们三个说要上山拍牡丹，我心里发怵，要知道当天午间温度最高有33摄氏度呢！

两点半就开始爬山了，老远就闻到一股浓厚的香味，原来已到了白牡丹园，那馨香随风满园飘荡，使人心旷神怡。

他们每次看中一朵花都要停下来架好三脚架，拍个不停，任由烈日暴晒，汗水淌满脸颊，背上还背着装镜头的包。我说帮他们拿包，他们说一直以来出行的队伍是不要别人拿包的。我很尴尬，但内心又觉得他们是对的。

从他们的状态中我读懂一个词——敬业。

等爬上山顶我都觉着累了，他们三人却继续拍摄着，精神极好。

我自愧不如，想，以后如果到了他们这般年纪，我会是什么状况？我能否活到他们这把年纪？

我问他们，拍那么多照片做什么？为了发表吗？年纪八十多岁的老唐回答我："大多数是为了自己欣赏，感觉那些赏心悦目的照片，是自己的劳动所得，心里会很知足。"

我好像理解又像不完全理解，但一想到自己的爱好——写作，似乎有所领悟。原来我们都在为内心的追求乐此不疲。

每个人都要老，但要有老的姿态，有老的觉悟。就像那首诗，"人生从退休开始啊！朋友们，每一天都是艺术节，每一天都是旅游节……"

我们要老得其所，老有所乐。但是，每个人的经济状态不一样，就像前面所举的几个老人。他们子女多，养老有子女负责，多数人养老不成问题。但是，如我辈在计划生育状态下的独生子女，有的门户竟然"失独"，独生子女组成的家庭的最大问题——两边四个老人，他们今后的负担，不亚于当年我们面临的穷困和劳累。

春天听鸟鸣

春天,是被鸟儿的一声啼鸣叫醒的。

窝在被子里凝神细听,"达令……达令……达令……"抬头看,两只鸟儿歇在防盗网上,这是一只雄鸟的开场白,那只雌鸟憋了好一会儿都没好意思回,尾巴一翘一翘的,雄鸟更加起劲地叽叽喳喳,它们在我家防盗网上谈起了恋爱。

躺在窝里的多多比我还着急,后腿一弹纵起老高,"咚"的一声跳到电脑音箱上,竖起耳朵两眼一刻不眨地盯着窗外,尾巴激动得左摇右摆,无奈被一层玻璃隔着,不然它总要大显身手,表演一场猫抓鸟的游戏。

去郊外漫步,春的迹象已随处可见,玉兰花苞鼓起,披一件毛茸茸的外壳,大多数已开得白花花、红艳艳。贴梗海棠羞红了脸跟绣眼鸟亲吻,小草在脚下瑟瑟发抖,嘴里念着:"别踩我,别踩……"小溪潺潺流淌着,不时有几只山雀来饮水,它们嬉戏,甚至洗澡,还盯住我低声催促:"快点,快点……"一只雄鸟提防着我这只假鸟。

春天里,随时随地都能听见鸟鸣,往往雄鸟的叫声最多,它们以最动听的鸣唱向雌鸟求爱,谁的歌声最美,谁就能最先得到雌鸟青睐。想起托马斯·曼在《死于威尼斯》中的一句话:"求爱的人比被爱的人更加神圣,因为神在求爱者那儿,不在被爱者那儿。"也许雄鸟得到神的帮助,所以歌喉最为优美动听,鸟儿跟人类一样,爱情竞争都非常激烈。

我喜欢倾听自然,就像倾听某个人的诉说,一声清脆的鸟鸣让我不由自主地停住脚步，仰头看房檐下、窗户旁、树枝尖，枝条随着鸟鸣颤动，"唧唧，唧唧……"地叫着，像在叫姐姐，姐姐，那只雌鸟叫着"去去，去去……"似姑娘般羞赧，甩尾在头上"嗖"的一下飞去老远，这是小家雀。"铁大娘"一前一后飞来，后面的那只"在哪儿——在哪儿——"问个不停，已经落在树枝上啄着桂花果的这只回道："这儿——这儿——这儿——"

无意散步到一片菜地，这里行人很少，三五棵黄桷树张扬着它们蓬勃的生机，在阳光下散发着紫红色的光焰。这片地上有些大小不一的香樟，种菜人就在树的间隙里，种下白菜、花菜、豌豆之类的，那些该卖的菜都在春节里卖得所剩无几。

这里是鸟儿的天堂，我老远听见它们清脆婉转的歌声，放慢脚步，猫着腰把自己藏在胡豆花丛中，一些敏感的红嘴小鸟还是被我惊起，叽叽喳喳地扑腾着，吵着要离开的样子，但大多数继续觅食在松软的泥地里，它们唧唧咕咕地叫着，若一只叫几声，必有另一只应和，此起彼伏，许多时候感觉它们的声音像是特别固定的情侣合唱。

比如斑鸠，一只飞得远了，另一只必在四处找寻："咯咯，咯咯……"远方那只听见了，便回："哦，哦……"一只黄雀站在不高的香樟树上，嘴里叼着一条虫子，我挺佩服它那么久都不将到嘴的食物咽下，像个绅士在等喜欢拣小便宜的妇人到来。

我一直不敢妄动，悄无声息，尽管胡豆花跟我翻着白眼，野油菜花在身边举着金灿灿的花朵搔首弄姿，但它们引不起我的兴趣，我的注意力被站在香樟树上唱歌的另一只"经长睡"所吸引，它喜欢在春天清晨叫醒睡懒觉的人："经——长睡——"后面接着又"喷，喷……"地不住叹息，见无鸟儿搭理后便继续歌唱。

黄桷树上那些鸟儿一番吵闹，像在商量重大事件，忽而飞过去再飞过来，等它们吵够了，抬头却也看不见几只鸟，再看地上的鸟儿也全不见了，原来树上有鸟站岗呢，它们发现了我这个可疑的敌人！

鸟儿也有不喜欢唱歌的，静若处子。乌鸫喜欢单独觅食，从头到脚全黑，在房后阳沟边、山野堰渠上"啧啧，啧啧……"捉到虫子吃得津津有味，不停地赞叹。我从来没见过乌鸫出双入对，也许它是鸟儿中的修女。

小灰雀飞得很低，它习惯在矮树丛中、田沟地边小心翼翼地走，尾巴翘翘的，走起来一跳一跳的，在这春日暖阳里十分惬意。记得《幼学琼林》里有句话："恩可遍施，乃曰阳春有脚……"我理解的是，春天的那些蓬勃生机被鸟儿四处传播开来。

脚步才踏进公园大门，耳朵就听见像迎宾小姐的声音"来啦——来啦——""欢迎——欢迎——"这是白头翁和地麻雀的声音。人多的时候，它们"噗"的一声就不见了踪影。

鸟类中最会唱歌的要数画眉跟黄鹂，黄鹂一身金色羽毛，在枝头上唱得激情澎湃。画眉有很多种，歌声却很相似，婉转而动听，一唱起来就停不下，跟歌唱家似的，不唱完一曲不会罢休。我使尽浑身解数也学不来它流利清脆的歌声，难怪有人说，真挚比技巧更重要，鸟儿有时候比人类唱得好多了。

失去真挚的人类，永远都唱不出鸟儿般优美的歌声。

遗落在记忆中的豌豆

生豌豆，相信很多人都没吃过。

当我在回忆里咀嚼自己的苦难的时候，我似乎遗忘了许多本不该遗忘的记忆，它们就像一粒粒豌豆，在朦胧的睡意中硌得我浑身疼痛。它们是我几十年来一直咀嚼着的人生，质地坚硬又难以确切形容它的滋味，更是无法与人诉说的隐痛。它们也许是我自己，也许是父亲，也许是我的玩伴，它们或者是我的二姨，以及他们全家人。那些记忆一直储存在大脑深处，不时跳出来给我一次袭击，让我本已破碎的心，又散落一地。

请原谅，我又一次开始用文字倾诉我内心的隐秘和苦痛，以及我所知道的别人的苦难。我的童年就是与苦难相伴的。高尔基的《童年》里的阿廖沙还能任性地砸烂牛奶瓶，而我的童年却不知牛奶为何物。高尔基有母亲、外婆以及外公的严格教育和疼爱，而我只有母亲一个人每天呼来唤去。

二姨

我在记忆里捡拾一粒粒豌豆，偶尔有几粒也那么甜美。也许是因为曾经得到过关爱，也许是因为有人曾把我当豌豆公主一样呵护过，那就是二姨家的哥哥姐姐们。记得每次到二姨家，二姨总是拿出家里最好的东西给我吃，哥哥姐姐们围在身边，好像稀罕一个远方来的贵客，我从他们一个个专注的眼神里感知到疼爱的关切，以及温暖的包围。

土地的血脉

二姨与母亲在一个生产队。伙食团的饥荒年月里,二姨做媒把母亲也嫁到了这个名叫罩子坡的山上,也许二姨是想有亲人在身边多些照应。其实恰恰相反,饥荒的年月里,人人都为一口吃食目光短浅,都为一草一木争抢得你死我活。亲情在饥饿这个魔鬼的奴役下,瘦薄得如同一张纸,一戳就破,我多次见母亲与二姨吵架,有时比跟外人更激烈。我总是想,假如母亲不嫁到这个罩子坡,我会不会是另一种模样,我的命运会不会比今天好很多?如果真能穿越时空,今天的我又该在何处,我又是谁?

我家与二姨相距一道坡,两道田坎,我记忆里二姨家一直很穷,二姨父病殃殃的,不能干太多活儿,走路喘得上气不接下气,后来才知道二姨父得了肺结核。母亲说过,二姨父是个木匠,正因如此,二姨才放弃了好好的田坝子,嫁到了这个山坡来。

二姨鼓着圆圆的杏仁眼,身材又瘦又矮小,按理说她在女人中算是娇俏玲珑的。可是二姨继承了外公做事较真的性格,每有问题总要探究个明白,或一争输赢,对任何事喜欢探究清楚。本来这是人的长处,但从与人相处的角度来说却是最大的弊病。母亲如此,二姨如此,就连远嫁山东的四姨也同样如此。鉴于此,二姨的性格总是不大受欢迎,别人嘲弄她说话时像黑鸟"铁大佬"一样,每天叽叽喳喳叫个不停。

二姨是那种容易相信别人的人。但每次与人起争执,又完全否定别人的解释,以主观意识看待周边的人和事。但二姨又是很善良的人,见不得别人掉眼泪,别人哭,她也哭,甚至比当事人哭得还伤心,眼泪汪汪的;别人对她好,她对别人更好。我总是记得她笑容很谦恭的模样,一见人又腼腆得像个小姑娘。记得二姨有一次仰着头看我:"这家伙怎么比原先乖了?"

二姨有五个孩子,老大是大表姐,老二是表哥,老三我叫二姐,老四、老五是表妹。

二姨父家一贫如洗，他住的房子是土改时候分给他的三间草屋。二姨家所有的家具，全是爱面子的外婆给二姨的陪嫁品。当年二姨出嫁的时候还在解放前，外婆家是当地富裕的小业主。外婆给二姨的陪嫁，大到衣柜床铺，小到锅碗瓢盆以及敲核桃的榔头，衣帽鞋袜……但凡所有安家的那一套，应有尽有。轮到母亲出嫁时，外婆的家已经没了，母亲是孤家寡人出嫁的。也许母亲有些嫉妒二姨，所以才一直耿耿于怀，外婆来我家的时候，经常听见母亲埋怨外婆的声音。

即便二姨获得了如此丰厚的嫁妆，多年后，床上却难见一床完整的被子，一坨一坨被撕烂的棉絮，像垃圾一样堆放在床角。夏天，竹席铺在稻草上，一不小心，你会看见一个个肚皮扁扁的、红红的"臭老二"（臭虫）在床沿缝隙爬来爬去，有的甚至爬上枕头。记得那次我在她家床上吓得尖叫起来，哥哥姐姐们却哈哈大笑，说我连臭虫都没见过。

最初的疏离

二姨父本来有两个弟兄，也在我们本队，二姨父的父亲是木匠，把手艺如数传给了儿子，二姨父是老二，老大娶了个本院子的姑娘，是我的本家大姐。所以，当年在家乡对他们辈分的称呼可以说是一团乱麻，但母亲说出门各叫各的，日子一久慢慢就习惯了。

二姨父的大哥因为积劳成疾，丢下本家大姐和儿女就撒手而去。无力抚养孩子的大姐只好带着三个儿女远嫁他乡，很久都不回来一趟。大姐的儿女跟我是平时的玩伴，一段时间内我很是想念他们。

二姨家的竹子在我屋地坝边，一个院子周围全是竹林，竹林下边有一口堰塘。几家人共有这一片竹林，有三叔家的、我家的、二姨家的，还有隔壁徐婶家的。竹子在夏天发竹笋，竹笋生长是不分边界的，因为它们不知道人们的利益关系，所以，竹笋像土行孙一样自由自在地乱窜，也许隔壁表婶家的竹笋长到我家竹林来，也许二姨家的竹笋窜到三叔家竹林去……

但是，三妈却又是一个有心机的人，她总是喜欢把别人家长到边界上的竹笋掰了，掰了还踩上几脚，盖上土，使人看不出竹笋啥时候被掰的。有时候，三妈连刚栽下的树苗也拔起来扔得老远，这让人感觉不可理喻。在母亲眼里，那些竹笋和树苗都是有生命的东西，说三妈喜欢做短命的事，做多了总要遭报应的。今天回过头想想，母亲当年的那些话是很有道理的。

有次三叔与二姨吵得不可开交，就是竹笋被掰了的缘故。那次母亲在边上多了一句嘴，二姨就迁怒于母亲，说胳膊肘往外拐，不帮她却帮着别人，姐妹俩很久不来往。

这让我对二姨的印象很不好，总觉得二姨蛮不讲理，还喜欢乱骂人，说话尖酸刻薄。

两家大人不来往，小孩也不好意思往来，我更不好意思再往二姨家跑，渐渐地，我对表兄姐妹五个都有些陌生。偶尔还记得二姨家表妹与我一起踢毽子，她们要我出左脚，表姐妹们讥笑我用右脚踢毽子。我在家是用右脚踢毽子，同院子的孩子们都是，用右手使筷子，用右手梳头，不知道去他们家里为何要用左脚。去的回数多了，就慢慢改成用左脚踢毽子了。

我一直没有再改回来，每次踢毽子的时候，总是习惯用左脚，拿锄头锄地的时候也同样把左手放前面，别人看见叫我左撇子。现在才明白过来，我在表姐妹们无意中的误导下，把自己改变成了左撇子。后来，我做事的首要条件就是，凡事都要有自己的思考和主张。

这也许是最初的改变。我从依恋表哥表姐到依恋同院的玩伴,到后来与本队其他孩子建立友谊,我跟他们一起上学,上山砍柴、割草、扯猪草,也许是一种对亲情的怀念和疏离,但却不知道后来更多的疏离在等待着我们每一个人。

后来,我进城读书去了。走后不久,堂伯伯一家也搬到了对面的山上。生产队里人口太多,粮食、柴火都不够分。人多山林少,年复一年、日复一日的砍伐,使得山上植被破坏得厉害,引发了严重的水土流失,许多大片大片的土地被雨水冲刷得只剩下石板坡。庄稼无法种,柴火不够烧,怎么办?只能减少人口!还好,对面山上的生产队接纳了伯伯一家。

生命中的离散

二姨举家迁到河南的时候,我在城里读书,等我寒假回家的时候,迎接我的却是一场无言的离散。母亲絮絮叨叨地说着"不知么子时候才能再见,还能不能再见"的时候,我心里也突然有种无法言喻的苦涩。我想,多年以后,在某个乡村小道上,当我跟表姐妹们相遇时,我还能认出她们吗?我隐约感觉生命中的那些离散是注定的。

母亲有两个哥哥和五个姐姐,她是他们姊妹里最小的那一个,我听见过有人叫母亲六子,小辈人叫她六姨,其实这个"六子"也是后来编排的。

二十世纪三四十年代,一顶花轿把一位十三岁的女孩抬进了外公家门,作为新娘子的小女孩吃饭时,是爬上那个长条板凳才够着桌子的,那个小女孩就是我的外婆。外婆在与外公短暂而又苦涩的婚姻中共生下了十六个孩子,最后留下了八个,有几个是才生下就夭折,有的是养几年后走丢了。还有一个,就是母亲的二哥,是被外婆养到十八岁时得急性脑炎死的。三个哥哥中母亲最念念不忘的就是二哥,只可惜那个曾给她关爱和呵护的生命中的哥哥,却在大家毫无准备的情况下过早离世,留在心中的是永远的痛。

"三月菜花黄,人间疯狗狂。"这句话的意思是说,三月的时候,庄稼地里菜籽花开得金黄金黄,可是这期间正是野狗发病的季节,那些无人管理的野狗饿得四处乱窜。外公就是那次与情人幽会后在回家的路上,遭遇一条疯狗袭击,不久就狂犬病发而亡。剩下外婆一个裹脚女人带着九个孩子,艰难度日。但外婆却是一个毅力坚韧的女子,辞退家里的长工,仅凭外公留下的那点微田薄土,带着一群儿女种庄稼养活一大家人,大姨、二姨、三姨轮流出嫁,陪奁都很丰厚。为此,外婆在当地也为自己挣足了面子。

可接下来的时移世易,让外婆本已雪上加霜的生活,更加举步维艰。首先是外婆的土地被分出去了,房屋被封,外婆一家被迫搬到一个别人遗弃的破草房里。儿女长大成人,大舅结婚另过,二舅突然夭亡,以及后来三舅参军奔赴朝鲜,这些对于外婆来说,是一场接着另一场的离散,可对于年幼的最小的母亲来讲却是一场接着一场的灾难。

解放了,男女平等,四姨、五姨都上学去了,母亲两个在世的哥哥相继离开,外婆身边唯一的伴就是年幼的母亲,母亲也开始承担家中的大小粗活。我仿佛看见六七岁的母亲放养的那头母山羊,瞪着一双凶狠的眼睛,不愿跟母亲回家,抵着一对弯弯的羊角,两条后腿拼命蹬着泥土,急得母亲不知如何是好……

多年以后,当四姨、五姨远嫁他乡的时候,母亲已是一个十几岁的姑娘,从没上过一天学的母亲被安排进生产队的扫盲班,可母羊被吊死在地坎上的噩耗,彻底让母亲与文字永远失之交臂。外婆心痛母羊和母羊的三个羊羔甚于心痛自己的小女儿没有文化,因为外婆还指着三只小羊羔换油盐钱,母羊已死,三个小羊羔无法存活,油盐钱也变为泡影。

母羊死了,母亲挨了一顿暴打,从此生产队里又多了一个劳动力。后来大炼钢铁时期,钢铁厂里又多了一朵钢铁之花。我可以想象得到,那个时期正是母亲一生中最美好的青春岁月,随着青春滚滚的铁流,被焚烧殆尽。母亲走上了与她的四姐、五姐完全不同的人生道路,她的青春淹没在中国最饥荒的历史长河里。

外婆的离开,使得母亲愈加显得孤苦伶仃。是二姨把母亲牵引到她的身边,后来就有了我,有了我弟弟、妹妹以及罩子坡的那些故事。而外婆更是一棵无根的大树,被挪移过去再挪移回来,最后客死在我现在生活的这座城市。

也许,是上天注定的一场浩大的离散,让人们像一颗颗豌豆般聚拢,然后又一粒一粒消失在生命的土壤里,一锄头下去就天各一方。

马桑树儿搭灯台

马桑树，是家乡最常见的一种丛生灌木，别名千年红、马鞍子。四季常青，落叶，开细碎的花，不香也不艳，肯结果。成熟的马桑泡是紫黑色的，很甜，能吃，但不可多吃，多吃易中毒。

小时候，听母亲讲马桑树的故事。有一个皇帝骑马累了，到一棵马桑树下歇息，顺手把马拴在马桑树上，自己却睡着了，等他一觉醒来，发现马桑树长到了半天云，马悬在半空吊死了，皇帝气急，诅咒道："马桑树长不高，长到三尺要勾腰；马桑树长得快，一年发个嫩苔苔。"从此马桑树就再没有长高过，最多不过两人高就佝偻着腰，宽胖起来，像个母亲一样忠诚守护着身下的那片浓荫。

那年去张家界，听到一首最特别的民歌《马桑树儿搭灯台》，这首歌后来被歌唱家宋祖英带到了维也纳，宋祖英用独具特色的嗓音，把一位留守在湘西的小女子那份幽怨缠绵，思念与盼望，到最后又很失望的无奈和忧伤演绎得恰到好处。歌声在维也纳大厅绕梁三日，引起了国外友人强烈的反响。

在抗日战争时期至建国前，湘西是匪患和抓壮丁最多的地区，多数女子独守家中，一守就是一辈子，沈从文的那篇文章《街》就直接反映了当时的湘西的女人的生活状况，文章开篇说："有个小小的城镇，有一条寂寞的长街。那里住下许多人家，却没有一个成年的男子……"

大革命时期，湘西有十多万男人参加了革命，最后只剩下两万人，所以留守家中的大多是革命遗孀。男人们"为了国家，应当忘了妻子"，女人们则成了长街上寂寞的承受者，承受的不只是沈老那条长街的寂寞，更多的是承受了那一个时代的艰辛和磨难，那种远方离人不得归家的无奈。

《马桑树儿搭灯台》是桑植地区的农民艺术家朱耀榜依据上古流传下来的民歌《马桑树儿搭荫棚》改编而作的，讲述的是湘西女子最忠贞的爱情。

提到湘西女子，不得不想起另一个人，那就是戴桂香，她是贺龙将军的堂弟贺锦斋的夫人，也是贺家留守湘西七十二房寡妇其中之一。戴桂香与贺锦斋小时候是青梅竹马，16岁与贺锦斋结为夫妇，1928年4月二人完婚，婚后不到4个月，贺锦斋就投身了革命。临出发前多才多艺的贺锦斋教唱夫人一首歌《马桑树儿搭灯台》："马桑树树儿搭灯台哟，写封书信与郎带，你一年不到我一年等，你两年不到我两年挨，钥匙不到锁不开……"出门不到两个月，贺锦斋就在一次与国民党军队的战斗中中弹身亡。直到1931年，也就是贺锦斋死后的第三年，才被人找回尸骨，运回家乡，从此天人永别，陪伴戴桂香的就只有那一首《马桑树儿搭灯台》。

马桑树在湘西是最常见的树，湘西人称的灯台是另一种植物，常攀附在马桑树上。所以人常将女人比喻成攀附在男人身上的藤蔓。那些没有攀附的"藤蔓"，在失去依靠的日子里，成长为顶天立地的大树，独自撑起一个家庭的希望。但坚贞的守候终是没有守到离人归，却守来一个在异乡的归魂。孩子们多数从生下来，就没有见过亲生父亲，那份凄凉，是湘西女人最大的悲哀，一辈子的希望破灭，从此便陷入漫漫长夜的思念。

今天的我们生活在物质丰饶的和平时代里，我们还有守候吗？守候的人是否得到了应有的幸福？马桑树依然，人心依然否？往往我们所见，是近在咫尺的人，心却在远游，是物质丰富了我们的世界，还是道德的匮乏萎靡了精神领域，这不得不让人陷入沉思。

亲情相聚

烟火辞旧岁，红梅迎新春。万家团圆的日子里，我却躲在城市的一角，静静地思考。

我想，若在这个传统的节日里，与远在他乡的儿时伙伴们相聚，那该是多么令人兴奋的事啊！

还别说，我在狗年的新春佳节里，就遇上了这样激动人心的事儿。

初三下午，我急急忙忙地出门，去云阳新县城与兄弟姊妹们会合。

当天晚上，在滨江路的一家美食店，姊妹五个一起与父亲原来隔壁宿舍的陈孃孃的四个儿女聚在一起，场面非常热烈。酒席上个个感慨万千。

发起这次家宴聚会的人，是与幺妹一个单位的同事兼领导。酒席上酒酣耳热，在大家你一言我一语的回忆下，二十世纪我们在老县城的生活场景，徐徐拉开了帷幕。

1975年的云阳老县城，凉风台的一栋灰色砂砖楼里，挤满了从乡下来的职工家属。行车小组是当年整个云阳县城唯一的交通运输机构，我父亲是行车小组的调度兼伙食团长。

陈孃孃的丈夫姓罗，我们叫他罗叔叔，是一个转业军人，应该比父亲早来这个单位。我父亲是在"四清"运动时调出乡村的，因为那时候城市太需要知识分子，父亲最早是生产队的会计兼出纳，后来是乡政府的会计兼出纳。父亲为人老实勤快，所以才被领导看中。

就那么小小的一栋两层楼里，住了好几家带家属的职工，幸好当时我们都还小，勉强还过得去。孩子们都是自来熟，只要有一天玩在一起，自然都成了好朋友。我在1976年下半年进入云中读书，每逢星期天，我们这些孩子都在行车小组周边"打国仗"、捉迷藏，玩得不亦乐乎。

后来，由于形势发展需要，老县城逐渐完善，接着相继形成各大部门，行车小组更名为县车队，后来云阳县成立了群管站，后来又分出来成立了运管所、交通队、水利局、交通局……

父亲由原来的调度兼伙食团长，成为群管站执法队员、水利局的会计，再下乡学习……最终在20世纪80年代后期，被调到交通局做总务兼会计。

父亲被调到交通局后，恰好与陈嬢嬢是邻居。这期间，罗叔叔不幸突然病逝，在当年大家都很困难的时期，家中突然失去了顶梁柱，无疑是雪上加霜。陈嬢嬢一个女人，没有单位，没有职业，带着四个正在上学的孩子，每个月仅仅依靠摆水果摊的微薄收入，勉强维持一家人的生活。而父亲也正拖着五个子女，后来，除我不再读书外，其余四个子女也正处在初中、高中的重要阶段。但无论自己怎样贫穷，在陈嬢嬢需要帮助的时候，父亲都会伸出援助之手。

就这样，我们两家相邻居住了十几年。直到2000年，三峡大移民，老县城全部搬迁到了双江新县城，两家住房拉开了距离，再加上子女们逐个成家离开，后来两家父母又相继过世，年轻一辈才逐渐减少了往来。

现在，与我幺妹在一个单位的是陈嬢嬢的长子，对于幺妹来讲，他既是领导，又是兄长，工作中难免有所照顾和帮助。陈嬢嬢次子远在成都，幺女也远在云南，许多年都不曾相聚的两家人，如今相聚在一起，别有一番滋味在心头。我们都很惋惜，生活条件变好了，两家的父母却已去世多年，如果父母们在天有灵，看见两家的兄弟姊妹相亲相爱，他们心里该是多么欣慰啊！

我们约定，无论走多远，在每年的新春之际，务必都要回来相聚，共度新春佳节！我们不光相聚在狗年，也会相聚在未来！

婆婆的年饭

父母过世后,我们全家每年都在婆婆那儿过年。

不知什么时候起,我对亲生父母的依恋潜移默化地转移到了婆婆身上。

每年我们都要求婆婆进城,跟大家一起过年,可她不是说有鸡鸭,就是以种种理由推托。不得已,作为长子的丈夫,工作再忙都要过年带着全家人火急火燎地往家赶,哪怕腊月三十下午才放假也会赶回去。没有别的理由,只为不让老母亲一个人在家过年,更为了那两个牵心挂肚的字——团聚。

回到家,丈夫的第一件事,就是给已故的公公上坟、烧纸、放鞭炮。

而我,则忙着跟婆婆一起煮年饭,当然,近年来有两个年轻的弟媳妇,我也乐得偷懒,一大家人红红火火地把年饭蒸炒得色香味俱全。

婆婆是个极爱面子的人,每次回去都要弄满满一桌饭菜。她知道,只要她不进城,我们每年都要回去,便事先准备好了菜样,至少蒸几笼扣碗:烧白、粉蒸肉、粉蒸排骨、糯米丸子……更有油炸鱼丸、油炸酥肉、油炸徽子;汤菜喜欢粉条炖猪脚、榨菜炖母鸡;凉菜有凉拌心舌、凉拌猪耳朵、凉拌肚条等。当然,每年的年饭,一大盆鱼是绝不可少的。

女儿的姑爷在老家承包了一个堰塘,养的鱼足有十来斤重,用的是纯天然的青草饲养,年尾要请人打鱼,因此每年过年我们都有鲜鱼吃。

婆婆的年饭桌上,更是离不开特定的几样炒菜:黑木耳炒肉,青椒炒肉,家常豆腐……每年的年饭,不弄齐九盘十二碗,她是不甘心的。

我时常劝婆婆少弄点菜，少吃剩菜、剩饭。她却说，年饭吃光了会让别人笑话。

这样的固执源于以前的传统，年饭剩得多，便意味着年年有余，不缺衣食。我又想起自己的母亲在乡下的那些年月，每到年底都要蒸上一甑子米饭，一直吃到上九或者十五。婆婆哪知道如今正在提倡勤俭节约呢！

让人看不顺眼的是，年饭刚吃到一半，我家酒鬼通常饭桌上吵着要新鲜蔬菜，嫌肉太多，婆婆却乐颠颠地去地里现采，许多时候都被我们阻拦下来，另派人去揪豌豆尖，或者小白菜……她太惯着她的长子了！此后，每年我们回家，都事先在地里弄两筲箕蔬菜，以备临时需要。

不要以为婆婆很浪费，其实她是个最节俭的人，在年头岁尾为儿女们偶尔浪费一次，她乐意。但是，那些剩菜剩饭她却是一人在家慢慢吃了。无论我们劝说多少次，都充耳不闻。

今年有个小弟去了新疆，剩下两弟兄和一个姐姐都在城里，我们说让婆婆进城过年，而她却说来也可以，只是年货早准备好了，她要在老二家给我们煮一桌年饭……

我每年都盼望婆婆的年饭，巴不得年年如此。只是内心有种莫名的担忧，眼看婆婆一年比一年老去，如今已快八十高龄的婆婆，身体大不如前，不知这样的年饭我们还能吃多久？

你是我的猫

一

看着你,我真庆幸,当年没有把你扔在路边,或开车去很远的地方再丢下你,让你找不着回家的路。

生命中,人与人的相遇或许是命运所趋,而你能与我长久相伴,难道也是天意?我无法解释,唯独能感知的是人与动物之间的善意和相处融洽的快乐。

你在我身边躺着,前爪放在胸前,眼睛微闭,身子微蜷,肚皮一起一伏均匀地呼吸,过一会儿,伸出雪白的两只前爪,雪白的两条后腿也拉伸,把整个身子拉长,眼微睁又马上闭上,继续留在睡梦中。梦中的你喉咙咕咕噜噜的,像个可爱的婴儿,梦到高兴时,再翻转身子,屁股一扭,雪白的肚皮袒露在我眼前,头仰着,好看的三瓣嘴同样雪白,微微动一动,我仿佛看见你梦中的欢乐。因为,你是我的猫啊。

说你是我的猫,没错,如果这世上所有东西都不再属于我时,唯有你这只猫始终会陪在我身边。

我们之间的语言是相通的。我的手势你能看懂,招手让你过来,你两眼一眨不眨地盯着我,慢条斯理地尾巴翘上天,很优雅地走来,眼神仿佛在询问我要干什么。隔一个房间的时候,唤你一声"多多",你便飞快地跑向我,靠近我,在我脚边蹭着,然后"喵"一声报道你的到来。

很多时候,你爬上我的座椅,用头抵着我的肩臂哼哼唧唧,见我

土地的血脉

不理你,又试探性地伸出前爪踩在我的腿上,再小心翼翼地整个踩上来,我调整好双腿,你还要在我腿上转两圈,最后收了尾巴蜷曲着身子躺在我怀里。这时,你仰起小脑袋眯起眼,享受我的抚摸,像个孩子似的撒娇。我们之间拥有的温馨,是这个世界很多人都无法理解的。

现实里,人多是在需要帮助的时候,我才会成为他们的一部分,一旦不再需要,多是大路朝天各奔东西的路人。你一辈子离不开我,所以,我们才会拥有彼此,至少在我有生之年,你是我的猫。

查过一些资料,一只猫的寿命最多15年,而我也许还有20年才能走完人生这条道路,你是幸运的,至少我活着时你会活得很好。这个世界人太多,但人却有些冷漠,百年之后,还有谁能不孤独?这15年里,我会不遗余力地照顾你,我不希望你沦为流浪猫中的一员。

我不能对所有流浪猫负责,我仅有的能力只能用于照顾你,我不想你跟其他流浪猫一样,过早地离开这个不太完美的世界。因为,痛苦和欢乐都需要分担。

虽然大多数人总是认为人比动物更重要,而我却固执地认为,生命的重量是对等的。

你喜欢摊开爪子,用牙齿一根一根咬剥落的指甲,或伸出后腿,舔你的腿毛和肚皮。你优雅地伸腿,就是舞台探戈里的猫步。圆圆的一双琥珀眼,黄、黑两层眼圈,显得你眼睛更大。以前,我不知道你还有一个很有诗意的名字——乌云压雪,因为你身上的毛,是黑色的虎纹和豹纹,肚皮下面是白色的,四个爪子也是白色的。当书中介绍你这个很诗意的名字时,我不由得为自己的独具慧眼而骄傲,我一直把你当儿子喂养着。

澡同洗,觉同睡,所以,我在猫身上嗅到了人味,却在有些人身上看见兽行。

我揉你肚皮的时候,你抬起头看看我,然后又蜷缩着身子睡过去。我知道,你喜欢我的抚摸。

我把大部分关爱都给了你。一年365天,你的吃喝拉撒睡,包括洗澡、剪指甲、掏耳朵,都由我来照应。在我的关爱下,你健康快乐地活着。

你是我接生的猫。几年前的那个五月,你的母亲奥斯卡正值孕满待产。是夜,我们在外面吃饭回家,奥斯卡腹痛得跟在身后喵喵叫,我见它羊水都破了,怜惜之情油然而生。

我知道它要生宝宝了,急忙在地上铺上纸壳,奥斯卡听话地躺下来。抚摸后,发现腹中胎儿很平静,我想它应该能平安生产。不出所料,不一会儿,奥斯卡站了起来,屁股后面掉出来一个毛茸茸湿漉漉的小家伙,接着第二个、第三个。我怕它们冷,找个大纸盒,垫上一些衣服和棉布。可奥斯卡睡不住,不停地来回走动,我怕它踩到了小宝宝,把它再次放到地上,奥斯卡显得很不安,反复折腾后,我又发现它屁股后面掉出来两只小猫爪,看它那么努力还生不下来,我捉住两只小猫爪顺着往后拉,这个被拉出来的小家伙就是你。

二

记得那一年,女儿在楼下发现路边的纸盒里,躺着一只可怜的小猫,后来,那只黄色虎纹的小家伙就成了我家的座上宾。

照顾它要比照顾你麻烦多了,未足月的奥斯卡,我要买牛奶喂它,渴了要喝水,饿了会"喵喵"直叫。那么小的一个生命,很会依赖人,而不懂人类语言的它,却懂得用柔软来换取别人的同情,就像文人用文字以博取别人的注意。

女儿在重庆进行美术集训的时候,奥斯卡在家里无人照管,我只好带它一起上重庆。我到哪儿都会带上它,人家遛狗我遛猫。你的母亲就像《哆啦A梦》的小咪一样趴在我的肩头,走遍了重庆黄桷坪的大街小巷。

奥斯卡很依赖我,我是它的伙伴、它的妈咪,它独自享有我和女儿的宠爱。当有一天,家里突然来了一条小狗,奥斯卡如临大敌。

那是一条被人遗弃的杂交雪纳瑞犬,嘴上长着两撇高尔基似的胡子,名叫"红绿灯",我们叫它——灯。灯的到来让奥斯卡很不爽,嘴里发出"呼呼"的警告声,可灯还是被女儿带进门了,奥斯卡躲在我身后,浑身的毛竖立起来,像个准备决斗的刺猬。僵持好一阵,灯饿极了,不顾奥斯卡的反对,径直去吃奥斯卡碗里的猫粮,喝它的水。这还得了?奥斯卡被气得无以复加,嘴里的"呼呼"声更响、更愤怒。我想,它如果会说话,可能要吵翻天了!

我们为灯进行洗澡除虫子等一系列清理后,女儿走了,仅剩我们仨在家,三双眼睛瞪着对方。我坐下来看书上网,奥斯卡盘踞在我膝头睡觉,灯在一旁羡慕地转来转去,终于熬不住寂寞,伸过头在我脚边讨好似的亲吻、摩挲。奥斯卡在我怀里敏感起来,我猜它根本就没睡着,气得"呼呼"地怒吼,伸出爪子要抓灯,扇它的耳光。灯先是避让害怕,后来竟然不理会奥斯卡那一套,把整个身子靠过来,终于,猫爪抓到了狗鼻子,疼得灯"嗷嗷"直叫,灯被疼痛激起了,一个箭步追上去。奥斯卡本能地一蹦,跳到了屋里唯一的制高点——电视柜上,与灯僵持着,灯没撑着猫,气得"汪汪"地吼,最后在我的制止下,它们才渐渐安静下来。

奥斯卡争宠的本能是极强的,看见我抚摸灯的背,那份醋意足以燃烧整个宇宙,"呼呼"声时而发作。灯进门的那一天,它就有些郁闷难过。

有了灯，出门我就不遛猫了。灯不喜欢在家方便，非要出门去野地。灯在外面是很兴奋的，对一切都那么好奇认真，走几步都要闻一闻、嗅一嗅，每棵树干上都会撒尿做记号，即便是这样，它后来还是走丢了，忘记了回家的路，也许灯原来的主人换得太多，它的记忆很混乱，不知道自己该回哪个家吧。

灯每次见我要出门，都非常兴奋，它很乖，可怜巴巴地看着我，像人那样温情，那种无法形容的温柔足以融化每个铁石心肠的人。奥斯卡也很兴奋，可是我不能带它们一起出去，最后留在家里的始终是猫。几次这样的经历后，奥斯卡每次见我梳洗打扮，都会不停地在身边转来转去，很不安，它害怕孤独。

相处几天后，突然有一天见它们两个兴奋地在房间内打闹、追逐，我才明白它们不知从何时起，已经成了好朋友。就像我们有些人一样，看似打打闹闹，内心却是最真挚的朋友。

后来因为灯的走失，不光是人难过了很久，连奥斯卡也叫了好多天。

三

半年后，奥斯卡已经成年，成年的猫就像人要谈恋爱一样，整日地叫唤。奥斯卡一窝生下四只小猫，三公一母，两个月后我逐个送了人，唯独留下你这个憨憨的、眼睛圆圆的家伙，跟你妈咪做伴。

第一个送出去的是老二"小二黑"，取名小二黑是因为它毛色偏深，全身虎纹，让我想起《柳堡的故事》中那个又黑又壮的小伙子，我就借用了他的名字。

小二黑是一只郁郁寡欢的小猫，我每次见它们四个的时候，其余三只都在一起打闹成一团，唯独小二黑在旁观，大有劝架之意，一副很明事理的样子。小二黑的毛色不是我喜欢的那种，但它的性格温和，吃饭从不挑食，让我不由得另眼相看，没用多久它就长得比挑食的老大妙妙、老三花花高大，所以当有人来家里要猫的时候，小二黑是最先被送出去的那一只。

那天奥斯卡睡意正酣，我用兔笼子把小二黑放进去，开始它感觉好玩钻了进去，后来却慌了，没待它发出声音，我叫来人用一个塑料袋提走了，临出门的时候，我给它带了些猫粮，叮咛捉猫人一定要善待此猫。

奥斯卡一觉醒来，发现少了一个儿子，心慌慌的，四处寻找，它在小二黑喜欢睡觉的影碟机角落去找，看了一遍又一遍，但它再怎么看也看不出一个小二黑来。当晚，小二黑随人下宜昌去了……

奥斯卡找了一个礼拜，终于渐渐淡忘，毕竟它还有三个孩子，每天热热闹闹的，很开心。

可是不久，又一个人来捉猫，老三花花又要离开了。老三的四只脚上都有白色花斑，一只前爪的白毛多，像穿了一只靴子，另一只白毛很少，像个小叫花，穿着不同的两只靴子。后面两只脚也一样，所以给它取名叫花，后来干脆叫它花花。

花花是那种男生女相的猫孩，性格温柔得像母猫，可是，对于猫类来讲，恰恰是公猫温柔，母猫凶恶。花花被带到乡下喂养后，我一直想去看看它，却很长时间没有机会。直到有一次，我顺道走亲戚，问起花花时，才知道它已经不在人世了。主人说花花最后不吃不喝，就那么慢慢地睡过去了。花花是一只很乖的猫，喜欢跟她一起睡觉，撒娇时钻她的怀抱，很会捉老鼠，开始生病的时候，跟在主人身后叫，主人带它去打了两回针，也未能挽回花花的性命。

想起花花躲在门后的照片，那副憨态可掬的萌样，至今历历在目，心里很不好受。

家里只剩下了三只猫，作为母亲的奥斯卡很伤心，它每天满屋子打转，却发现孩子们一个个地不见了，它"喵呜……喵呜……"地叫唤、哭泣，可怎么都不能唤回它的孩子们，后来就慢慢淡忘了。只是，我感觉它越来越珍惜身边的两个孩子。

每天看着它们打闹的身影，我都替奥斯卡难过。世上的亲人会隔着越来越遥远的距离，最悲催的则是再也没有相逢的那一天，抑或是再见也不能记起你是谁。猫的记忆很有限，亲母子二十多天不见就认不出谁是谁，奥斯卡和它的孩子就是如此。聪明的奥斯卡也许明白，它们在一起快乐一天是一天，总有离别的时候，至于未来如何，它不能预料，也不能把握。

温情总是很短暂的，相聚和离别只是生命中的一种遭遇。猫类跟人类一样，母亲的牺牲是最大的，承受骨肉分离的痛苦也是巨大的。所以，无论人类和动物，做母亲的都很伟大。

小猫越来越大，奥斯卡新一轮的叫春又开始了，我真害怕它出去又给我带回一窝猫崽，让我犯难。当有人跟我要猫的时候，我答应把猫送给他们，小母猫妙妙被我送给楼下卖副食的生意人，可是，妙妙后来走丢了，那大概是主人没有照顾好它的缘故。母猫奥斯卡被送去了乡下，其实，最大的原因是我想让它去乡下自由地出入家门，自由地生育，但愿奥斯卡能遇上一户好人家。

最后留下的就是你——多多。

土地的血脉

四

被留下的你，却在一次杀虫事故中受到了伤害。第一次喷杀虫剂没毒到你，我以为无事，几天后我又实施了第二次，结果，那天你生气地抓伤了我，后来干脆躲起来不见面，也不出来吃喝，我知道你被毒到了。

当你出来向我要吃喝的时候，肚皮和腿上的皮毛全部结成了硬块，你每天不停地撕扯着要脱落的皮毛。我被震撼了，害怕了，习惯于逃避问题的我，不能接受自己的过失，难过、郁闷、生自己的气，我终是没有养好你，所以决定把你送人。

我把你送给楼下卖水果的老人，连同你的便盆、睡觉的猫窝。我想你在别人家日子好过点，楼上楼下的距离，让我可以在想你的时候去看看你。

可生意人毕竟是生意人，他们唯利是图，折本的买卖从不会做的。那老头只当你是一个捕鼠器。从来不曾捉过老鼠的你，居然在他漫天灰尘的阁楼里，捉到几只老鼠。他很高兴，臭鱼烂虾都扔给你，你不吃不喝他也不管，还说你挑食。他哪知道，你是一个爱干净的小猫，臭鱼烂虾从不吃，脏水从来不喝。

在脏乱差的环境里，每次我去看你，你都舔着我的手，舍不得我走，离开时，你跟在身后可怜巴巴地叫着，跑着要回家，那叫声特别凄惨。可胆小的你，在有生人或有车来时，又退回他的房间。几次三番后，旁人都看不过去，他们要我把你带回家。我终于下决心抱着你，给你洗澡刷毛，剪指甲，你的皮毛又恢复到原来的浓密，白的更白，黑的更黑，高兴起来满屋欢乐地跑跳，发怒时威风凛凛。从此，你就是我的唯一。

喜怒分明的你，喜欢黏人，喜欢对着镜头拍照，每次拍你的时候，你都很兴奋，有时还在沙发上打滚。

"看我，看我，多多……"镜头对准你时，你盯着看了又看，没看出啥名堂，往前走一步，还是看不出，再走几步，发现我们在做小动作，你有些不服气地张开三瓣嘴："喵……"可爱的四颗犬牙露出来，舌头红红的，一副凶恶的样子，但你给人的形象却很乖、很可爱。我抓拍下你发怒时的样子，把我们母女俩笑得喷饭。

你撒娇的本领从不要人教。其实你是不讨好人的，只是人类喜欢猫可爱的行为和动作，误以为猫会讨好人。猫有猫的尊严，猫是独立的动物，猫更是自己的主人。猫打滚纯属兴奋情绪的宣泄，从这一点来讲，人类应该向猫学习。

打扫卫生时，你在一旁玩得不亦乐乎，你最见不得的是布带或者毛线，只要有谁拖着东西走过，你会一路追过去。即使地板上有水打滑，你摔跤后，也会爬起来继续追。你喜欢捉迷藏，躲在沙发下面，却不小心露出了尾巴。捉迷藏时有人经过，你会给人一个突然袭击，从后面抱住脚腕，把人吓得尖叫。

没有玩具，吸管就是你的玩具。不给你吸管的时候，便自己去牛奶盒里找，用你的牙齿撕下贴在盒子上的吸管。我家的每一箱牛奶不是牛奶先喝完，而是吸管先没了。你把吸管抛向空中，然后跳起来两只前爪接住，两条后腿站立，你突然变得高大威猛、虎虎生威起来。

以前我们只知道猫和老鼠是一对宿敌，但最近发生在你身上的事，让我完全改变了观点。

你不吃不喝地日夜守在我的床角，身子都消瘦了，偶尔伸爪往床缝里摸摸，终于守到第三天夜晚，突然见你嘴上叼着一只小老鼠，从身边迅速跑开。

小老鼠在你几天几夜的守候下，终于忍不住饥饿出来找吃的，继而被你生擒。可你并没有把它怎样，你把小老鼠放在地板上，退到远远的角落观望，一旦它逃走，你就迅速捉回来，还给它几耳光。小老鼠被反复捉回几次，再也不敢轻易逃跑，睁着一双黑亮亮的贼眼，随时思考着对策。我抓一些米放在老鼠面前，让它吃，以免饿死，小老鼠也装得温顺起来，一副听天由命、不再逃跑的样子，甚至我把它放在你身旁一起睡觉时，它装作睡着了。结果，你却真的睡着了。

　　当你醒过神的时候，小老鼠却不见了踪影。

　　你是太寂寞了吗，以至于把宿敌也当成了朋友，或是只把它当成了玩具。迄今为止，家中有你才有生气、有活力，你是我们生活的乐趣。我想，如果哪一天，我们之间突然不见了谁，生活又该怎样继续？

赶场

一

在信息还不发达的二十世纪,场镇是人们与外界的信息联络处,场镇也是男女相亲最初的媒介所,场镇更是土特产乃至一切商品的交易所。

人们离不开场镇,千方百计地撵场。在山区还没通公路的年月,人们翻山越岭、背包挑担,就是为了赶场。人们千方百计地将家向场镇靠拢,就为了离场镇近一点儿。

我的家乡在长江沿岸的山区,长江是一条水上运输纽带,而场镇就是播撒在长江两岸的一颗颗明珠,给贫困时期人们的生活增添一抹亮色。许多场镇沿河而建,沿河而建的场镇是连接水陆的交通要道。但乡下的场镇大多数都在山里,不通公路。

老家的场镇设在一座山顶的垭口,因住这里的多数人姓魏,所以命名为魏家场。整体建筑是从清末民初渐渐形成规模的。它给我的印象就是:三四棱腰墙石上,有几圈转板墙抑或丈八高的土砖墙。讲究一些的人家,在墙上糊了一层白石灰;不讲究的是泥土本色。屋顶几乎都是清一色的青瓦盖顶,条件好一些的人家,屋内还有一层木板楼。

一条青石板街,从入口曲曲折折地贯穿到场镇的另一头。一头是卖农具竹篾的场地,有竹背篓、竹箩筐、竹椅、竹筲箕等等;有农人的木工艺制品,木椅子、木桌子、木板凳、木菜板等等;有远处来的土陶制品,盆、钵、碗、碟等等;有本地的农副产品和小吃,有卖草药的、卖瓜果蔬菜的等等。另一头是牲畜的交易场：卖猪、牛、羊、鸡、鸭……

正街是一家挨一家的商铺，有卖衣服的、卖酒的、行医的、卖录音机的、开小食店的，还有生意特别好的肉铺子。当然，更有每一个场镇都少不了的国营商店——供销社。

供销社，以前也叫合作社，经营范围很广，大到有化肥、农药、锅碗瓢盆、棉被布服、铁杵、锄头等生活必需品；小到有糖果、饼干、火柴、针头线脑等零碎物件。

包产到户前后，生活在山区的农人有几忙：春播、春收、夏收、秋收、冬种、砍柴。可除了这几忙，农人还有一忙，那就是忙赶场。

赶场，北方人也叫赶集。当时，由于山区交通不便，商品流通也不通畅，农民们赶场要跑很远的山路，每间隔三四十里地才有一个场镇。根据此情况，在二十世纪九十年代初，还专门增设了一些场镇，以方便沿海进来的商品以及内地农副产品的交易畅通。

没有电灯的年月里，山里人是离不了煤油的。没盐了、没灯油了，把平时积攒下的鸡蛋拿去卖了就能买回油盐来；想买新衣服了，恰逢春天的栽种时节，把房前屋后留着的蕉芋种挖起来，挑两筐上街卖了就可以买件衣服。年猪杀了需要替槽猪儿了，也要赶场去猪市场买小猪……

总之，农人是在急需日常生活用品时才赶场的，平时都各自忙活在承包地里。

农村赶场日有三六九、二五八、一四七之分，老家那里就是每逢三六九赶场。赶场天须是晴日，雨天一般是不赶场的，除非要买很急需的用品。

天气晴好，地里的农活不当紧了，包谷苗的肥已经施过，秧子已经栽上坎了，这时候就可以优哉游哉地去赶场了。

一大早起来收拾整齐，等着几个伙伴一起出发，都是一个院子或一个生产队的人，头天都约好了。这时，你带一口袋鸡蛋，小心翼翼地提着；我背几十斤米，步履蹒跚地走着；他提着几只鸡鸭或挑一担红薯种，急忙忙走在山道上。关系好的还会在半路上轮换着背挑，一路走还一路扯些闲话，不一会儿就快到场口了。

要到场口的时候，自然会有那些收鸡蛋、收鸡鸭的贩子，讲好价钱，再过秤。俗话说，无商不奸，那些鸡鸭贩子都是久经沙场的人，缺斤短两是常有的事。那秤是经过特殊处理的，正常秤十两一斤，而鸡鸭贩子的秤至少得十二两才算一斤，鸡鸭刚挂上秤钩，秤杆翘得老高，贩子们手脚麻利，不待卖主看清点数就迅速取下鸡鸭，从他们嘴里报出的数字自然就短了些许斤两。卖主很老实，也很无奈，让贩子给钱走人。鸡蛋通常按个数算钱，若是鸡蛋个儿太小，贩子又会少给些价钱，几分、一毛不等，卖主想早早卖掉，也只好接钱走人。

大米和蕉芋种要上场才能卖掉，几个赶场人就四下分散开来。需要买盐、买煤油、买衣服的都往街上走。

一路逛着街，耳朵里听着摊子上录音机传出的歌声，那歌声随风飘荡，让人心也跟着荡起来，麻酥酥的。"甜蜜蜜，你笑得甜蜜蜜，好像花儿开在春风里……我一时想不起……"一路打望身边哪个姑娘长得好看，哪个小伙儿长得帅。大家推推搡搡，东看看，西望望，一会儿看看左边摊上的毛线，一会儿挑挑右边摊上的袜子，一会儿试试服装店里的衬衣，一会儿穿穿鞋摊上的胶鞋……这在商家看来，他们就是"盘摊"来的，所以面露不屑。兜里的钱实在有限，只好去供销社里买了盐巴，打了半瓶煤油，转身回到大街来，闻着饭店里飘出来的盐菜扣肉味，直咽口水。

二

从早上六点起,就已经有人摆好摊位了,各种货物,一望便知,一切准备就绪,只恭候赶场人的到来。

开始几个、十几个赶场的人在街上穿梭往来,挑担的前后各抓着箩筐,一路喊着:"看到起,盯到来,扁担夺背脊,箩筐挂衣服哦……"

大人牵着小孩,一路看一路品评货物的好坏;小伙儿跟几个年轻姑娘有说有笑地挤在人群里,左右观望;男人带着媳妇商量着要给儿子买件衬衫;老头、老太婆也来逛逛街景,发现货物越来越齐备、越来越好看……渐渐地,太阳已经当头照,男的、女的、老的、少的、高的、矮的、胖的、瘦的,都走上了街道。烟味、汗味、狐臭味、脚臭味直钻鼻孔,让人不由得捏紧了鼻子急急忙忙往前窜。

挑担的、抬货的一看这架势,很自然地从场的背后绕过去,不敢轻易上街来。人们的脚步越来越密,越来越缓慢,成百上千只脚不停在走动。距离远点,已经渐渐分不清是脚步声还是说话声,单个的声音早已埋没在一片嘈杂里,原来还听得清有人高声喊:"跟紧点!"后来却变成一片模糊不清的嘈杂。赶场的人越来越多、越来越挤,人们像潮水般挤过来再挤过去。挤不动时,必定有人在做他们的"业务"了,那就是扒手最好的下手时机。

等挤过去了,站在宽处一望,满街人头耸动,挤出来的人,有的喊把草帽搞丢了,有的喊鞋子踩坏了,有大人在找挤掉的小孩,有奶奶喊着孙女的名字,有父亲在找儿子,有儿子在找母亲……吵嚷得不可开交。

特别是那个手拿叶子烟杆的老头,下身着一条"一二三"坛子口的棉布裤,用一条绳子紧紧系着消瘦的腰身,裤腰带上系着一个"猪腰子"荷包。往往那"猪腰子"荷包里,还有一张手帕,手帕里有几张卷了又卷的纸币,十元、五元、一元、两角、五分不等。那是他一年到头舍不得吃、舍不得穿,积攒下的全部家当。

待老头挤到一处靠墙的角落坐下,把叶子烟裹了再裹,豁牙的瘪嘴吧嗒几口,再吐出一口烟,这才长长地出了一口气,方才想起钱包的位置,一摸,大惊失色,"猪腰子"荷包不见了!以为是带子松掉了,急忙看地上,没有!转过身去看背后,还是没有!突然醒悟过来,这是遭扒手摸了!当即捶胸顿足,骂道:"嗬呀,唧个得了哇?我的钱啦!"使劲回想起拥挤的时候,谁离自己最近,哪个陌生人撞了自己一下。心中又暗叹,谁叫自己当时不注意呢?

年轻人遭扒手摸了,只是脸红筋胀地骂几句,哑巴吃黄连,有口难言。年老的可就一屁股坐地上哭天抹泪了,一顿指天骂地的诅咒,但也无济于事。关键是扒手脸上没刻字,谁也不知道是谁扒走了他的钱。大家面面相觑,庆幸自己的钱包还在,不由得伸进裤兜里把钱捏得紧紧的。

望着街上拥挤的人群,许多人却站得远远的。往往那些大叔大妈,他们赶场不止是为了买卖针头线脑、犁头挖锄、油盐柴米,更多的是为了碰见熟人、亲戚和朋友。

儿女都成人了,亲戚带信来说,他队里某某人家的儿子不错,年龄与自己女儿相仿,如果大人有意,可以乘着赶场的机会带着女儿看看那小子,如果中意,再上家里正式"采访"。人多很拥挤,大妈还没看见亲戚,正在跟旁边人闲谈,突然听见有人喊自己,顺着声音看过去,亲戚到了,指着远处几个小伙儿说,高个子男孩就是他说的那小子,是个砖工,现在在外面给人砌房子。大妈心中暗喜,小九九盘算着今后要如何如何。接着悄悄跟亲戚说,自家女儿也赶场来了,那个头扎马尾,身穿粉红衬衫,脚蹬白色运动鞋的漂亮姑娘就是。亲戚一看就知有戏。就这样,大人牵线,隔天小伙儿就上门"采访"来了……

一门亲事就在赶场天酝酿好了。

男人们站在街边,一边抽着呛人的"大前门",一边说着田头地里种了什么,哪些是经济作物,指望今年价钱好,哪些作物今年长势特别好,哪些作物长苗子不抽穗,浪费了肥料。耕牛越来越没人养了,指望出点经济作物,来年买台机器耕田,减轻负担……

待人潮稍退,街道上有所松动,赶场的人才从街的另一头转回来,再看看一起来的伙伴们,早已不见了踪影。

三

赶场天生意最好的要数肉摊。自从改革开放起,不再凭票供应食品,农民养猪的积极性特别高涨,家家户户每年都会养出几头肥猪来,留一头当年猪,其余全部杀了在场镇上卖。这么一年下来,地里的肥料钱,人情往来的随礼钱都齐备了。那些年,很多人家靠养猪还略有积蓄。

屠户,我们那地方叫杀猪匠。每逢赶场日子,天不亮就去帮人杀猪,把猪破边分成左右两大块,一块硬边,一块软边,俩人各背一块上街,放肉摊摆着。拿出用粽叶搓成的环子,与割肉刀、砍骨刀摆放在一旁,恭候买肉的人到来。

赶场的人陆续多了起来,买肉的人来到摊前,指着软边的猪肉,"师傅,来两斤宝肋。"杀猪匠拿刀在布满油腻的围腰上抹了抹,扯过猪肉,顺着猪肋连皮带肉砍下两根肋骨,一过秤,两斤半了。买主说多了点,杀猪匠面露难色,赔着笑脸,眼睛眯得只剩一条缝:"你老人家还在乎多二两?一大家人还不够塞牙缝的。"

买肉的也不再说啥，在裤兜里摸出一叠钱来，数清了元角分，递过去，接过钱的杀猪匠，提刀剁在肉皮上，刚好剁出一个三角口子，拿一个竹叶带子穿过一半，将竹叶带子两头一系，手指头一勾，提起递给买肉的，那人提过肉，转身走人。往往一头猪是软边先卖完。农民们都知道，软边少一些脊骨。

一位老大爷来了，望着杀猪匠："给我来半斤猪肝噻。""好嘞。"杀猪匠一刀儿割下挂在竹竿上的半牙肝来，一称刚好半斤，老大爷赞赏地伸出大拇指："神手！"杀猪匠不觉得脸红了："老辈子过奖了。"

越来越多的人来称肉，都是要买前腿背胛子上的肥肉。那些年农民都很穷，家里都缺油水，所以一头肥猪最肥的部位也最先卖完。后来者眼看前夹、肋骨部位的肥肉都没了，很无奈，只好叫杀猪匠在后腿割了两斤，提回家，还被老母亲一顿埋怨："称个肉都称不来，油水都没得，炒菜还巴锅。"

一头猪很快卖完了，有时候还让家里杀一头"赶场猪儿"，以满足赶场天人们对肉食的需求。

四

每个赶场日子里，都有几个"特殊分子"。那是几个七老八十的老头，人家赶场都是急急忙忙买卖完东西回家，而他们赶场从来不着急，他们是来享受的。

那些年，人们的生活不像现在天天有肉吃，一个月难得打一回牙祭，肚里天天都是玉米面糊、红薯、洋芋。清汤寡水的日子，家里的老人怎受得了？那几个老头年轻时都是手艺人，篾匠或木匠，再不济也是在街上卖竹刷把、卖鸡毛掸子的老生意客。屋里的后人懒得管他们，家里穷,不能时常孝敬老人,老头上街自谋一口吃食,后人哪敢说啥?

几个老头也不求生意多好,一个赶场天卖够当天的酒饭钱就很知足。待人潮渐渐退去,街面上只剩下稀稀落落的几个人走来走去,眼看快散场了,老头才背着一背篓竹刷把,手里拿着一捆鸡毛掸子慢吞吞地踱到饭店门口。

饭店是原来的国营饭店,因为长期经营不善,后来干脆卖给一个员工,所以饭店也变成私营的了。为了更好地经营这个饭店,老板还专门去拜师学了厨艺,蒸、炒、焖、炖,样样俱全。

老板娘白生生的一张圆脸,浑圆的屁股,走起路来身上的肉都一颤一颤的,见来人是常来光顾的熟客,急忙赔着笑脸,手在围腰上揩揩水,急忙拿张抹布抹着桌子板凳:"进来坐,进来坐,老人家今天生意还好嚛?"

老头进屋,放下背篓,把鸡毛掸子搁在背篓上,淡淡地回:"是这样的。"拖过板凳坐在桌子旁。老板娘风车似的一个转身,手提茶壶来到桌前,边倒茶边问:"老辈子,今天想吃点啥?还是老规矩吗?"老头连连说:"老规矩,老规矩!要软点的哈。"然后老板娘敞开喉咙对着厨房喊:"李老辈子,老规矩!扣碗要软点的!"

所谓老规矩就是,二两高粱老白干,一个粉蒸肉扣碗,一碗大骨萝卜汤,再加一碗米饭。老头猛喝了一口茶,润润喉咙,老板娘已经打了二两高粱酒端来,一脸挂二胡的老板笑眯着眼,端来了粉蒸肉扣碗,回转身再端来一大碗萝卜汤。

肉香随着冉冉上升冒出来的热气,径直往鼻孔里钻,肚子里的馋虫直往上爬,咽了一口口水,伸手从筷筒抽出筷子来,夹了一块连皮带米粉的肉放进嘴里,豁牙的嘴慢慢咀嚼着,仿佛在咀嚼着整个人生。

就着几口萝卜汤夹了几块粉蒸肉垫垫肚皮后,老头端起酒杯呷了一口高粱老白干，神色就渐渐晕乎起来。话匣子也慢慢打开了，不论旁边坐着的是谁，都把那些陈谷子烂芝麻的事，交流得滚瓜烂熟。

最有意思的是，卖竹器的、卖木器的、卖竹刷把的几个老头全都到了饭店里，凑在一张桌子上，抿几口老白干，咀嚼着花生米，东一句西一句地畅谈起来。

一个说现在的生意比以前好做多了，一个说不见得，因为很多家庭已经不需要竹刷把了，取而代之的是清洁球了；或者是说买木板凳的很少了，大家都喜欢外地进来的塑料凳子。

一个老头说，时代在变嘛，我们都老了，现在，跟我们一般大的人都看不见几个了，昨天张家院子的老幺悄悄地走了，今天晚上回去还要为他坐夜。

另一个老头说，我们赶场的这条街都快上百年了，从他记事的时候起，这条街兴起了好多年。那时候，这里是一条非走不可的官道，位置刚刚在垭口，所以民国时期，这里出了不少"棒老二"。曾经一顶花轿打这里经过，新娘子却被抢走，成了棒老二的婆娘。唉，可惜了！那么乖的媳妇。

酒慢慢喝着，闲话慢慢扯着，正午的阳光明晃晃地照得人睁不开眼，街上已经看不见几个人影，农人活多嘛，人人都急急忙忙往家赶呢！瞌睡虫肆无忌惮地爬上眉梢盖住眼，困得都快睁不开了，待二两酒下肚，人也只差趴桌子上见周公了，但还是强撑着站起身来，家里还有一大堆活等着呢！不能光让儿子、媳妇、老伴在家里忙，回家多一双手，也多一份帮衬，然后背上背篓，抱着鸡毛掸子，顶着烈日出了大门，歪歪倒倒地回家去……

五

  生意各做各。一条场镇就像一个万花筒,样样俱全,除了具备上述各种商品和买卖,场镇上还有最原始的一种买卖,那就是打铁。

  一个场镇最多不过两个铁匠铺,分别在场镇的两头,一个在东,一个必定在西,一个在南,另一个必定在北。

  脚步匆匆的赶场人,买卖完东西便急急忙忙地回家。脚步缓慢的人,多是赶场来玩的,或者是手提两把烂锄头,让铁匠重新给他"回火"来了。"回火"可是很费功夫的事,农民自古有"张打铁,李打铁,打坨毛铁叫我歇,赶场打铁一天到黑"的说法,意思是修理锄头需要很长时间。把烂锄头放火炉里烧得快要熔化的样子,然后夹出来在砧子上反复锤打,一次不行两次,两次不行三次,直到裂口黏合在一起。就这样,几把锄头在天黑之前才能打好。

  山区的所有农用铁器,原来都出自场镇上的那些铁匠铺子。只是后来,随着打工大潮的兴起,种地的农民越来越少,外出务工的人越来越多,铁匠铺的生意越来越难以维系一家人的生活。慢慢地他们就拆去炉灶,收了砧子,后来干脆拆了棚子,炉火再也没有燃起过。但是,大家的生活另有源头,多数人家的儿女们都外出打工了,日子也渐渐地红火起来。

  老场已经很老了,原有的木楼梯被腐蚀得像爷爷跛了的脚;品字形的花窗都烂了,被人拆下,就像奶奶的嘴豁了牙,黑洞洞的;偏屋的茅草棚,被风吹得乱了,就像妈妈花白的头发……

  场上的人大部分都走了,像长大的儿女,一个个陆陆续续离开家,走遍天涯,四海为家。如今的老场已经废置在一旁,无人问津了。

六

　　新场镇就建在老场旁边，除了不能走的老弱病残，大多数人都是新农村建设时迁徙来的住户。有的是熟人，有的是山上下来的，有的是为了做生意的沾亲带故的人。他们组成了现在的新场镇。

　　场镇新了，赶场的人却少了。如今赶场的人，到场上随便转转，再也见不到曾经那种热火朝天、人潮汹涌的热闹场面了。那种场面就像黑白电视机上闪烁不定的影子，抖动着、抖动着，抖过了岁月，抖过了艰辛，同时也抖落了苦难。

　　大多数年轻人都不在家，外出打工的时候，谈恋爱交朋友都在外地，一些人索性把家也安在了外地。山上的人下来了，山下的人却走了，只留下一些年老的人守着那个家，守着场上的摊位。回来的打工仔挣了钱，在城里买了房，也不回场上住了。场镇就此渐渐冷清下来，沉淀属于自己的岁月，静默以往的喧嚣。

　　民办学校的向老师已经退休了，拿着几千块退休工资快乐无忧，在每一个赶场天都上街来观望。买不买东西无所谓，反正有的是时间，不再需要边上课还一边记挂着地里的庄稼，碰见熟人就有说不完的话，一聊就是大半天。住在场上的大多数老人，都买了社保，每月有基本的生活保障。山上的地几乎都不种了，用于退耕还林，保持水土不流失。家家要种就种点近处的肥沃土地，种点蔬菜瓜果，以方便自己食用。因为，土地不再是维系生活的唯一来源。

　　一切都在改变，一切都在朝前走，街上已经看不见几个老面孔了。这一拨去了，新的一拨又到来，一年四季不停地更换，年年岁岁，岁岁年年，新旧更替。变了！从听广播到听收音机，从听收音机到双卡录音机、影碟机；从看黑白电视机到彩色电视机；从煤油灯到电灯；

从传呼机到大哥大,从大哥大到智能手机;从翻山越岭去银行取钱到微信扫描支付;从一个月收到来信,到网上即时聊天……一切都变了,变得太快了!变得老大爷会玩微信,变得老奶奶会视频对话……是的,一切都变了!唯独不变的是满嘴的乡音,是骨子里流淌的血脉,是眼中流露出的善意,是相见甚欢的亲情。从温饱到小康,无所谓钱多钱少,够用就好;心态变了,知足常乐,才是老百姓的安身立命之本。

从一个场镇窥视百年的世事沧桑,从一个场镇窥视普通老百姓的生活变化,从一个场镇窥视整个中国,犹如巨龙正腾起滔滔巨浪,我们的祖国正走向富裕安康!

让生命同等

我见过许多野外的小动物，它们对人类是有防范之心的。

原因是大多数人类，从没把动物当作同等的生命。

究其最根本的原因，是人类自视甚高，基于对异类的歧视，许多人为所欲为地践踏小动物的生命，甚至践踏比自己弱小的同类。

据腾讯新闻描述：一伪爱猫人居然每天杀猫一百。甚至，我亲眼见有人捡来小狗养大，直接杀了吃肉。诚然，人类在寻求生活的多种方式，食物链也五花八门，有那么一部分人，总是一味地追求食物的新奇和高营养、高蛋白，这就让一些居心叵测之人，追逐暴利而对弱小动物以及珍稀动物大举屠刀。

今天，我不想老生常谈，讲猫狗是人类最好的朋友，我想就生命是同等珍贵，谈谈人类该不该善待比我们更弱小的生命。我怎么都不相信，那养狗之人竟能眼睁睁看着面前流着眼泪的狗而下此毒手，他是何等的心肠！难道有些人真的早已丢失了最起码的善良，甚至没有丝毫的恻隐之心？

我的情感和理智一直是站在弱小动物一边的，我相信动物的生命与人类同等。因为我自身也很弱小，不能与强大的某一部分人为伍，所以，有人觉得我这人不好相处，从此绝交，甚至引发一些矛盾。

我其实早已察觉人与人打交道的难处，因为古言有之，防人之心不可无，害人之心不可有，我本无害人之心，但别人却有斥我之意。人与人的交往中，一旦遇到利益和财产纠葛，亲人至甚父子、夫妻之间都防不胜防。但是，与动物们打交道却截然不同，我会很轻松，甚至我在与动物交往时,快乐要多于付出。

许多事情都有必然的因由,通常我们人类骂同类时不时来一句:小心你的狗命!仿佛狗命就不是命,他可以随时来取。

我不懂有些人为何要这样,就像我不懂得一些人为何那么张扬跋扈,肆意妄为,要吃尽世间所有珍稀生物,唯恐动物与他同列,他的命高于一切。

还有一个更大的理由使我热爱小动物,那就是,我发现动物有时候比人类更懂得感恩。多年来,父母惨遭子女虐待、毒害的事例数不胜数,反而是乌鸦反哺、羔羊跪乳之例古来有之。

散步时经常遇到几只小猫,时间久了,小猫都能认出我来。因为我家里养了一只猫,与我感情甚好,所以我身上有它的气息。野外的动物们都好奇地接近我,对我特别友好。它们有时候会在我回家的路上等候,或者远远地送我一程。有一次,我与朋友在石梯上散步,我们往下行,一只牧羊犬和它的主人往上爬,朋友见牧羊犬很大,害怕,时刻紧张防备着,我却微笑面对牧羊犬,牧羊犬避开我朋友,到我跟前亲热地摇尾。伸手抚摸它,它也一副很享受的样子。我们分手时还恋恋不舍。可见,动物有很强的观察能力。

人类是强大的,强大的人类应该首先对动物和善地伸出友谊之手,敏感的动物们是懂得感恩的。

院里来了几只野猫,喂过它们一次食物后,连我下楼的脚步声它们都记得,每天等着我下楼给它们吃食,在我面前温柔地撒娇,这就是感恩!人类还有句古话:养人有仇,养狗有恩。

猫类是嗅觉特别灵敏的动物,它们全靠嗅觉觅食。我猜想猫狗类无论遇到多么强大的自然灾害还能存活到如今,或许也因为它们有强于人类的嗅觉,对自然灾害的气味都有先知先觉的能力。这是我们人类望尘莫及的。

动物还有很丰富的情感,与人类一样,动物也有七情六欲。一方面是生理的,一方面是心理的。结合自身对动物的接触与观察,我得出结论:"动物与人类一样,同样有幸福、悲伤,甚至爱、喜悦和困窘等高级情感……"

动物的欲望很直接,所以动物不知羞,却很知足;人类知羞,却永远不知足。可是我发现人类发展到今天,还是有不知羞的人!

人也是动物,生命应该平等!

从头再来

"昨天所有的荣誉,已变成遥远的回忆,辛辛苦苦已度过半生,今夜重又走进风雨……"听着这激越豪放的旋律,难免心潮起伏。是啊!这首歌正像为自己量身而作,我所有的辛劳,所有的发愤图强,所有的梦想,都在这短短几十年之中成为过去。如今的我,又即将继续一个人面对人生的凄风苦雨……

《从头再来》是一首深受广大群众喜爱的歌曲,每听一次都会唤醒深藏在我内心的激情。尽管处境艰难,但我内心希望不灭,刘欢那激越、高亢又略带悲怆的唱腔,不禁把我带入对过去深深的回忆当中。

1982年的春天,在城里上班的父亲,回家几棍子把我打倒在一个老衣柜的角落,原因是他不让我读书了,我却跟他犟了一句嘴,他的传统意识里,女儿嫁出去是别人家的人,何况家里还有四个需要读书和培养的子女,我是家中的老大,应该为他分忧。

那年的下半年,正好包产到户,17岁的我别无选择,辍学回家了。我是包产到户的第一批"受益人",也算是最年轻的"庄稼汉"。

1985的冬天,不愿女儿一辈子在农村像她一样累死累活的母亲,不断地在父亲耳边唠叨,最终我以一个村姑的身份进城当了学徒。那是父亲单位的下属单位,一个汽车维修厂,我在那儿学习电气焊技术。努力学习两年后,技术渐趋成熟,也正当企业转型之际,单位老总却因一次突发车祸命丧悬崖。转型离不开老总的坐镇和指挥,既然老总已经不在,转型也变为了泡影。原来老总在企业的工作大会上,许诺给年轻的学徒们的未来,也同样被碾得粉碎。

眼看企业一天天衰败，工资每月都需要贷款发放，我这个还未转正的临时学徒不得不做出选择——离开，去一个街道办的修理厂打工。没有正式工作又没有城镇户口的我，在那个以有城镇户口为荣的年代，最难解决的就是婚姻。高不成，低不就，我不得不接受命运之神的戏弄，再回乡，找个人结婚生子。婚后，我找父亲借钱租赁了一台客车，夫妻俩就像一双勤劳的燕子，在城乡之间每日不断地来回。

在当年的社会治安和交通法规不是很完善的条件下，上无领导遮风避雨，下无经济实力作支撑的我们，只好周旋在社会各个岗位的人中，但还是不能避免在运营途中与流氓和强人发生纠葛，一路磕磕碰碰，备尝生存的各种艰辛。

1999年，我与丈夫经营的那辆客车眼看面临报废的处境，每天跑一趟就有被交警处罚的危险。要报废并不是因为汽车年限到期，而是由于丈夫经营无方，把汽油引擎换成了柴油引擎，汽车属于租赁责任制，原籍单位当时误导了我们，改过的汽油引擎没有在行驶证上换为柴油引擎，行驶证与实际车辆的动力不符，所以我们每跑一趟都提心吊胆，小心翼翼。

即便是这样，我们几乎还是每天被交警罚款，沉重的罚款导致我们无法再把客车经营下去。

客车报废，意味着我们一家再无经济来源。在这紧要关口，我们不得不重新谋生路，终于在2000年，我们再次分别离家去打工。

当年也正是我国经济大变革时期，百废待兴，而大部分国有企业同样处于生死存亡的紧要关头，国家不得不进行政策性的企业裁员，大部分下岗职工选择再就业，或是自创业。正是在这样的经济转型时期，音乐人刘欢的《从头再来》曾经使当年的许多人，在萎靡不振的废墟上重新站立起来，迎接新时代的挑战，做生活中逆流而上的强者。而我，也随下岗工人一道，融入那浩浩荡荡的时代潮流中，四处飘荡，后来终于在一座城市中定居下来。

我的内心却不甘于平凡,我有我的追求,我想在文学的道路上继续前行。

原本高中未毕业的我,每日在文字里徜徉,读名家传记,名家散文,吸取诸子百家精华,探寻他们如何能写出那么优美流畅的文章,让后人永世传阅。读得多了,自己也掌握了一套写作方法,慢慢地把自己所见、所闻,以及心中所想,用文字表达出来,写得多了,就在住地以及外地偶有获奖。

我以包产到户时期,跟母亲在农村生活的苦难经历为背景,将自己对人世沧桑以及社会变迁的感悟写成五千字长散文《土地的血脉》,在本地"三八"妇女节的征文比赛中获得第一名,又在江山文学网的"笔尖为暖"栏目一举拿下绝品称号。之后,在本地的"三峡银行杯"征文比赛中,我所创作的《人来人往》获得了第三名;在"天下龙缸征文"比赛中,我的随笔《有些风景一直等着你》获得了第三名;在湖北洪江地区全国母亲征文比赛中,《最后的花开》荣获优秀奖……所有这些,都给了我极大的精神鼓舞,让我对未来生活充满自信。

我以自身的经历,以及对人生的感悟,对事物的观察认识,对文字灵敏的领悟,把全部真情倾注于文字,终于开出几朵艳丽之花,那就是"心若在,梦就在,天地之间还有真爱;看成败,人生豪迈,只不过是从头再来……"。正如刘欢在歌中所唱的那样,只要有一颗追求的心,只要一个人的意志不灭,所有后天的努力都还来得及。虽然感叹人生已过大半,但我无怨无悔,我不会怨天尤人,不会痛哭流涕。我想,再苦再难我也会坚持我内心的梦想。

前进的道路上,总会有一盏明灯在时刻为我指引方向,它已经成为我人生路上的座右铭——从头再来!